HAYMON verlag

David und Katha kennen sich schon immer, sind gemeinsam erwachsen geworden und haben jung geheiratet. Als Katha bei einem Autounfall stirbt, wird Davids Welt aus den Fugen gerissen. Sie war jedes seiner ersten Male, ist in jeder seiner Erinnerungen. Kinga, Kathas beste Freundin, die den Unfall überlebt hat, versucht, für David da zu sein – während sie mit ihrem eigenen Trauma klarkommen muss. David kämpft sich Tag für Tag auf den Friedhof – zu Katha – und fragt sich, wie Trauern geht. Bis er Marie kennenlernt.
Marie ist die Tochter des Totengräbers, die dabei ist, ihre eigene Vergangenheit aufzuarbeiten, und von Konventionen wenig hält. Der Friedhof ist ihr Leben, und sie weiß, dass man sich hier allzu schnell verlieren kann. Kinga hingegen denkt, dass David erst einmal trauern muss. David kann nichts von alledem: Der Halt von Marie fühlt sich gut und falsch zugleich an. Katha ist nah und doch so fern. Kingas Enttäuschung lähmt ihn. Nur die Musik, die er macht, wirkt richtig.
Fabian Neidhardt erzählt mitreißend und intensiv von den dunkelsten, aber auch den wunderbarsten Momenten, von Liebe und Hoffnung – ein Roman, der zum Weinen und zum Lächeln bringt.

„Fabian Neidhardt versteht es meisterhaft, die großen Fragen des Lebens mit Feingefühl und Tiefgang zu erzählen. In seinem neuen Buch nimmt er uns mit auf eine Reise, der man sich von der ersten Seite an nicht entziehen kann.“
Nicole List, Buchhandlung List

Fabian Neidhardt

Endlosschleifentage

Roman

Menschen glauben, dass Trauer mit der Zeit kleiner
wird. Tatsächlich bleibt die Trauer gleich groß.
Aber das Leben beginnt, um sie herum langsam
größer zu werden.
Lois Tonkin („Growing around grief“)

Und was ist sonst noch so passiert?
Als ich in die Küche ging,
um drei Minuten vor halb acht,
hab’ ich kurz nicht an dich gedacht.
Von Wegen Lisbeth („Bitch“)

Just let me cry a little bit longer
I ain’t gon’ smile if I don’t want to.
Paramore („Rose-Colored Boy“)

Für Opa Wojciech. Für das Leben nach dem Tod.

Alles in diesem Buch ist Fiktion. Aber sie existiert nur, weil Menschen ihre Geschichten mit mir geteilt haben.

1

Ein Schweißtropfen läuft an seiner linken Schläfe herunter, David will die Hand heben und ihn wegwischen, aber das Hemd klebt an seinen Armen, und das Jackett sitzt ein wenig zu eng, weil er Kathas Schlafshirt drunter trägt. Ihr letztes.

Seit sieben Nächten schläft er mit diesem Shirt, eigentlich ein altes von ihm. Das Logo vom Jugendmusikverein ist längst verwaschen, unter den Achseln sind Löcher, an mehreren Stellen lösen sich Fäden. Er hätte es längst weggeworfen, aber Katha sagt immer, zum Schlafen ist es gut genug. Hat gesagt, denkt er. Vergangenheit.

David atmet zitternd ein, und Kinga hebt den Kopf. Sie steht im Schatten neben Martha, einen Arm eingehakt, falls die ältere Dame umkippt. Dabei steht Kinga selbst auf Krücken. Nur David ist in der prallen Sonne, schon so lange, dass er morgen einen Sonnenbrand haben wird, aber er kann nicht weg, muss vor diesem Loch stehen bleiben, mit gebührendem Abstand, wie bei einem Bahngleis. Obwohl er eigentlich weiß, dass dieser Zug schon lange abgefahren ist.

In den letzten Tagen ist es überall grün geworden, die zerzausten Bäume treiben Blätter, und der Schnee ist so schnell geschmolzen, dass David es nicht fassen kann, dass noch vor einer Woche die Straßen glatt waren. Er spürt den Druck in seiner Lunge und realisiert, dass er die Luft anhält. Ein stoßhaftes Ausatmen, und wieder schaut Kinga zu ihm. Sie senkt den Kopf, flüstert Martha etwas zu und schleppt sich auf den Krücken rüber. David wischt sich mit dem Handrücken jetzt doch den Schweiß von der Schläfe und greift sich an den Kragen, denkt gar nicht drüber nach, zieht das Shirt zur Nase. Aber was soll da noch sein, außer sein eigener Geruch, sein Deo, seine Tränen? Er stopft es zurück, drückt es unter das Hemd und wirft Kinga einen verschämten Blick zu. Sie legt ihre Hand auf seinen Arm, noch mehr Wärme, wie kann es nur so warm sein, und wieso war es letzte Woche noch kalt?

Am liebsten würde er sich an Kinga anschmiegen, in sie reinkriechen, sich ganz klein machen, wenn schon nicht Katha, dann wenigstens Kinga. Er lehnt sich in ihre Richtung, als ob diese Hand all den Schmerz und die Trauer und das Nicht-begreifen-Können halten kann. Kinga drückt seinen Arm.

„Ich weiß, es ist nichts in Ordnung und alles scheiße. Aber geht's noch? Oder sollen wir? Willst du weg?"

David guckt hoch, sieht ihre roten Augen und die glänzenden Wangen, blickt in ihre wunde Seele und versteht, dass dort nicht die Stärke ist, die er von ihr kennt, und dass sich dort nicht sein Schmerz spiegelt, sondern sie ihren eigenen unter Kontrolle hält. Gerade so. Vielleicht kann sie ihn nur halten, weil sie sich gleichzeitig an ihm abstützt.

Er wischt sich übers Gesicht, das Jackett spannt, er zieht den Rotz nach oben, bis er auf der Zunge liegt, eine schleimige Mischung aus salzigen Tränen und etwas Süßlichem, fast schon Vergorenem. Er unterdrückt den Impuls, den Kopf zur Seite zu drehen und das Ding auszuspucken, weil Friedhof. Weil man das nicht macht. Also schluckt er es hinunter, vorbei am Kloß in seinem Hals, vorbei an der engen Brust und in den flauen Magen. Seit Tagen hat er keinen Hunger. Sein rechter Daumen streicht über die Linien seiner linken Handinnenfläche, er schüttelt den Kopf.

„Nein, ich will hierbleiben."

Sollte er nicht als Letzter gehen? Sollte nicht er am stärksten trauern? Kinga presst ihre Lippen zusammen, und als sie ihre Hand von seinem Arm löst, schwankt er, während sie zurück in den Schatten humpelt, zu Martha und zu seinen Eltern, zu den anderen. Manche sind schon gegangen, aber sie waren alle da, auch wenn sie Katha schon jahrelang nicht mehr gesehen haben. Die Nachbarn, die Verwandten aus Polen, die Leute von ihrer und seiner Arbeit und aus ihrer alten Klasse, zumindest die, die auch noch in der Nähe wohnen. Als David August gesehen hat, war da plötzlich Wut, weil sie seit der Abifeier nichts mehr miteinander zu tun hatten und auch in der Schule nie miteinander geredet. Mit welchem Recht taucht der hier auf? Sie war ihm nie ein Gespräch wert, aber jetzt, da muss er sich blicken lassen?

Kleine Gruppen von Verwandten und Bekannten stehen im Schatten der alten Bäume, unterhalten sich leise, bestärken sich in ihrer Trauer. Alle dunkel gekleidet, er genauso. Katha hätte sich mehr Farben gewünscht, aber das hat er sich nicht getraut. Er sieht an den Leuten vorbei, über die langen Reihen unterschiedlicher Grabsteine. Ein älteres Paar schleppt Wasser zu einem gepflegten Grab, sie tragen die Gießkanne gemeinsam, und David spürt den Drang, ihnen zu helfen. Auf einer Bank im Schatten sitzt ein komplett in Schwarz gekleideter Mann, den Blick gesenkt, auf seinem Schoß ein Buch, die dunklen Haare hängen ihm ins Gesicht. Eine Frau kniet vor einem frischen Hügel, der mit Blumen und Kränzen bedeckt ist, das Holzkreuz ganz neu. Die Männer, die den Sarg aus der Aussegnungshalle hierhergefahren haben, sitzen ein paar Reihen weiter im Schatten. Neben ihnen eine Frau in dunkler Kleidung, aufrecht, die Hände im Schoß gefaltet. Er hat vorher nicht ganz zugehört, als Kinga ihm ins Ohr geflüstert hat. Er glaubt, dass er ihr die Hand gegeben hat, dann müsste das die Bestatterin sein. Und neben ihr eine junge Frau mit derben Schuhen und dreckiger Latzhose, die dunkelblonden Haare in einem unsauberen Zopf. Gärtnerin, denkt David. Alle wegen Katha da.

Aus der Aussegnungshalle kommt immer noch Musik. Der Mann hinter der Orgel hat schon vorher viel zu fröhlich gespielt, während David neben Kinga in der ersten Reihe saß, den Blick fest auf den wippenden Fuß des Organisten gerichtet und seine Fingernägel in das Holz der Bank gedrückt. Kinga hat ihm ihre Hand angeboten, aber er hatte Angst, ihr wehzutun.

Wenn David sich nicht täuscht, spielt der Typ jetzt die Melodie der Gummibärenbande. Für einen kurzen Moment muss David grinsen, weil das genauso absurd ist wie diese ganze Veranstaltung, die doch gar nicht sein kann. Aber wann wacht er endlich auf? Seine Augen sind nass, und er fragt sich, wie da immer noch Tränen sein können.

Er schüttelt sich, damit die Gänsehaut vergeht, und weicht dem Blick seiner Eltern aus, die ihn besorgt beobachten. Er dreht den Kopf, nimmt im Hintergrund eine Bewegung wahr und ist froh über die Ablenkung. Die Gärtnerin ist aufgestanden und geht über das Gras auf ihn zu, macht einen großen Schritt über die Ecke eines Grabes. Sie zögert einen Moment, dann tritt sie auf die Lichtung, auf der das Loch ist, ein abgedeckter Haufen Erde daneben und David davor. Er verdrängt den Gedanken daran, was in dem Loch liegt. Sie hebt den Kopf und sieht ihn an, ist das ein verhaltenes Lächeln? Sie streckt die Hand aus. Dort, wo bei David der Ehering sitzt, hat sie ein Pflaster um den Finger. Die Nägel sind kurz geschnitten, die Ränder dunkel. Erde, denkt David. Und zwischen den Fingern steckt ein Zettel.

„Hi, ich bin Marie. Ich mach das normalerweise nicht, aber falls du mal reden willst. Hier ist meine Nummer."

David greift nach dem Zettel, vielleicht aus Reflex, vielleicht aber auch, weil es mindestens fünfzehn Jahre her ist, dass ihm jemand eine Nummer gegeben hat. Er schiebt den Zettel mit drei Fingern auf. Dünnes Papier, fast durchsichtig, als ob sie es aus einem Gesangbuch gerissen hat, darauf eine gekritzelte Handynummer. Der Bleistift hat sich mehrmals durch das Papier gedrückt. Er blinzelt ein paar Mal, aber alles bleibt. Der Sarg, die Leute, der Schmerz, die Gärtnerin. Er zeigt mit dem Zettel auf das Loch vor ihnen.

„Das ist meine Frau."

Und irgendwas in ihm bekommt Risse. Weil er seit dem Anruf der Polizei vor einer Woche die Realität angehalten und die Wahrheit nicht an sich rangelassen hat. Weggetreten, nur mit Hilfe von Kinga Entscheidungen getroffen, genickt oder den Kopf geschüttelt und viel zu oft mit den Schultern gezuckt. Und nichts ausgesprochen. Weil was sich reimt, vielleicht gut ist, aber was man ausspricht, wahr.

Unter seiner Haut knistert es, als ziehe sich sein Inneres zusammen und löse sich von seiner Hülle. Er holt Luft, um das Vakuum zu füllen, und zwischen all dem Schmerz und der Trauer sitzt jetzt Schuld, weil David das Gefühl hat, in diesem Moment seine Frau selbst getötet zu haben.

Die Gärtnerin, er hat den Namen schon vergessen, verzieht den Mund, fast entschuldigend, und zuckt mit den Schultern.

„Ich meine, bis dass der Tod euch scheidet, oder?"

Und dann reißt Kinga ihm den Zettel aus der Hand, David hat gar nicht bemerkt, dass sie neben ihm steht.

„Spinnst du? Lass ihn in Ruhe! Hau ab!"

Sie schlägt der Gärtnerin die Hand mit dem Zettel vor die Brust, so hart, dass diese zurücktaumelt. Der Zettel fällt auf den Boden. Erstaunlich schnell für so ein leichtes Stück Papier. Die Gärtnerin sieht Kinga an, runzelt die Stirn.

„Ganz ruhig. Ich wollte nur helfen. Du bist nicht seine Mum. Und seine Frau auch nicht, ganz offensichtlich."

Sie schaut nochmal zu David, hebt den Zettel auf, dreht sich um und schlendert davon.

2

Marie sitzt neben der offenen Tür der Aussegnungshalle auf dem Boden, den Kopf gegen die Wand gelehnt, die Augen geschlossen, und hört Franz zu. Früher saßen sie gemeinsam hier und haben ihrem Vater zugehört. Die Leute waren zwar nie wegen ihm da, aber er spielte, als wären sie es, und Marie hat es geliebt. Damals hat Eckstein noch ab und zu mit ihnen geredet, irgendwas von Respekt gesagt und ob sie nicht woanders sitzen könnten, vielleicht irgendwo, wo man sie nicht sieht. Seit Jahren aber sagt er nichts mehr, und manchmal wirft er ihr einen verschwörerischen Blick zu, wenn er vorbeikommt. Fühlt sich wie ein gemeinsames Geheimnis an.

Der Boden neben ihr knarzt, und die Jungs rollen den Sarg auf dem kleinen Wagen raus. Marco, Wojciech, Peter und Mohammed sind alle über siebzig und in Rente. Sie rollen den Wagen, seit Marie ein Kind war, und sie strahlen dabei immer noch die Würde aus, mit der der Wagen geschoben werden sollte. Selbst wenn das Rad hinten links bei jeder Umdrehung quietscht. Für einen Moment passt das Quietschen zum Rhythmus der Musik, dann nicht mehr, und Marie muss grinsen. Weil sich nie jemand traut, etwas zu sagen.

Hinter dem Wagen schreiten Pfarrer Eckstein und der Kerl, der seine Frau verloren hat. Wahrscheinlich ist er zum letzten Mal bei seiner Hochzeit so andächtig gelaufen. Autounfall, hat Eckstein gesagt, und sie hätte es sich denken können, aber sie ist trotzdem überrascht, wie jung er ist. Kaum älter als sie. Sein dunkler Blick starr auf das quietschende Rad gerichtet, die braunen Haare ein wenig zu lang, das Gesicht schockgefroren. Noch hat er die Wahrheit nicht an sich rangelassen, noch könnte das alles nur ein Traum sein. Sie kennt das Gefühl. Der Arme. Aber bevor er hinter der Frau mit den Krücken verschwindet, die mit einer älteren Dame knapp hinter ihm geht, sieht Marie noch etwas anderes. Da liegt was unter all der Dunkelheit, in seiner Haltung, in dem Blick, in der Art, wie er nach dem Kragen tastet. Irgendetwas an ihm lässt sie nicht los. Sie richtet sich auf und sieht ihm nach, bis die ganze Gruppe die Halle verlassen hat.

Als Letztes tritt Anjuli in die Sonne, wie immer im dunklen Hosenanzug, wie immer mit ernstem Gesicht, wie immer die Hände gefaltet. Sie sind gleich alt, aber Anjuli strahlt die gleiche Würde aus wie die Jungs. Sie lächelt leicht, als sie Marie sieht. Marie steht auf und hält ihr die Faust hin. Sie wirft einen Blick über Maries Schulter, dann schlägt sie ihre Faust dagegen und grinst breit.

„Alles gut? Eckstein hat gesagt, Autounfall."

„Sie hat die Kontrolle verloren. Vereiste Straße."

„Scheiße. War deshalb der Deckel drauf?"

„Nee, Anna hat sie eigentlich ziemlich gut hinbekommen. Aber der Witwer wollte sie auf keinen Fall sehen."

„Keine Verabschiedung?"

„Doch, aber nur die Mutter und die beste Freundin. Sie saß mit im Auto."

„Die mit den Krücken?"

„Jep. Sie hat auch alles organisiert. Ihm muss es richtig schlimm gehen. Seh ihn heute auch zum ersten Mal." Anjuli nickt in Richtung der Leute, setzt sich in Bewegung. „Ich geh mal zu den Jungs. Wir sehen uns bald, ja?"

Marie streckt die Hände aus, zeigt auf den Friedhof.

„Du weißt ja, ich bin hier."

Beide lachen, weil, wo sollte sie sonst sein? Marie hebt die Gräber aus und lebt im Haus auf dem Friedhof, natürlich ist sie hier. Aber jedes Mal, wenn sie diesen Witz macht, hat sie ein schales Gefühl in der Brust. Wie eine

Wahrheit, die festgetreten wird und sich immer schwerer ändern lässt.

Franz spielt wuchtig und setzt seinen ganzen Körper ein, besonders am Ende muss die ganze Halle vibrieren. Als er den Finger von der letzten Taste löst und nur noch das elektrische Summen der E-Orgel zu hören ist, klatscht Marie und wohoot, imitiert eine jubelnde Menge.

„Sehr schön. Pippi Langstrumpf?"

Franz setzt sich aufrecht hin, zieht das Hemd glatt und rückt die Fliege gerade.

„Ecki sagte, sie war Erzieherin. Ist nicht originell, aber ich fand's passend."

„Ist es." Sie lehnt sich an die Lehne der ersten Bankreihe, verschränkt die Arme und sieht nach draußen, desinteressiert. „Sag mal, der Witwer."

Franz klatscht in die Hände und zeigt auf Marie.

„Ich wusste es! Ich hab ihn da sitzen sehen und wusste, der wird dich interessieren."

Marie schüttelt abschätzig den Kopf, hofft, dass sie nicht rot wird, und spürt diesen leichten Ärger. Wie kann es sein, dass ihr Bruder sie so gut kennt?

„Der ist doch gar nicht mein Typ."

Franz tappt suchend neben der Orgel gegen den Boden, bis er den Schalter erwischt, und das Summen verstummt.

„Ne, aber du hast ein großes dunkles Herz für eingerissene Seelen, die am Abgrund stehen."

Marie spürt den Stich, wie jedes Mal, wenn er recht hat, und zuckt mit den Schultern.

„Arsch."

Er kichert und schiebt sich zwischen Schemel und Orgel hervor. Sein Kichern ist so hell und klar, Marie stellt sich ein kleines Mädchen vor, das irgendwo in ihrem Bruder lebt und dessen Stimme sie lachen hört.

Manchmal kann Marie nicht glauben, dass sie aus den gleichen Genen entstanden sind. Sie würde dreimal in ihren großen Bruder passen. Vielleicht ist sie deshalb immer einsam und rastlos und auf der Suche nach mehr. Und er sich selbst genug.

„Ich fand ihn tatsächlich süß. Aber er steht ja offensichtlich auf Frauen."

„Vielleicht auch auf beides. Und normalerweise hält dich das doch auch nicht ab."

Franz legt seinen Arm um ihre Schulter und zieht sie an sich, während sie zum Ausgang laufen.

„Schwesterherz, ich finde, wir haben in unserem Leben schon viel zu oft um Dinge gekämpft. Und ich kann es nicht sehen, wenn du enttäuscht bist, weil du verlierst."

Sie schlägt mit der Faust gegen seine Schulter, und obwohl er flink ist, schafft er es nicht, ihr auszuweichen. Er schreit kurz auf, aber er schmunzelt, während er sich die Stelle reibt, und auch sie muss lächeln. Für einen Moment müssen sich ihre Augen an die Helligkeit außerhalb der Halle gewöhnen, dann schaut sie in die Richtung, in der sie gestern das Grab ausgehoben hat. Eckstein redet noch, der Witwer steht alleine in der prallen Sonne. Franz lehnt seine Schulter gegen ihren Rücken und schiebt sie sanft nach vorne.

„Na los. Geh schon."

Marie tippt sich mit dem Zeigefinger gegen den Kopf, ohne Franz anzusehen.

„Das kann ich auch später machen. Oder wenn er wieder mal da ist. Der beerdigt gerade seine Frau."

„Na ja, bis dass der Tod sie scheidet, oder?"

Sie kichern beide, bis Marie den Kopf schüttelt.

„Du spinnst."

„Schau uns an. Wir beide."

Marie wirft einen Blick zum Haus in der Mitte des Friedhofs und in den dunklen Teil dahinter, der unter den jahrzehntealten Birken und Eichen im Schatten liegt.

„Glaubst du, sie wäre enttäuscht von uns?"

Franz macht ein verächtliches Geräusch und sieht sie mit diesem ungläubigen Blick an, der fragt, wie sie überhaupt auf die Idee kommen kann. Trotzdem weiß Marie, dass er sie ernst nimmt. Wie er sie schon immer ernst genommen hat.

\

Nach dem Abi und kurz vor ihrem Studium ist sie für ein halbes Jahr nach Amerika gegangen. Ist dort per Work and Travel durch das Land gereist, hat Nick und Norah kennengelernt und wusste, dass das nicht das letzte Mal war, dass sie mit ihrer Gitarre unterwegs sein würde. Als sie ging, umarmte Franz sie nur kurz und schob sie aus der Tür, fast, als hätte er Besseres zu tun. In der Tür blieb sie stehen und wartete, bis er sie ansah.

„Ich hab ehrlich gesagt ein bisschen Angst."

Und dann schaute er sie mit genau diesem ungläubigen Blick an, der ihr erstmal ziemlich wehtat, weil sie sich nicht gesehen fühlte. Nicht ernst genommen. Er schüttelte den Kopf, sagte stumm: ‚Du brauchst keine Angst haben, und jetzt geh schon.' Und schloss die Tür hinter ihr. Auf halbem Weg über den Friedhof fiel ihr ein, dass sie die Regenjacke an der Garderobe vergessen hatte. Aber kurz bevor sie die Tür erreichte, sah sie durch das Fenster neben der Tür Franz, er saß auf dem kleinen Absatz direkt hinter der Tür, hatte den Kopf in die Hände gelegt, und Tränen liefen über seine Wangen. Sie beobachtete ihn so lange, dass sie fast ihre Bahn zum Flughafen verpasste, und kaufte sich dann in Amerika eine neue Jacke.

Sie schrieben sich fast jeden Tag, schickten sich Bilder und Memes, und welche schönere Art gab es, sich Sorgen um sie zu machen, als ihr nicht zu sagen, dass er sich Sorgen machte?

\

Sie sagt es ihm nie, aber sie liebt ihren Bruder. Und sei es nur dafür, dass er so viel von ihr weiß und trotzdem noch mit ihr redet. Franz schüttelt den Kopf.

„Sie war immer stolz auf uns. Von Anfang an und bis zum Ende. Sie war selbst am Ende Paps nicht böse. Ich glaube, ihre Liebe für uns war so groß, wir hätten sie nie enttäuschen können. Und wenn sie jetzt hier wäre, würde sie dir auch in den Arsch treten, damit du endlich da rübergehst."

Marie muss auflachen und schüttelt sich die Tränen aus den Augen.

„Ich setz mich mal zu den Jungs."

„Frag bloß nicht Marco, der sagt No No. Aber der ist ja auch katholisch. Ich spiel noch ein bisschen weiter."

Marie schnaubt grinsend, zeigt Franz den Vogel und geht zu den Jungs in den Schatten.

3

„Ich fand's irgendwie mutig."

Kinga dreht sich um, was auf den Krücken gar nicht so einfach ist, und sieht in eine ganze Gruppe aufgeschreckter Gesichter, starrt sie genervt und ungläubig an, die Kiefer zusammengepresst, die Augenbrauen gehoben. Männer, die sie nicht kennt. Die mit Katha auf der Schule gewesen sind, aber nie eine Rolle in ihrem Leben gespielt haben. Sie weiß nicht, wer das gesagt hat, aber sie haben alle verstanden, dass sie lieber ruhig sein sollten. Kinga schnaubt und dreht sich wieder zurück, und es ärgert sie, dass sie so wütend ist. Dass sie dieser Frau so viel Raum gibt. Warum hat David den Zettel angenommen? Sie tritt auf den Gips, der Schmerz explodiert im ganzen Bein und drückt ihr Wasser in die Augen. Für einen Moment verschwimmt ihre Sicht, ein Echo von Kathas Stimme hallt durch ihren Kopf. Für eine kurze Unendlichkeit sitzt sie wieder im Auto, alles voller Blut und Scherben und Schmerz, und Katha, die irgendwas sagt, aber Kinga versteht nichts.

Zwei Hände greifen nach ihrem Kopf und ziehen ihn nach unten, ihre Sicht klart auf, Marthas Gesicht ist ganz nah an ihrem. Ihre Stimme war schon immer der von Katha ähnlich. Als sie als Jugendliche in der Zeit vor Handy und Smartphone immer wieder bei Katha zuhause angerufen hat, haben Katha und Martha sie regelmäßig auf den Arm genommen, bis Kinga von ihrem ersten Mal erzählt hat, einfach direkt nach dem Hallo damit rausgeplatzt ist und dann verwirrt war von der Stille. Bis Martha sich geräuspert hat.

„Ich weiß nicht, ob ich mich für dich freuen sollte, Kinga. Aber du hörst dich sehr aufgeregt an, also gratuliere dir. Habt ihr verhütet?"

Katha hatte sich an diesem Abend mal wieder den Monolog über Sex und Verantwortung und Kinder und Ehe anhören müssen, aber sie fand immer, das war es wert gewesen, weil sie neben ihrer Mum gestanden hatte und ihren Gesichtsausdruck nie vergessen würde. Und nach ein paar Jahren, nach der Hochzeit von Katha und David, konnte auch Martha darüber lachen. Jetzt sieht sie Kinga besorgt an.

„Kannst du noch, Kinga? Wir sind gleich da."

Ein mehrfach gebrochenes Bein, eigentlich sollte sie noch gar nicht wieder laufen, zwei gebrochene Rippen, ihr ältester Freund hat seine Frau verloren und sie ihre beste Freundin, und während David eine Woche lang katatonisch nur den Kopf geschüttelt oder genickt hat, hat sie alles organisiert und schon so lange nicht mehr richtig geschlafen, dass sie sich am liebsten einfach hier in die Sonne legen würde, bis dieser Traum zu Ende ist und Katha wieder am Leben.

Aber das wird nicht passieren, und diese Gewissheit frisst sich in den wenigen ruhigen Momenten in ihr Herz. Das bedeutet, dass sie den Rest dieses viel zu langen Lebens ohne Katha verbringen muss. Ohne die eine Person, die alles wusste und die sie so sehr kannte, dass Kinga einfach sie selbst sein konnte. Wie soll sie all das alleine hinkriegen?

Sie nickt und versucht ein Lächeln, das hoffentlich beruhigend wirkt.

„Klar. Bin nur falsch aufgekommen. Gehen wir weiter."

Martha sieht erleichtert aus und greift nach ihrem Arm.

„Katarzyna hat immer gesagt, wir sind nicht so weit gekommen, um jetzt aufzugeben. Wir schaffen das, Kinga."

Kinga hat das immer gesagt, und Katha hat dann gelacht und scheinbar den Spruch übernommen. Aber muss sie das jetzt Martha sagen? Muss sie das Bild einer starken Tochter abschwächen?

Die Gaststätte hat nur drei Sterne auf Google, und als Kinga nach irgendwas Vegetarischem gefragt hat, hat die Chefin hörbar genervt ausgeatmet.

„Wir machen gutbürgerliche Küche. Da gehört Fleisch einfach dazu. Pommes kann ich Ihnen anbieten. Und Salat. Und Kässpätzle. Und Fisch natürlich."

Aber es gibt im Umkreis keine andere Möglichkeit, die große Gruppe unterzubringen. Also hat Kinga ihre Krücken angestarrt und genickt, obwohl die Frau das nicht sehen konnte, und die ganze Gaststätte reserviert. Geschlossene Gesellschaft. Jetzt kommt sie mit Martha als Letzte an und schleppt sich auf die Terrasse. Die Stimmung ist immer noch gedämpft, aber hier und da hört sie ein Lachen, ein paar Flaschen klirren aneinander, und die Menschen stehen zusammen. Vielleicht sind drei Sterne genug für die Dankbarkeit, am Leben zu sein. Sie schreckt auf, weil jemand seine Flasche gegen ihr Glas stößt und sich zu ihr an den Tisch setzt.

Einer der Typen aus der Gruppe, zu der sie sich vorher umgedreht hat. Seine dunklen Haare sind zu einem Pferdeschwanz zusammengebunden, und er hat keine Ähnlichkeit mit John Lennon, aber die gleiche runde Nickelbrille, deshalb muss sie sofort an ihn denken. Er hebt seine Flasche, eine Fritz-Limo, und irgendwo im Hintergrund ihrer Gedanken ist sie überrascht, dass sie das dahaben, in dieser gutbürgerlichen Gaststätte in Süddeutschland.

„Cheers. Hoffe, du wirst bald wieder gesund. Du bist die beste Freundin, oder?"

Kinga nickt und nickt. Danke und ja. Obwohl sie seit fünfzehn Jahren raus ist aus der Schule, der Flurfunk existiert immer noch. Sie ist die Frau, die mit im Auto saß. Und wenigstens für die Leute hier eine Berühmtheit.

„Ich bin Kinga, hi.“

Jetzt nickt er.

„Ich weiß. Katharina hat ein paar Mal von dir erzählt.“ Er hebt seine Hände, malt Anführungszeichen in die Luft. „‚Der Mensch, der mein Zuhause ist‘, hat sie gesagt.“

Kinga sieht ihn irritiert an und sackt gegen die Lehne ihres Stuhls, die Erinnerung an Kathas Stimme dröhnt in ihren Ohren.

\

Kinga war gerade sechzehn geworden und mit Hilfe des Jugendamtes von zuhause ausgezogen, in diese Einzimmerwohnung im Stuttgarter Norden, direkt neben die S-Bahn-Gleise. Sie hatten den ganzen Tag gestrichen und die drei Kisten mit ihrem Zeug in die Schränke geräumt, dann hatte sie Katha den Rasierer in die Hand gedrückt und sich auf den Stuhl mitten im Bad gesetzt, während Katha sie zweifelnd, aber auch irgendwie aufgeregt angesehen hat.

„Bist du sicher?“

Kinga hatte genickt, selbstbewusster, als sie sich gefühlt hatte. Aber da war genug Wut, um das durchzuziehen.

„Alles, was ich aus meinem alten Leben mitnehmen will, sind diese drei Kisten, David und dich. Der Rest kann weg. Also mach zwölf Millimeter, und los geht’s.“

Katha hatte die Brauen hochgehoben und mit einem klackenden Geräusch zwölf Millimeter eingestellt, aber dann den Kopf geschüttelt.

„Boah, das ist echt kurz. Einigen wir uns auf zweiundzwanzig?“

„Von mir aus. Aber fang schon an.“

Es klackte nochmal, dann hörte Kinga die Maschine nah an ihrem rechten Ohr.

„Aber pass bitte auf!"

Katha kicherte.

„Natürlich, ich liebe doch diesen Kopf."

Und Kinga, die diese Worte viel zu selten gehört hatte und sie nicht einfach so annehmen konnte, schaute zu Katha.

„Wirklich?"

Katha sah sie direkt an, und da war kein Zögern, keine Überwindung.

„Natürlich, er gehört zu dem Menschen, der mein Zuhause ist. Und jetzt halt bitte still, sonst musst du dein Ohr als Kette um den Hals tragen."

Kinga sah aus den Augenwinkeln die knapp dreißig Zentimeter langen Haare, die auf ihren Schoß und um sie herum auf den Boden fielen, musste lachen, als Katha den Rasierer genervt zur Seite legte und erstmal zur Schere griff, und ließ dann ihren Tränen freien Lauf. Katha hatte leise gesprochen, Kinga wusste, dass David das drüben in der Küche besser nicht hören sollte. Sein Herz war auf andere Weise, aber ebenso unsicher wie ihres, und er könnte das vielleicht logisch auseinanderhalten, aber es würde ihm trotzdem wehtun. Egal, wie leise Katha sprach, Kinga wusste, dass sie es ernst meinte, und sie schwor sich damals, dieses Zuhause für immer zu bleiben.

\

Kinga setzt sich wieder auf und sieht den Mann an, der mehr von ihr weiß, als sie gedacht hat.

„Und wer bist du, dass sie dir das erzählt hat?"

Er muss schmunzeln und betrachtet seine Flasche, dreht sie langsam in der Hand, der Daumen sucht eine Stelle des Etiketts, an der es sich ablösen lässt.

„Wir waren in der gleichen Klasse." Er nickt in die Richtung, wo die Terrasse in den Garten übergeht. Dort steht der Rest der Gruppe, die hinter ihr gelaufen ist. „Zusammen mit denen. Und mit David. Wir hatten in der Schule gar nicht so viel miteinander zu tun. Aber kurz bevor ich nach Freiburg gezogen bin, haben wir uns auf einer Party im Max Kade getroffen, du weißt schon, diesem Wohnheim für Studis. Wir saßen die ganze Nacht auf dem Balkon und haben uns unterhalten." Er zieht an der losen Ecke, reißt ein immer dünner werdendes Stück aus dem Etikett. „Und dann haben wir uns immer mal wieder getroffen, wenn ich meine alte Heimat besucht hab."

Er zuckt mit den Schultern, sein Blick liegt in der Vergangenheit. Kinga spürt den Drang, ihm die Flasche aus der Hand zu nehmen und den Rest des Etiketts abzuziehen.

„Kennst du das, dass du Leuten auf einer Party ziemlich intime Dinge erzählst, gerade weil sie dich nicht wirklich kennen? Weil du weißt, dass du sie nicht direkt am nächsten Tag wiedersiehst?"

Kinga nickt und versucht, das nagende Gefühl des schlechten Gewissens zu ignorieren.

„Du meinst, so Leute, denen man auf einer Beerdigung viel zu intime Dinge erzählt, obwohl man sie noch nie gesehen hat und obwohl sie immer noch nicht deinen Namen wissen?"

Er lacht laut auf, nickt heftig und schiebt die Brille wieder nach oben.

„Entschuldige. Ich bin Hyun-Seung."

„Hyun-Seung."

Sie hört ein Ü und ein O und ein anderes Ü, sie trennt die Silben wie er und versucht, es genauso auszusprechen. Hyun-Seung lacht, wie er es wahrscheinlich oft macht, wenn Menschen versuchen, seinen Namen auszusprechen.

„Nicht ganz. Hyun-Seung."

„Hyun-Seung."

Er zuckt mit den Schultern.

„Besser als die meisten. Aber wahrscheinlich werden wir uns eh nie wieder sehen, deshalb ist es auch egal. Danke, dass du es versuchst."

Kinga sieht ihm an, dass es nicht egal ist, sieht aber auch die Resignation, und gerade ist sie selbst zu erschöpft, um dieses Gespräch aufrechtzuhalten. Aber in der schmerzenden Monotonie der kommenden Tage wird sie immer wieder an diesen Moment denken und das Gespräch, das sie hätten führen sollen.

\

Katha hatte sehr schnell Deutsch gelernt, fast niemand hörte mehr, dass sie nicht hier geboren war. Und nach der Hochzeit hat auch niemand mehr nachgefragt, wenn er oder sie ihren polnischen Nachnamen gelesen hat. Aber immer wieder gab es diese Momente, wenn sie in einem Laden standen und Katha ein Namensschild auffiel, oder wie jemand gewisse Worte aussprach. ‚Jesteś z Polski?'*, fragte sie dann, und meist lag sie richtig, was eine kleine Insel der alten Heimat schuf, ein leuchtendes Gefühl der Zugehörigkeit. Das Wissen, nicht allein zu sein. Es folgten oft nicht mehr als vier oder fünf Sätze, aber Katha ging danach ein bisschen aufrechter, strahlte eine Zufriedenheit aus, die Kinga liebte. Wenn David dabei war und die

* Kommst du aus Polen?

Leute dann ihn ansprachen, sagte er ‚Przepraszam, nie rozumiem po polsku. Jestem z Niemiec, ale fajny facet'*, was das Gegenüber mindestens zum Lächeln brachte, bevor es weiter mit Katha und Kinga redete. Kinga hatte ihm das beigebracht, damit er es zu Katha sagen konnte, damals.

Und ein kleiner Teil in Kinga glaubt immer noch, dass dieser Satz ein Grund dafür war, dass sie zusammengekommen sind.

\

Hyun-Seung beugt sich verschwörerisch nach vorne, wirft nochmal einen Blick zu seiner Gruppe.

„In der Grundschule gabs diesen einen Lehrer, der war schon echt zu alt für kleine Kinder. Der hat es einfach nicht hingekriegt, meinen Namen richtig auszusprechen, und nach ein paar Mal wurde es ihm zu anstrengend. Also hat er mich August genannt."

„Das klingt doch komplett anders."

Hyun-Seung zuckt mit den Schultern und sieht sie abgeklärt an.

„Es ist der Monat, in dem ich Geburtstag habe."

Er muss lachen, weil Kingas Mund offen steht.

„Ich hab nur genickt, als er mich zum ersten Mal so genannt hat. Wie man das halt so macht, wenn einem die Eltern einbläuen, dass wir nur zu Gast sind in diesem Land und bloß nicht auffallen dürfen." Er zieht das nächste Stück Papier von der Flasche. Die Fetzen werden immer kleiner. „Danach haben das dann irgendwie alle übernommen. Und als ich aufs Gymnasium gekommen bin, hab ich

* Entschuldigung, ich verstehe kein Polnisch. Ich bin aus Deutschland, aber ich bin ein feiner Kerl.

mich einfach als August vorgestellt. Die Jungs wissen gar nicht mehr wirklich, dass ich anders heiße."

Er wirft Kinga den Blick eines gemeinsamen Geheimnisses zu, lehnt sich zurück und nimmt einen Schluck.

„Aber Katharina." Er hebt seine Flasche. „Sie hat bei einer Gruppenarbeit irgendwann mal meinen Namen auf einem Blatt gesehen und mich drauf angesprochen, eine Weile mit mir geübt und mich als Einzige immer richtig angesprochen. Wegen ihr hab ich mich im Studium getraut, mich wieder als Hyun-Seung vorzustellen."

Kinga hebt ihr Glas, stößt mit ihm an. Diesmal aktiv und bewusst.

„Sie war die Beste."

Er macht große Augen und nickt langsam.

„Ich vermisse sie."

„Und ich erst." Sie nimmt einen Schluck, stellt das Glas ab und sieht ihn an. „Hyun-Seung."

Er hält ihren Blick, dann schüttelt er entschuldigend den Kopf, und sie müssen gemeinsam lachen.

4

In manchen Momenten horcht David auf, wenn jemand etwas über Katha erzählt. Oft genug Geschichten, bei denen er selbst dabei gewesen ist, manchmal aber auch Sachen, die er zum ersten Mal hört. Puzzlestücke ihres Lebens, von denen er nichts gewusst hat, die aber zu Katha passen. Wie sie in Frankreich einen Mann so lange bequatscht hat, bis er sechs Leute in seinem zu kleinen Auto mitgenommen hat, dabei konnte sie gar kein Französisch. Oder wie sie zufällig diese Kinderbuchautorin in einer Buchhandlung getroffen hat und spontan eine Lesung im Kindergarten organisiert hat, am nächsten Tag. Und wie sie zu früh bei Freunden in Krakau angekommen ist und dann über den Balkon in die Wohnung geklettert, weil noch niemand da war, im dritten Stock.

Dann muss auch er schmunzeln, einmal sogar laut mitlachen. Bis er von der Wucht der Erkenntnis niedergeschlagen wird und er sich erinnert, weshalb sie alle hier sitzen und gemeinsam essen. Leichenschmaus. Er bekommt nichts runter und kann nicht fassen, wie die anderen das Essen in sich hineinstopfen. Wenn Katha dabei gewesen wäre, hätte sie ihm Pommes geholt und einfach vor ihn hingestellt, weil Pommes gehen immer. Das war ihr Ding, und sie hätten dann gemeinsam gegrinst wie die Zwölfjährigen, als die sie sich kennengelernt haben. Aber Katha ist nicht da. Wird nie wieder da sein. Und neben diesem Gedanken hat nichts anderes Platz. Keine Erinnerung, keine Gefühle, kein Hunger, keine Pommes. Bis Kinga neben ihm steht und ihn sanft anstupst. Sie sieht erschöpft aus.

„Komm, wir gehen nach Hause."

David dreht sich um, immer noch sitzen überall Leute.

„Müssen wir nicht die Letzten sein?"

Kinga zeigt in die Ecke des Raumes.

„Martha und deine Eltern machen das. Ich hab das mit ihnen abgesprochen."

Also steht David auf und geht mit Kinga durch die Tür, ohne jemandem Tschüss zu sagen. Und wenn Kathas Geist da ist, dann wird er eine Weile brauchen, bis er hinterherkommt. Sie hat sich immer ewig verabschiedet.

Die Gaststätte liegt direkt am Friedhof, und von dort ist David normalerweise locker in zwölf Minuten nach Hause spaziert, aber mit Kinga auf Krücken brauchen sie ewig. Er hat angeboten, das Auto zu holen, aus Respekt und Freundlichkeit, und zu spät kapiert, dass Kinga gerade auf keinen Fall und vielleicht nie wieder in ein Auto steigen will. Also Schritt, Atemzug, Krücke nachziehen. Er sieht ihren Schweiß, ihre zusammengebissenen Zähne, den roten Kopf und die weißen Knöchel, er hört ihr Keuchen und das Stöhnen, wenn sie falsch aufkommt, und in ihm krampft sich alles zusammen, sein Bein schmerzt nur beim Zusehen.

„Kann ich dir irgendwie helfen?"

Kinga schließt die Augen, und David weiß, wie sie mit sich ringt. Weil ihr Stolz Nein sagen will und durchziehen, sie aber schon lange genug in Therapie ist, um zu wissen, dass sie nach Hilfe fragen darf. Sie macht die Augen auf und sieht ihn an, verzweifelt.

„Ich brauch 'ne Pause."

David nickt, zeigt nach links.

„Ein Stück da runter ist eine Bushaltestelle. Da können wir uns setzen."

Kinga schüttelt den Kopf, keucht.

„Ich mach doch keinen Umweg. Dann gehen wir eben weiter."

Sie legt den Oberkörper nach vorne und schreit direkt auf, das gesunde Bein knickt ein.

David greift nach ihr, aber sie schüttelt ihn ab.

„Ich kann nicht mehr. Ich setz mich jetzt hier hin."

David denkt Boden und Dreck und Anzughose und was denken die Leute, die uns vielleicht sehen, aber Kinga hat ihr schwarzes Kleid hochgerafft und setzt sich auf den Asphalt, das kaputte Bein von sich gestreckt, und tippt hinter sich.

„Setz dich. Stütz mich."

David sieht die Straße runter und zögert einen Moment zu lang. Kinga klopft nochmal auf den Boden.

„David! Mach schon!"

Also geht er in die Knie und setzt sich, und Kinga lehnt sich an seinen Rücken, sie seufzt erleichtert auf. Ihr Kopf lehnt kurz an seinem, eine vertraute Geste, obwohl sie das vor Jahren zum letzten Mal gemacht haben. Dann rutscht ihrer an seinem Kopf vorbei und landet auf seiner Schulter.

Der Asphalt ist wärmer, als David erwartet hat. Er spürt ein paar Steinchen durch den dünnen Stoff der Anzughose, hoffentlich reißt er nicht. Aber ist das nicht eigentlich auch egal? Als ob es noch schlimmer kommen könnte. Kinga schnaubt grinsend, ihre Nase ganz nah an seinem Ohr, und für einen kosmischen Augenblick ist David sich sicher, dass sie seine Gedanken gelesen hat. Er dreht seinen Kopf, aber sieht sie nur am verschwommenen Rand seines Sichtfeldes.

„Was ist los?"

„Stütz mich. Das waren die ersten Worte, die ich jemals zu dir gesagt hab."

David nickt und sieht sie vor sich, damals auf dem Spielplatz, sie beide sechs, und Kinga balanciert auf der Brüstung des linken Turms, versucht angestrengt, auf das Dach zu greifen. Stütz mich, hat sie gesagt, und er kannte sie nicht, wusste nicht, was das sollte und ob er das durfte und was die Leute denken würden, bis sie schwankte und er sie hielt, ganz automatisch, damit sie nicht fiel. Dann kam sie wieder runter, mit einem breiten Grinsen und der Mütze in der Hand, die die älteren Jungs da hochgeworfen hatten. Nicht ihre, aber der Mützenbesitzer war nochmal jünger als sie und hätte sie nie wieder bekommen.

„War auch eine ähnlich komische Sache wie das hier."

Kinga schüttelt den Kopf, und Davids ganzer Oberkörper wackelt.

„Das hier ist nur komisch, weil wir es nicht jeden Tag machen. Dabei finde ich es eigentlich ganz gemütlich."

Eine Mutter mit ihrem Kind geht an ihnen vorbei, als David im richtigen Moment nach oben sieht, nickt sie ihm zu. Er hebt die Hand, und die Kleine sagt „Hallo".

Kinga winkt ihr nach, obwohl die Kleine schon längst nicht mehr guckt.

„Siehst du? Niemand findet uns komisch."

„Aber bald wirft uns jemand fünfzig Cent hin."

Ein Auto kommt neben ihnen zum Stehen, ein Mann, vielleicht Mitte sechzig, steckt den Kopf raus.

„Alles in Ordnung?"

David sieht verschwommen, wie Kinga den Daumen nach oben streckt.

„Alles super, danke. Muss mich nur ausruhen."

Der Mann betrachtet die beiden und bleibt an Kingas Bein hängen.

„Soll ich euch irgendwo hinfahren?"

Kinga schüttelt vehement den Kopf.

„Nie wieder Autos."

Er sieht sie irritiert an, und dann lacht David auf, kann gar nicht anders. Es bricht aus ihm heraus. Vor acht Tagen hätte er das nicht lustig gefunden. Aber wenn nach müde blöd kommt, kommt vielleicht nach dem Tod schwarzer Humor.

David öffnet die Tür und stößt sie auf, dann lässt er Kinga zuerst eintreten. Sie humpelt durch den Flur bis nach hinten rechts, dreht auf dem gesunden Fuß eine Pirouette und lässt sich auf die ausgezogene Schlafcouch fallen. Sie hat die Augen geschlossen.

„Ich werde eine Woche lang nicht aufstehen."

David steht im Türrahmen und kennt das Gefühl. Nie wieder aufstehen. Nur im Bett bleiben, das ihm jetzt alleine gehört, in dem er aber immer noch nur auf seiner Seite liegt.

Kathas Schlafshirt in der Hand, hat er stundenlang an die Decke gestarrt und die Welt ignoriert, nach dem Anruf. Vielleicht wäre er dort einfach verhungert, und vielleicht wäre das in Ordnung gewesen, weil es ihn wieder zu Katha gebracht hätte. Aber dann hat es irgendwann so lange an der Tür geklopft, dass David sich aus dem Bett kämpfen musste.

Kinga stand vor ihm, sie lehnte an der Wand, ihr Bein im Gips, ein Pflaster über der linken Augenbraue, und er sah ihr die Anstrengung der letzten Tage an. Aber sie lebte noch, und sie schaute ihn mit der gleichen Traurigkeit an, die in ihm tobte. Dann hob sie stumm den linken Arm, David ließ sich in die Umarmung fallen und konnte nur noch weinen. Er schluchzte so laut, dass es ihm peinlich war, weil was würden die Nachbarn denken? Aber er hatte nicht die Kraft aufzuhören, und er wollte Kinga nicht loslassen, wollte für den Rest seines Lebens gehalten werden. Aber Kinga keuchte irgendwann auf.

„Tut mir leid, ich kann nicht mehr stehen."

David wich erschrocken zurück, brachte sie ins Wohnzimmer. Kinga sank aufs Sofa und atmete langsam aus, eine Mischung aus Schmerz und Erleichterung.

„Ich bin richtig froh, dass ihr im Erdgeschoss wohnt."

David ignorierte den Schmerz, den das ‚ihr' auslöste, und sah ihre Wohnung vor sich, im Stuttgarter Westen, keine halbe Stunde entfernt, aber im Dachgeschoss. Vier Stockwerke und ein hundertzwanzig Jahre altes und schmales Treppenhaus aus Holz. Er runzelte die Stirn.

„Wie machst du das gerade bei dir?"

Kinga schüttelte den Kopf.

„Da war ich noch nicht. Allein die Idee, dort hochzumüssen, löst Schmerzen aus."

David dachte nicht drüber nach.

„Dann bleibst du hier, solange du möchtest."

Kinga wollte protestieren, aber David kam ihr zuvor.

„Guck mal, wir ziehen das Sofa aus. Katha hat das damals extra für dich geholt. Ihr hätte das gefallen, wenn du jetzt hierbleibst. Und du fühlst dich einfach wie zuhause. Wie früher, weißt du?"

Ganz früher, als Kinga so selbstverständlich Teil seines Lebens gewesen war, dass es sich komisch angefühlt hatte, wenn sie mal nicht da war. Bevor Katha in ihr Leben trat und fast unmerklich zwischen sie rutschte. Kinga schüttelte immer noch den Kopf, aber dann seufzte sie.

„Danke. Ich werde dir keine Umstände machen."

Jetzt lässt sie die Krücke fallen und versucht, mit dem Gipsbein den Stiefel abzustreifen, was sie vor Schmerzen aufjaulen lässt. David setzt sich neben sie und öffnet den Reißverschluss, zieht ihr den Stiefel und den Orthopädieschuh aus. Sanft und so langsam wie möglich.

„Danke. Sorry, könnte stinken. War anstrengend und heiß."

David senkt automatisch den Kopf Richtung Achsel. Auch er ist komplett verschwitzt.

„Kann ich dir irgendwas bringen?"

„Die stärkste Spezi, die du hast."

Also Kühlschrank, zwei Flaschen zischend öffnen und zurück ins Wohnzimmer, wo er stockend stehenbleibt. Kinga hat die Handballen auf die Augen gepresst, als ob sie versucht, die Tränen zurückzuhalten. Ihr Mund ist verzogen, ihr Schluchzen unterdrückt, fast nicht zu hören.

So muss ich in den letzten Tagen ausgesehen haben, denkt David. Zumindest fühlt sich sein Schmerz danach an, nach Starre und stummen Schreien, nach verkrampftem Körper und Knoten im Hals und nach mehr Tränen, als ein Mensch aushalten kann.

Vorsichtig stellt er die Flaschen ab, zieht die Tür lautlos zu und schleicht ins Bad. Knöpft das Hemd auf und will sich das Shirt über den Körper ziehen, aber es klebt so sehr an seiner Haut, dass er sich darin verfängt, den Kragen schon überm Kopf, aber der Rest hängt fest. Umständlich schiebt er einen Arm nach unten und schafft es, den Stoff von der Haut zu lösen und sich daraus zu befreien, bis er es in den Händen hält und sich wieder aufrichten kann und tief einatmen. Er pfeffert es in die Waschmaschine, das Hemd gleich hinterher, genauso die Hose und seine Boxershorts, nur um das Shirt wieder rauszuziehen. Er drückt es sich an die Nase – und wem will er was vormachen. Aber er kann es nicht waschen, egal, wie es riecht. Also hängt er es über die Heizung und steigt in die Dusche.

David hat sich nur das Handtuch um die Hüften gewickelt und will ins Schlafzimmer, als er Kinga rufen hört. Eine Hand am Knoten, schiebt er vorsichtig die Tür auf. Sie sitzt mit eingezogenen Schultern an der Kante des Schlafsofas, und die langsame Bewegung ihres Kopfes erinnert David an eine Schildkröte. Ihre Augen sind rot, das Make-up vielleicht wasserfest, aber durch ihre Hände verschmiert, sie lächelt verzweifelt und zuckt mit den Schultern, lässt die Hände auf die Polster plumpsen.

„Ich krieg mein Kleid nicht auf."

David stockt, zeigt in Richtung Schlafzimmer.

„Katha hat irgendwo so einen Haken, ich kann den ...", aber Kinga schüttelt den Kopf.

„Katha hat auch einen Schuhlöffel, und ich hab beides nie richtig verwenden können. Mach schon, David. Bitte."

Er presst die Lippen aufeinander, er hätte gern mehr an, wenigstens den Körper bedecken, wenn schon die Seele nackt ist. Aber ihre Verzweiflung ist größer als seine Scham, also kommt er zu ihr ans Sofa und zieht den Reißverschluss runter. Kinga drückt sich nach oben, hält sich an David fest und schält sich aus dem Kleid, setzt sich wieder, greift nach der Spezi und hält sie David entgegen.

„Cheers."

David zögert kurz, dann setzt er sich und stößt mit seiner Flasche gegen ihre, nimmt einen Schluck. Sie rutscht nach hinten, bis sie sich gegen die Wand lehnen kann, er tut es ihr gleich und versucht dabei, das Handtuch nicht zu verlieren.

„Als ich vorher reingekommen bin, warst du gerade am Weinen. Ich wollte nicht stören. Wollte nicht, dass das komisch wird."

Kinga zeigt auf das graue Handtuch und ihre schwarze Unterwäsche und lacht kurz auf.

„Stimmt, ist jetzt auf jeden Fall besser."

David lacht mit, aber zuckt mit den Schultern.

„Ich schätze, wir haben uns öfter halbnackt gesehen als weinend."

Kinga nickt langsam und blickt irgendwo ins Leere.

„Wahrscheinlich sind uns unsere Gefühle peinlicher als unsere Körper."

\

Als David und Kinga sich kennenlernten, waren sie noch so jung, dass sich ihre Körper einigermaßen ähnlich sahen, und sowieso war David mehr interessiert an ihren gemeinsamen Spielen und Abenteuern und Unterhaltungen. Als David Katha kennenlernte, war er schon zwölf, und nochmal ein paar Jahre später sah die Sache ganz anders aus. Als sie dann irgendwann zum ersten Mal bei ihm übernachtete, kurz bevor sie zusammenkamen, fragte er sie, ob sie ins Bad wollte, um sich den Schlafanzug anzuziehen, aber Katha schüttelte den Kopf und machte eine wegwerfende Bewegung.

„Ob du mich morgen im Bikini siehst oder jetzt in Unterwäsche, ist doch eh das Gleiche."

Und zog sich ihr Shirt über den Kopf. David nickte mit großen Augen, zog sich auch im Zimmer um und tat so normal wie möglich, aber das Bild von Katha in Unterwäsche hatte sich direkt in sein Langzeitgedächtnis gebrannt.

\

David spürt die Wärme, die Kingas Körper abstrahlt, und fragt sich, was passiert wäre, wenn sie sich später kennengelernt hätten. Er sieht zu ihr rüber, sie fängt seinen Blick, hält ihn für einen Moment, dann runzelt sie die Stirn.

„Was los?"

David schüttelt den Kopf. Will gar nicht, dass irgendeiner dieser Gedanken ausgesprochen wird. Weil, egal, wie es danach weitergehen würde, diese Wärme zwischen ihnen wäre anders als jetzt, und das will er nicht. Dafür hat er sie viel zu lange vermisst.

„Was machst du morgen?“

Kinga lässt den Kopf gegen die Wand fallen.

„Ich werde aufwachen und irgendwann realisieren, dass ich nun in einer Welt ohne Katha lebe. Und dann werde ich den ganzen Tag hier auf der Couch liegen und ihn irgendwie damit verbringen, mit dieser Erkenntnis klarzukommen. Und wenn ich Glück habe, denke ich vielleicht mal zehn Sekunden nicht an sie.“

Der Schmerz hat sich in ihre Stimme geschlichen, und David weiß, dass sein Tag ähnlich sein wird. Weil Sonntag ist, wird er sich nicht einmal mit Arbeit ablenken können. Aber auf keinen Fall kann er schon wieder auf den Friedhof. Bestimmt ist das Grab schon zu, vielleicht steckt da schon das Holzkreuz mit Kathas Namen, und dann gibt es keine Hoffnung mehr, dass das alles nur ein Versehen ist. Oder ein richtig schlechter Scherz. Vielleicht sogar von ihr.

Dass sie doch einfach irgendwann zur Tür reinkommt, sie zu laut zuschlagen lässt, ihren Schlüssel über seinen am Schlüsselbrett hängt, obwohl da noch drei freie Haken sind, durch die Wohnung geht und ihn sucht, noch bevor sie die Schuhe auszieht, um ihm einen Kuss auf den Kopf zu geben und dann direkt aufs Klo zu gehen, ohne die Tür zu schließen, sodass er ihr beim Pinkeln zuhören muss, weil sie ihm unbedingt von ihrem Tag erzählen will. Er fand das immer unangenehm und hat es gleichzeitig geliebt.

Kinga schaut ihn an.

„Morgen also wieder Friedhof, ja?“

5

Es ist so früh, dass ihr Atem zu sehen ist. Marie zieht die Jacke zu und tritt aus dem Haus. Sie stockt, als sie den Witwer vor dem Grab sitzen sieht, das sie gestern noch aufgeschüttet hat, die Kränze darauf drapiert und das Holzkreuz ans Kopfende gesteckt. Katharina Zalt. Gerade drei Jahre älter als Marie und nicht nur verheiratet, sondern auch schon tot. Selbst verschuldet. Trotzdem richtig scheiße. Besonders für ihn. Marie dreht ab und geht auf ihn zu.

„Morgen."

Er zuckt zusammen, schaut sie an. Wirkt nicht so, als ob er letzte Nacht geschlafen hat. Was er trägt, ist viel zu dünn für den Morgen und sieht ziemlich nach Schlafklamotten aus, mindestens die Hose dürfte schon durchnässt sein vom Tau. Er zittert, und sie kann nicht sagen, ob das vom Weinen kommt oder von der Kälte. Sie hebt die Arme, Handflächen nach außen, friedliche Absicht, und geht in die Knie, auf Augenhöhe, aber bleibt auf Abstand.

„Sorry, ich wollte dich nicht erschrecken. Ist es nicht noch ein bisschen früh?"

Er sieht wieder zum Grab, schlingt die Arme um die angezogenen Beine, vergräbt das Kinn darin.

„Konnte nicht schlafen."

\

Tagelang hatte Papa durchgeweint, hatte im Schlafzimmer auf dem Boden gesessen, neben ihrer Seite des Betts, und sich durch nichts beruhigen lassen. Nicht vom Pfarrer, nicht von seinen Verwandten, die alle aus Italien gekommen waren, nicht von seinen Kindern. Franz und sie waren um ihn herumgeschlichen und hatten ihn mit Essen versorgt, wenn niemand anderes da war, und waren zwar Arm in Arm, aber trotzdem irgendwie einsam und mit dem Wimmern ihres Vaters als Grundrauschen eingeschlafen. In der Nacht nach der Beerdigung, Marie war sieben Jahre alt, wachte sie auf, weil es in der Wohnung vollkommen still war. Sie tappte leise von Tür zu Tür, sah in alle Zimmer, aber Papa war nicht da. Also weckte sie Franz, ging mit ihm nochmal durch die Wohnung, Tür auf, Licht an und Kopfschütteln, dann zogen sie sich ihre Jacken an und liefen von Straßenlaterne zu Straßenlaterne, ihre kleine Hand in der von Franz, bis zum Friedhof.

Er saß vor dem frisch aufgeschütteten Hügel und starrte auf das Kreuz, schluchzte, wippte vor und zurück, als versuchte er, sich selbst zu beruhigen. Seine Schultern bebten, es war eiskalt. Als Marie und Franz sich zu ihm setzten, legte er zwar seine Arme um sie, aber nahm den Blick nicht vom Kreuz. Und erst in diesem Augenblick verstand Marie, wie sehr sich das Leben ändern würde.

\

Sie nickt, winkt ab, schiebt die Erinnerung nach hinten, wo sie immer kauert und auf Augenblicke wie diese wartet, in denen Marie sie nicht zurückhalten kann.

„Ist okay. Geht vielen so. Gibt Leute, die hier übernachten. Guck nicht so. Ist zwar eigentlich nicht erlaubt, aber wer bin ich, sie wegzuschicken?“

Er runzelt die Stirn, wischt sich mit dem Handrücken die Nässe aus dem Gesicht.

„Wieso bist du schon wieder hier? Ist doch Sonntag.“

Sie zeigt auf das Haus in der Mitte des Friedhofs.

„Ich wohne da. Ich bin immer hier. Die bessere Frage ist, warum ich schon wach bin.“

Sein Blick rutscht ab und richtet sich wieder auf das Grab, dann holt er Luft, als ob er Energie sammeln muss für die Höflichkeit, die Frage zu stellen, die sie ihm vorbereitet hat.

„Und warum bist du schon wach?“

„Ich war gestern Nacht zu faul, den Bagger wieder in den Schuppen zu fahren. Und jetzt ärgere ich mich über mein Ich von gestern, weil ich deshalb rausmusste, bevor die ersten Leute auf den Friedhof kommen. Aber du bist ja schon da.“

Sie sieht ihn gespielt vorwurfsvoll an, aber sie kann nicht sagen, ob er das versteht. Er schaut ihrem Finger hinterher, betrachtet den Bagger so lange, bis ihr klar wird, dass er weder richtig zuhört noch richtig guckt.

„Bist du die Totengräberin?“

Marie reckt die Brust nach vorne, so gut es in der knienden Position geht.

„Ich bin die Tochter des Totengräbers. Aber ich helfe Papa immer wieder.“

Was nicht gelogen ist und auch irgendwie nicht die Wahrheit. Sie könnte es erklären, aber er sieht sie noch einen Moment an, dann dreht er sich wieder zum Grab. Konversation offensichtlich beendet. Der Mann hat gerade seine Frau verloren, und wahrscheinlich ist Marie ihm vollkommen egal, trotzdem schafft sie es nicht, das nicht persönlich zu nehmen.

Sie hasst dieses Gefühl, wenn Menschen sich von ihr abwenden. Wie oft sie schon aus Kreisen und Gruppen ausgeschlossen wurde. Dieses stechende Gefühl, nicht dazuzugehören. Anders zu sein. Falsch. Und da wundern sich die Leute, dass sie Menschen nicht mag. Was ja noch nicht mal stimmt. Sie schält sich aus ihrer Jacke und legt sie neben ihn.

„Damit dir nicht ganz so kalt ist. Bring sie mir irgendwann wieder."

Er wirft einen kurzen Blick zur Jacke, starrt dann weiter auf die Kränze. Marie schlägt sich auf die Knie, drückt sich nach oben.

„Ich mach dann mal. Muss arbeiten. Bis später."

Er reagiert immer noch nicht, was es nur schlimmer macht. Sie geht ein paar Schritte und dreht sich dann um.

„Nur als Info, Katharina liegt auch später noch da, wenn es wärmer wird. Du musst also nicht so früh kommen und frieren."

Aus dem Augenwinkel sieht sie gerade noch, wie er ihr jetzt nachschaut, mit fassungslosem Gesichtsausdruck, und sie spürt neben dieser kindisch bockigen Freude, das letzte Wort gehabt zu haben, auch das brennende Gefühl der Scham. Weil auch das natürlich nichts besser macht. Schon früher nie etwas besser gemacht hat. Als sie auf dem Bagger sitzt, muss sie ihm doch nochmal einen Blick zuwerfen. Aber er hat nur Augen für seine tote Frau.

Sie kommt aus dem Schuppen, hört Musik aus der Aussegnungshalle und schlendert rüber. Franz ist völlig versunken, spielt eine psychedelische Endlosversion der bekanntesten Trainingsmusik aller Zeiten, Badam Ba, Badam Ba. Marie reißt die Arme nach oben und tänzelt um Franz und die Orgel herum, bis er den Schlussakkord spielt.

„Rocky?"

Er zuckt mit den Schultern.

„Hatte die ganze Nacht einen Ohrwurm davon und wollte den loswerden. Weiß nicht, ob ich's gerade schlimmer gemacht habe."

Franz kichert, dann zeigt er mit dem Finger auf Marie.

„Sag mal, hast du gestern mit dem Witwer geredet?"

Marie atmet erschöpft ein.

„Ich hab gehofft, du hast es vergessen."

„Hatte ich auch. Aber dann hab ich euch vorhin draußen gesehen. Was war gestern?"

Er sieht sie neugierig an, die Hände im Schoß liegend, und Marie versucht, seinem Blick auszuweichen. Lehnt an der Orgel und fährt die Maserung nach.

„Ich wollte ihm meine Nummer geben. Kam nicht so gut an."

Franz blickt fassungslos drein.

„Klar, die denken jetzt alle, du wolltest ihn angraben."

Marie kratzt sich am Kopf.

„Ja, keine Ahnung. Im Nachhinein versteh ich auch, dass das nicht cool war. Aber als ich da bei den Jungs saß und ihn mir so angeguckt hab, da hat sich das irgendwie richtig angefühlt. Als ob er jemand sein könnte, der das versteht. Und ich dachte mir, lieber machen und entschuldigen als nicht machen und immer bereuen."

„Und deshalb hast du dich heute Morgen entschuldigt."

„Ich hab ihm gesagt, dass seine tote Frau auch später noch da liegt, wenn es wärmer ist."

Franz lässt den Kopf nach vorne sinken und seufzt resigniert, bevor er seine Schwester wieder ansieht.

„Immer lieber andere verletzen, bevor du verletzt wirst."

Marie spürt, wie sie wütend wird. Sie hasst es, wenn Franz den Allwissenden spielt. Sein Leben ist anders und gefühlt auch einfacher. Irgendwie ist es egal, was sie macht, er wird sie immer belehren.

„Der wird mich doch eh scheiße finden, da kann er das auch von Anfang an machen."

„Niemand braucht dich scheiße finden, das kriegst du schon ganz gut selbst hin."

„Ach, fick dich."

Franz sieht sie so lange mit dem offenen, liebenden Blick eines großen Bruders an, bis ihre Kopfhaut zu kribbeln beginnt, dann dreht er sich zur Orgel und legt die Finger auf die Tasten. Badam Ba, Badam Ba. Woran auch immer du gerade scheiterst, mach weiter. Immer weiter, immer neu, bis es irgendwann klappt. Das muss Franz nicht aussprechen, seine Musik macht es klar genug. Marie zeigt ihrem Bruder beide Mittelfinger und geht aus der Halle.

6

Kinga öffnet die Augen und starrt auf eine mit Schwammtechnik gelb getupfte Wand, von der sie weiß, dass es nicht ihre ist. Sie realisiert, dass sie im Wohnzimmer von Katha liegt. Dann zieht der Schmerz durch das Bein, stroboskophafte Erinnerungen an Kathas Schrei, an den Baum, an den Aufprall, und sie ringt nach Luft, als könne sie für Katha mitatmen.

Sie kann sich an keine Träume erinnern, glaubt sogar, dass sie gar nicht träumt. Aber jeden Tag auf diese Art aufzuwachen, kein Albtraum kann so schlimm sein wie diese Realität. Sie richtet sich auf, greift nach den Krücken und schiebt sich nach oben, zusammengedrückte Zähne, schmerzende Muskeln. Wenn der Gips abkommt, hat sie gestählte Arme und braucht eine Beißschiene. Sie humpelt ins Bad und weiter in die Küche, sieht die offene Schlafzimmertür und hat erst nicht die Kraft, reinzusehen.

„David?"

Niemand antwortet, und sie macht einen Schritt ins Zimmer, unter der Krücke rutscht der Teppich weg, und sie knallt erst gegen die Tür und dann auf den Boden. Kinga schreit auf und beißt dann die Zähne zusammen, reibt sich die Schulter und kickt die Krücke mit dem gesunden Bein weg. Sie schiebt sich über den Boden zurück ins Wohnzimmer und schwört sich, das scheiß Ding nie wieder zu benutzen.

Eine halbe Stunde später kommt David zur Tür rein und streckt den Kopf ins Wohnzimmer. Kinga drückt auf Pause und muss schmunzeln, als sie ihn sieht.

„Wo warst du? Warst du mit deinem Schlafanzug draußen? Und was ist das für eine Jacke?"

Er sieht an sich herunter. Die dunkelgrüne Jacke ist aus schwerem Stoff, der aussieht, als könnte er sehr viel abhalten, aber die Ärmel sind viel zu kurz, und die Jacke geht ihm vielleicht bis zum Bauchnabel. David schnieft und wischt sich die Nase mit den Fingern sauber, streift sie danach an der Hose ab.

„Konnte nicht schlafen. War auf dem Friedhof. Die Frau von gestern war wieder da. Die mit der Nummer. Sie hat mir die Jacke gegeben. Kann ich zu dir kommen?"

Jeder Satz eine Information und jede Information eine Emotion, die Kingas Körper flutet. Zu viel auf einmal, und sowohl Herz als auch Kopf weigern sich, das jetzt zu verarbeiten. Sie schüttelt langsam den Kopf und hebt die Decke, er streift die Jacke ab und klettert zu ihr auf die Couch, schmiegt sich an sie, nimmt ihr die Fernbedienung ab und drückt auf Play.

„Was schauen wir?"

„Sie war ihr ganzes Leben in einem Bunker gefangen und muss jetzt in New York klarkommen. Die Jacke muss echt schlecht sein, du bist arschkalt. Und ist das Sonnenbrand?"

„Saß da schon eine ganze Weile, bis sie kam. Ist von gestern. Hört sich ein bisschen unrealistisch an."

Sie sieht ihn vor sich, wie er an Kathas Grab sitzt. Liebe seines Lebens und irgendwie auch ihres.

\

Kinga und David kannten sich, seit sie Kinder waren, sie waren ihrem Spielplatz treu geblieben und hingen miteinander dort rum, wann immer es ging. Sie holten sich Yufka bei Abu und Norman und Spezi aus dem Plus um die Ecke, und Kinga war froh, dass sie einen Grund hatte, nicht nach Hause zu gehen. Bis David eines Tages mit seiner Trompete auf den Spielplatz kam, sich auf die Schaukel neben sie setzte und auf eine Art grinste, die sie noch nie an ihm gesehen hatte.

„Hast du im Lotto gewonnen?"

„Da ist ein neues Mädchen im Musikverein. Ihre Familie ist gerade erst hierhergezogen."

Kinga hob die Augenbrauen, und eigentlich wusste sie schon, was er sagen würde.

„Und?"

„Sie spielt Klarinette."

„Und?"

„Sie heißt Katharina."

„Und?"

„Ihre Familie kommt auch aus Polen. Sie spricht noch kaum Deutsch."

„Und?"

„Sie ist wunderschön."

Purer Kitsch, der im Alltag nichts zu suchen hatte, aber verliebte Menschen strahlten eben doch irgendwas aus. Bis er es sagte, hatte sie gehofft, dass sie sich irrte. Jetzt zog sich ihr Magen zusammen. Sie war nicht in David verliebt, wünschte sich nicht, mit ihm zusammen zu sein. Wahrscheinlich gab es ein paar Paralleluniversen, in denen sie das waren. Sandkastenliebe und so. Aber in den meisten der Universen hätten sie sich auch bald wieder getrennt, würden vielleicht nicht mal mehr miteinander reden. Sie liebte David auf diese freundschaftliche Weise, die tiefer ging als Familie. Weil das, was sie bisher als Familie kannte, ein quälendes Zuhause voller Streit und Gewalt und Abwesenheit war, kein Ende in Sicht. Das wollte sie nicht mit David. Aber wenn er in einer Beziehung wäre, würde jemand anderes in seinem Leben wichtig sein. Jemand, mit der er Zeit verbringen würde und gute Gespräche haben. Wäre dann noch Platz für sie? Würde er dann noch

Zeit mit ihr verbringen wollen? Sie hielt all diese Gedanken und Gefühle verschlossen. Weil ihre kleine, vernarbte Seele schon viel zu früh gelernt hatte, dass Menschen ihr wehtaten, wenn sie sagte, wie es ihr wirklich ging.

„Cool. Soll ich dir ein bisschen Polnisch beibringen?"

Die Wochen danach waren schrecklich. Weil David begeistert von Katha erzählte und Kinga sich für ihn freute, wirklich, während sie sich innerlich ganz schal fühlte. Sie erzählten sich fast alles, aber das konnte sie ihm nicht sagen. Er würde ja nicht aufhören, von Katha zu schwärmen, er würde es nur nicht mehr vor Kinga machen. Und diesen Abstand wollte sie nicht ertragen. Also lächeln und nicken. Bis David eines Tages neben ihr auf der schrägen Drehscheibe lag, die nur noch sanft hin und her pendelte. Er stützte sich auf seinen Ellenbogen, drückte Aluminiumfolie und Serviette zu einer Kugel zusammen, warf sie in den Sand neben die Trompete und sah sie an.

„Katha hat nach dir gefragt. Stimmt nicht. Sie hat gefragt, woher ich diese polnischen Sätze kann, und ich hab von dir erzählt. Na ja, jedenfalls will sie dich kennenlernen. Sie sagt, du hörst dich cool an, und ich hab gesagt, du bist die Coolste, und sie hat gesagt, dann will sie mit dir befreundet sein. Ist es okay, wenn ich sie morgen mitbringe?"

Kinga spürte ihr Herz, das sich nicht zwischen Springen und Sinken entscheiden konnte. Weil sie es liebte, dass sie für David die Coolste war. Aber wenn Katha hierherkommen würde, an den Platz, der doch eigentlich schon immer nur David und ihr gehörte, was bliebe dann noch für sie? Sie fühlte sich geschmeichelt und wollte trotzdem Nein sagen, aber natürlich nickte sie. David atmete erleichtert auf und lehnte seinen Kopf an ihren. Wie konnte sie ihm das abschlagen? Sie musste sich wappnen, würde freundlich sein, so gut es eben ging, würde zumindest versuchen, Katha sympathisch zu finden. Vielleicht hielt es ja gar nicht so lange, was auch immer das zwischen den beiden war.

Am nächsten Tag saß sie auf der kleinen Hängebrücke, die die beiden Türme mit der Rutsche und mit der Kletterwand miteinander verband, ihre Beine baumelten zwischen den Ketten, als David um die Ecke bog und neben ihm das Mädchen lief. Er blieb am Eingang des Spielplatzes stehen, an dem versetzten Gatter, das Leute daran hinderte, mit dem Fahrrad direkt auf den Spielplatz zu brettern, und machte eine Handbewegung, als würde er Katha durch seine Villa führen und ihr den Garten zeigen.

Seine Augen suchten die Schaukel, die Drehscheibe, die Wippe ab, bis sie Kinga fanden und aufleuchteten. Wie ein Kind, das bei der Schulaufführung nach den Eltern sucht und für das die Welt hell wird, wenn es sie in den Reihen zwischen all den anderen findet. Dieses Leuchten hatte Kinga schon immer auf eine Art erfüllt, die sie fast erschreckend fand. Weil sie sich so sehr danach sehnte. Er zeigte auf sie, und sie kamen zu ihr, beide ihre Koffer mit den Instrumenten in der Hand.

Kinga seufzte lautlos und saß noch einen Moment da, bis sie sich aufrappelte und die Rutsche nahm, um ihnen entgegenzukommen. David versuchte erfolglos, das Grinsen zu unterdrücken, und Katha lächelte sie an, ein echtes Lächeln, das bis in die Augen reichte. Bevor David etwas sagen konnte, drückte Katha ihm ihren Koffer in die Hand und stellte sich vor Kinga.

„Cześć! Ty musisz być Kinga. David dużo mi o tobie opowiadał.“*

„Założę się, że powiedział mi o tobie więcej.“**

* Hallo! Du musst Kinga sein. David hat viel von dir erzählt.

** Ich wette, über dich hat er mir mehr erzählt.

Katha lachte auf, ein helles Lachen, und Kinga konnte nicht anders, als zu grinsen.

„Wygląda na to, że będziemy musieli się zaprzyjaźnić.“*

„Spróbuję.“**

Katha grinste so breit, dass ihre Zähne sichtbar wurden. Ihre Eckzähne saßen leicht schief und waren länger als die anderen, sie sah aus wie ein kleiner Vampir. David sah zwischen ihnen hin und her, interessiert, aufgeregt, beunruhigt.

„Was redet ihr da?“

Katha sah ihn an.

„Ach nichts.“

Dann zwinkerte sie Kinga zu. Und Kinga wusste, dass sie beste Freundinnen werden würden.

\

Kinga zuckt mit den Schultern.

„Unrealismus ist gut. Gibt keine Autofahrten. Hat sie wieder versucht, dir ihre Nummer zu geben?“

„Nur die Jacke. Können wir nochmal von vorne anfangen? Und das Wort, das gibt's doch nicht.“

„Jetzt gibt es das. Du hast nichts verpasst. Das ist ihr Mitbewohner. Ich versteh nicht, wie man so respektlos sein kann. Das war scheiße, was sie gestern gemacht hat.“

Und dann dauert es viel zu lange, bis David antwortet. Kinga schaut zu ihm, er hat die Decke bis unters Kinn gezogen, lehnt an ihr, und jetzt spürt sie sein Zittern, er weint lautlos und starrt in die Ferne, als ob er die Beerdigung nochmal erlebt.

„Scheiße, David, tut mir leid.“

* Sieht so aus, als ob wir uns anfreunden müssen.

** Ich versuch's mal.

Sie legt den Arm um ihn, und er rutscht noch näher zu ihr, presst sich an sie, und sie hält ihn fest. Irgendwas liegt am Rand ihrer Erinnerungen, sie kann es nicht ganz greifen, aber es fühlt sich wichtig an. Sie drückt auf Pause, aber David schüttelt den Kopf.

„Lass laufen. Unrealismus ist besser als ..."

Er zieht Luft und Rotz durch die Nase nach oben und wird den Satz nie beenden. Kinga drückt auf Play, wenn es wichtig war, wird es ihr wieder einfallen, und sie sehen Kimmy Schmidt zu, wie sie versucht, in diesem Leben klarzukommen. Folge für Folge, bis der Bildschirm dunkel wird und Netflix fragt, ob noch jemand zuschaut.

7

David schlägt die Augen auf, Seitenlage, eine Hand ausgestreckt in die Leere auf der anderen Hälfte des Betts, Kathas Shirt muss ihm in der Nacht aus den Fingern gerutscht sein. Er greift danach, zieht es sich an die Nase und atmet ein. Dann zählt er bis zehn und drückt sich aus dem Bett, fällt in die Routine eines Wochentages. Kurz ins Bad, dann in der Küche das Wasser kochen lassen, während er sich anzieht, sieht nach Regen aus, vielleicht sollte er einen Schirm mitnehmen, aber er muss ja nur kurz zum Bus, und wenn Katha weder im Bad noch im Schlafzimmer ist, muss sie ja im Wohnzimmer sein, aber David stockt mit der Klinke in der Hand, weil Kinga auf dem Schlafsofa liegt und aufschreckt, als er die Tür öffnet. Sie sieht ihn verwirrt an, fährt sich mit der Hand über die Augen.

„Was ist los?“

Davids Kopf zuckt zur Seite, ein halbes Schütteln, er hebt die Hand.

„Sorry, ich hab vergessen, dass du da bist.“

Hitze fährt ihm in einer Welle durch den Körper, er muss die Augen schließen. David zieht die Tür wieder zu, zwingt sich, ruhig zu atmen, und geht in die Hocke, umfasst seine Knie, lehnt sich an die Wand. Kinga öffnet die Tür, stolpert fast über ihn, dann greift sie nach Davids Schulter, stützt sich und lässt sich ächzend neben ihn sinken. Sie will ihn zu sich ziehen, aber er hält dagegen.

„Ne, sorry. Gerade nicht.“

Kinga nickt, legt die Hände in den Schoß, sieht ihn geduldig an, mit Kissenabdrücken auf der linken Wange.

„Scheiß Morgen?“

David spürt die Hitze in der Magengegend und muss sich konzentrieren, ruhig atmen. Er schüttelt den Kopf.

„Eigentlich nicht. Hat angefangen wie ein ganz normaler Arbeitstag, und ich hab alles gemacht wie immer, und ich hab nicht richtig drüber nachgedacht, hab alles gemacht wie immer, und das hat sich gut angefühlt. Aber als ich dich da gesehen hab, ist es mir wieder eingefallen."

Sein Körper zieht sich zusammen, und er reißt den Kopf nach hinten, schlägt ihn gegen die Wand. Und gleich nochmal. Was überhaupt gar nichts bringt. Als ob der Schmerz jemals groß genug sein könnte. Kinga fährt auf.

„Hey!"

Sie schiebt ihre Hand zwischen die Wand und seinen Kopf.

„Lass das! Was ist denn los?"

Für einen Moment will er sie anfahren, sie viel zu laut und zu nah nachäffen. Katha ist tot, das ist los! Was für eine scheiß Frage. Als ob jemals wieder irgendwas anderes los sein könnte in einer Welt, in der sie nicht mehr existiert! Aber wie soll das irgendjemand begreifen, wie soll das irgendjemand wissen, der nicht er ist?

Und dann fällt ihm auch das wieder ein. Wenn es jemand weiß, dann Kinga.

\

Freitag vorletzte Woche, am letzten Tag dieses anderen Lebens, im ‚Davor', klingelte Davids Handy um 17:27 Uhr. Kinga rief an, was komisch war, weil Kinga ihn schon wirklich lange nicht mehr angerufen hatte. Und Katha und sie wollten vor einer Stunde losfahren. Vielleicht war Katha ja noch am Steuer. David schaute auf das Telefon neben seiner Tastatur, spürte die Vibration an den Handballen, die auf dem Tisch auflagen, die Finger über der Tastatur schwebend. Anja lief gerade an der verglasten Front seines Büros vorbei, formte ein lautloses ‚schönes Wochenende‘, er hob die Hand, dann räusperte er sich und nahm den Anruf an.

„Kinga! Schön, dich zu hören. Ist alles okay?“

Er klemmte sich das Telefon zwischen Schulter und Kopf, legte die Finger wieder auf die Tastatur, noch drei Mails, dann konnte er nach Hause. Sich unterwegs noch eindecken mit zwei Packungen Chips und den sauren Gummibärchen und dann vor dem Fernseher versinken und die Sachen gucken, die Katha nicht mit ihm gucken wollte. Sosehr er diese Frau liebte, er freute sich auf die Zeit allein.

„David.“

Sie kannten sich seit mehr als fünfundzwanzig Jahren. Er war zu Kinga in den Sandkasten gestiegen, als die anderen Mädchen nicht mit ihr spielen wollten, sie hatte ihn durch die aufregende Zeit der ersten Liebe begleitet, und sie war dabei gewesen, als er Katha den Antrag gemacht hatte. Er war mit ihr beim Jugendamt gewesen, er hatte ihr damals das Pflaster auf die Wange geklebt, nach der Schlägerei mit den Jungs, die die beiden viel zu jungen Mädchen an der Bushaltestelle in eine Ecke gedrängt hatten. Und als ihre Eltern sie gegen ihren Willen besucht hatten und bedrängten, wieder nach Hause zu kommen, war David mit seinen Eltern aufgetaucht, die Kinga schon seit Jahren wie eine Tochter behandelten. Wäre er im Kopf nicht gerade zwischen der vorvorletzten Mail und der Frage, ob er zuerst diese Doku über Pilze sehen wollte oder doch die aktuelle Staffel ‚Queer Eye‘, hätte er diesen Wendepunkt in ihrer beider Leben schon an ihrem Atmen erkennen können.

Seine Hände stockten, als sie seinen Namen sagte, die Mails auf dem Monitor wurden unscharf. Er schob sich mit dem Stuhl nach hinten, stand auf.

„Was ist passiert?“

Kinga keuchte, er hörte ihr Schluchzen. Sie musste Schmerzen haben, aber da lag noch mehr in der Stimme.

„Kinga?"

„Wir hatten einen Unfall. Ich bin eingeklemmt, David."

„Wo seid ihr? Hast du einen Notarzt gerufen? Was ist mit Katha?"

Er war schon aus dem Büro und hastete nochmal zurück, griff nach der Jacke. Seine Schlüssel waren drin. Dann machte Kinga ein Geräusch, das er nicht zuordnen konnte, und David blieb mitten in der Bewegung stehen.

„Ich weiß es nicht. Sie bewegt sich nicht mehr, David."

Er hörte Kinga, hörte ihre Worte, aber David konnte nicht reagieren. Er hatte es in dem Moment nicht wahrhaben wollen, hatte bis zur Beerdigung versucht, die Realität zu biegen, aber die Stimme in ihm, die immer zweifelte, die jahrelang darauf gewartet hatte, dass Katha sich von ihm trennte, die ihm immer sagte, dass er diese Frau, diesen Job und dieses Leben nicht verdient hatte und bald alle dahinterkommen würden, was für ein Hochstapler er war, diese Stimme sagte ihm, dass Katha tot war. Und er wusste, dass sie recht hatte.

\

David spürt Kingas Blick, ihre fragenden Augen, und er traut sich nicht, sie anzusehen. Er legt den Kopf nach hinten, sanft diesmal, ihre Hand immer noch an seinen Haaren. Sein Blick verliert sich in der groben Struktur der Tapete.

„Ich hab vergessen, dass sie tot ist. Nicht lange, aber für einen kurzen Moment, da war alles ganz normal, alles wie immer, und für diesen Moment war es egal."

Jetzt sieht er Kinga an, und sie hört ihm zu, ist ganz bei ihm.

„Sie war mir egal. Was bin ich für ein scheiß Ehemann, der nicht mal richtig trauern kann. Der vergisst, dass seine Frau tot ist."

Kinga runzelt die Stirn, und David wird wütend. Auf sich. Auf sein Herz, das jetzt schon nicht mehr an Katha denkt. Auf sein Hirn, das so schnell wieder in alten Bahnen läuft. Seine Hände ballen sich erneut, und er holt Luft, um auf sich einzuschimpfen, aber Kinga legt ihre freie Hand auf seine Faust, und er stockt. Sieht sie an.

„David, es tut mir leid, aber das ist Schwachsinn. Sie ist dir nicht egal. Du stehst unter Schock, und dein Körper, dein Geist, dein Herz, alles trauert. Für einen Moment hat ein kleiner Teil in dir versucht, sich eine Pause zu gönnen. Aufzuatmen. Nicht, weil Katha dir egal ist. Weil sie dir so wichtig ist."

Nichts davon kommt durch die Wut und die Verzweiflung. Nichts dringt komplett zu David durch. Aber dann rutscht ihre Hand von seinem Kopf nach unten, und als er ihre Finger an seinem Nacken spürt, noch warm vom Schlaf, sackt er zusammen und kippt in ihren Schoß.

Irgendwann versiegen die Tränen, David richtet sich auf. Sieht Kinga an, wie sie im Schlafanzug auf dem Boden sitzt, das kaputte Bein ausgestreckt. Ihr Gesicht ist genauso nass wie seines. Er schnieft und muss grinsen.

„Scheiß Club, den wir da gegründet haben."

Kinga lächelt, komplett übermüdet und so leer wie David. Sie zuckt mit den Schultern.

„Den haben wir nicht gegründet. Aber jetzt sind wir wohl drin."

Sie seufzt, dann sieht sie Davids Hemd an.

„Friedhof?"

„Ne, Arbeit. Ich hab da jetzt eine Woche gefehlt."

„Scheiße, das tut mir leid. Kommen die nicht ohne dich klar?“

David schüttelt den Kopf.

„Ich freu mich drauf. Ein wenig Routine. Und Ablenkung. Ein kleines bisschen Normalität. Wie früher.“ Er drückt sich nach oben und hält Kinga die Hand hin. „Sonst sitzt du da noch, wenn ich wiederkomme.“

„Wär auch okay.“

Aber dann streckt sie doch die Hand aus und lässt sich hochziehen.

„Im Kühlschrank ist noch was von der Lasagne, die Mama gestern vorbeigebracht hat. Lass es dir schmecken!“

Kurz darauf ist David aus dem Haus und im Auto, auf der Straße und einundzwanzig Minuten später auf dem Parkplatz. Er hält die Karte an die Tür, geht in den ersten Stock und in sein Büro. Alles wie immer, als ob er nur ein Wochenende weg gewesen wäre.

Nachdem er zum ersten Mal mit Katha geschlafen hatte, zum ersten Mal überhaupt mit jemandem, hatte er sich danach gefühlt, als würde er leuchten. Als müssten alle sehen, dass er jetzt ein ganzer Mensch ist und alle wichtigen Erfahrungen gemacht hat. Aber weder sein Vater am Frühstückstisch noch die Busfahrerin oder die Leute in der Schule hatten irgendwas bemerkt. Nur Kinga, aber die war schon immer gut in sowas.

Jetzt fühlt er sich genauso.

Seine Welt ist eine andere, und die Trauer umhüllt ihn wie schwerer Nebel, aber für die anderen ist alles wie immer. Zumindest kommt ihm das so vor. Obwohl die meisten von ihnen bei der Beerdigung waren. Irgendwas in ihm ist genauso traurig darüber wie erleichtert.

Anja geht an der gläsernen Front seines Büros vorbei, Airpods in den Ohren, sie gestikuliert. David ist froh, nicht am anderen Ende der Leitung zu sein. Sie bemerkt ihn im letzten Moment, hebt die Hand, dann ist sie weg. Und steht gleich wieder da. Runzelt die Stirn, legt eine Hand ans Ohr, sagt einen letzten Satz und nimmt die Kopfhörer raus. Noch bevor er sie reinwinken kann, öffnet sie die Tür.

„Da denkt man nichts Böses und dann ..." Sie zeigt auf ihn. „Und dann sitzt der einfach da. Mann, Mann, Mann."

David muss grinsen, einerseits, weil er immer grinst, wenn sie ihn so begrüßt. Andererseits, weil es so normal ist, wie gerade etwas sein kann. Heute ist ihre Farbe Grün. Die Schuhe ein saftig dunkles Waldgrün, der Rand der spitz zulaufenden Brille fast neonfarben, ihr Anzug ein sanftes Petrol, die Gürteltasche hat ein Muster voller Pflanzen. Sie versenkt die Airpods darin und zieht ihren Vaper raus.

„Komm, wir gehen zur Haltestelle."

Ein mit Glas verkleidetes Viereck, das wirklich nach Haltestelle aussieht, auch wenn nie ein Bus hier im Hinterhof halten würde. Anja wischt die Tabakkrümel vom Gitter der Bank und setzt sich, klopft auf den Platz daneben.

Vor sechzehn Jahren saßen sie auch hier, am letzten Tag seines Pflichtpraktikums an der Realschule. Damals rauchte sie noch Selbstgedrehte. Sah ihn eindringlich an und inhalierte den Rauch.

„Wie gefällt's dir bei uns?"

Er zuckte mit den Schultern. Weil ihm das ganze Zeug mit Photoshop schon Spaß machte und die anderen Leute total nett waren und sie seine Ideen immer mal wieder auch ganz gut fanden. Aber Anja irgendwie immer ernst war und er von Tag eins an das Gefühl hatte, dass sie ihn nicht mochte.

„Ja, hat schon Spaß gemacht."

„Spaß wie ein Besuch bei deiner Oma oder Spaß wie ‚ich könnte das noch eine ganze Weile länger machen'?"

„Meine Oma ist tot."
„Meine auch."
Sie nahm noch einen Zug, den vierten vielleicht, aber die Kippe war aufgeraucht. Sie drückte den Stummel in den Aschenbecher in der Ecke.
„Also, wie sieht's aus?"
„Was?"
„Hast du Lust, deine Ausbildung bei uns zu machen?"
„Sie nehmen keine Azubis. Sie haben gesagt, die Firma ist viel zu jung, und den Stress mit Leuten, die es nicht können, wollen sie nicht."
„Tja."
Sie sah ihn aus den Augenwinkeln an, und das war das erste Mal, dass er ein leichtes Lächeln erahnte. Nicht an den Lippen, in den Augen. Er musste grinsen und nickte. Zwei Monate später, nach seinem Abschluss, fing er an. Und fast jeden Tag saß er mit ihr hier.
Mit dem Vaper sind ihre Züge noch tiefer geworden, wie ihre Stimme. Sie hört sich an, als wäre sie hundert, dabei ist sie Ende vierzig. Seit diesem ersten seltenen Lächeln mag er sie, und auf eine vertrackte Art kommen sie gut miteinander aus. Anja bläst den Dampf nach oben und sieht ihn an.
„Kommst du klar?"
David zieht die Augenbrauen hoch und starrt in die Dampfwolke über ihnen. Vielleicht taucht irgendeine Antwort darin auf, denn er hat keine.
„Wenn das bedeutet, dass ich immer noch atme, obwohl ich mir nie ein Leben ohne Katha vorstellen konnte." Er lässt sich nach hinten sinken, kühles Glas am Rücken und am Hinterkopf. Er spürt die Beule, die er sich am Morgen geholt hat. Ein dumpfes Wummern, das immer wieder sagt, all das passiert wirklich. „Ja, dann komm ich klar. Muss ja."
„Das ist alles so scheiße."

„Ja."

„Ich könnte das nicht. Dass du das aushältst."

Tut er das? Kann er das? Seit neun Tagen, vierzehn Stunden und dreiundvierzig Minuten stolpert er durch seine Hälfte dieses Lebens und fragt sich, wie er mit dem riesigen schwarzen Monolith umgehen soll, der mittendrin steht und alles versperrt.

„Kack Satz. Ich bin auch nicht stark, ich kann kaum noch atmen. Schlaf ist scheiße, und irgendwie mach ich doch jeden Morgen die Augen wieder auf. Ich überlebe, mehr nicht. Hättest du mich davor gefragt, hätte ich dir auch gesagt, dass ich das nicht könnte. Und ob ich das aushalte, weiß ich noch nicht."

„Sorry, mir ist nichts anderes eingefallen, was ich sagen könnte."

„Ich hab auch keine Worte dafür."

Die ersten Tropfen platschen auf das Dach. Nicht viele, und wahrscheinlich ist es vorbei, bevor er später nach Hause geht. Anja dreht sich zu ihm, beugt sich nach vorne. David kann nicht weiter nach hinten, aber eigentlich ist sie ihm zu nah. Er hält den Atem an.

„David, was machst du hier?"

„Arbeiten?"

Er stockt, da ist sie wieder, die Stimme, die ihm zuraunt, dass Anja endlich verstanden hat, wie schlecht er in seinem Job ist. Da muss er nur eine Woche nicht da sein, und alle wissen, dass sie ihn nie gebraucht haben.

„Tut mir leid, dass ich die Woche nicht da war. Aber ich hol das nach, keine Angst."

Sie richtet sich auf und zieht an ihrem kleinen Gerät.

„Das ist nicht meine Angst. Ich hab Angst, dass du gerade hier bist, obwohl du noch nicht bereit bist dafür. Dass du durch deine Disziplin so richtigen Schaden anrichtest. In dir drin. Und das kann ich nicht haben." Sie runzelt die Stirn, wirft einen Blick zum Gebäude. „Wir haben das beste Team, aber wenn du nicht da bist, dann fühlt es sich an, als ob uns jemand den Schwerpunkt genommen hat. Wir kommen immer noch voran, aber wir schlingern ganz schön."

Erst, als Anja ihre Hand auf sein Knie legt, bemerkt er sein Zittern. Er atmet kontrolliert aus, während sie ihn besorgt ansieht.

„Ich freue mich also sehr, wenn du wieder herkommst. Aber nicht jetzt."

David bleibt still, aber der Knoten in ihm zieht sich fester.

„Du hast es gerade selbst gesagt, du kommst gerade so durch. Du bringst gerade niemandem was, vor allem dir selbst nicht. Und das ist vollkommen in Ordnung. Geh nach Hause. Trauere um das Leben, das ihr nicht zusammen führen werdet."

David sieht Schlaglichter, einzelne Szenen, den Trailer seiner Zukunft ohne Katha. Tag für Tag aufs Neue aufwachen und sie nicht neben sich haben. An ihrem Grab stehen, mit Stock und grau, weinend. In einem Altersheim, alleine. Katha ist nicht einfach aus seinem Leben verschwunden, und nun passiert es ohne sie. Ohne Katha gibt es kein Leben, das David sich vorstellen kann.

„Aber was ist mit der Arbeit?"

Anja schnaubt lächelnd und schüttelt den Kopf, atmet tief ein.

„Ich würd ja gern sagen, scheiß auf die Arbeit, aber der Laden ist mein Herz. Trotzdem."

Sie hebt einen Finger.

„Und es tut mir leid, dir das sagen zu müssen, aber wir kriegen das eine Weile ohne dich hin. Wenn auch nicht gern."

„Was sagt Luca dazu?"

„Luca kotzt. Aber ich habe ihn sanft daran erinnert, dass Paul noch lebt."

David muss kurz lachen, dann zieht sich der Schmerz durch die Brust bis hinters linke Ohr.

„Ich kann das nicht. Ich muss mich ablenken. Sonst geh ich wirklich kaputt. Bitte."

Anja sieht den Regentropfen zu, wie sie sich sammeln und die Scheibe herunterfließen, aber ihr Blick liegt irgendwo in der Vergangenheit.

„Weißt du, ich glaube, das solltest du. Geh kaputt. Dreh durch. Und versprich mir, dass du erst wiederkommst, wenn du neuen Halt gefunden hast."

„Also nie."

Da ist es wieder, dieses seltene Lächeln. Nur, dass diesmal eine Traurigkeit in ihren Augen liegt und David weiß, dass sie nicht nur den Witz versteht, sondern auch die Wahrheit dahinter.

Sie hatten sich damals alle mit ihr gefreut, und Anja hatte neun Monate lang nicht geraucht, aber als sie nach dem Mutterschutz wiederkam, gab es nichts zu gratulieren. Anja sprach nicht darüber, und David hatte nie gewusst, was er hätte sagen können.

Sie zieht lange am Vaper, ohne ihn aus den Augen zu lassen, und als sie den Dampf ausatmet, muss David an die Raupe mit der Wasserpfeife denken, im Wunderland. Er hält sich am Metall der Bank fest wie Alice sich am Pilz. Wo muss er reinbeißen, damit alles wieder normal wird?

„Du wirst das sehr wahrscheinlich überleben. Es wird nie mehr so wie früher. Vielleicht wird nicht mal mehr alles gut. Aber es könnte okay werden."

„Kann ich mir gerade nicht vorstellen."

Anja zieht nochmal und taucht sie beide in eine Wolke. „Ich weiß."

Sie steht auf und geht schnell ein paar Schritte Richtung Tür, die Schultern nach oben gezogen, als ob sie dadurch weniger nass wird, dreht sich um und sieht David auffordernd an.

„Komm schon, hol deine Sachen und geh. Ich verrechne das mit deinen Überstunden und deinem Urlaub. Und danach finden wir eine Lösung."

„Wann darf ich wiederkommen?"

Anja sieht an ihm vorbei und ist einen irritierend langen Moment irgendwo anders, bevor sie ihn anschaut.

„Ganz ehrlich, ich kann dir eigentlich nicht verbieten, dass du herkommst. Dafür müsste dir das eine Ärztin oder eine Therapeutin verschreiben. Und ich kann auch verstehen, dass du glaubst, dass dir die Arbeit guttut. Wir kennen uns jetzt lang genug, ich kann dir sagen, dass sie das nicht tut. Bleib weg, solang du willst."

„Scheiße."

8

Das Universum hat Kinga so viel Scheiße entgegengeworfen, dass sie die vierte und die neunte Klasse hatte wiederholen müssen. Als sie dann, mittlerweile mit eigener Wohnung und kurz geschorenen Haaren, mit Löchern in den Jeans und gepiercten Lippen, in die Abschlussklasse kam, hatte David schon seine Ausbildung begonnen. Nach der Schule und in den Ferien, wenn sie nicht gerade mit Katha und David rumhing, arbeitete sie bei Kaufland und räumte Regale ein. Okayes Geld für einen Job, der ihr Spaß machte.

Nach einer Kindheit und Jugend voller Chaos, Geschrei und Abwesenheit liebte sie es, Dinge in Ordnung zu bringen. Auch wenn es nur Dosen voller Tomaten und Bohnen und Kichererbsen waren. Viktor hatte ihr vor ein paar Jahren seinen alten iPod geliehen und sie nie wieder danach gefragt, wofür sie jeden Tag dankbar war. Der goldene Lack war zerkratzt, das Display kaum noch lesbar, und sie musste ihn jeden Tag laden. Aber auf dem Weg in die Umkleide entwirrte sie die Kabel, setzte sich den rechten Stöpsel ein und drückte auf Shuffle. *Enter Shikari*, *Rise Against* und *Paramore*, immer in einer neuen Reihenfolge. Wenn sie das Katha oder David vorspielte, hielten die sich die Ohren zu. Aber hier konnte sie innerlich ausrasten, während sie Müslipackungen und Vollmilch nach Haltbarkeit sortierte und auf eine Linie brachte.

In den Pfingstferien vor ihrem Abschluss arbeitete sie Vollzeit, hatte ihr System so optimiert, dass niemand verstand, wie sie ihre Wagen sortierte, aber sie kam schneller durch die Regale als alle anderen.

Sie hatte gerade die veganen Dosenravioli sortiert und im Takt der Musik mit dem Etikett nach vorne aufgereiht, als sie sich umdrehte und stockte. Ein Typ beobachtete sie.

Die Produkte in seinem Wagen sagten Familienvater, ein Kind im Windelalter, abends das obligatorische Glas Wein und den Red Bull nach zu urteilen viele Nächte, in denen er zu lange arbeitete. Sie sah seinen Schuhen an, dass er sie heute Morgen poliert haben musste. Oder jemanden hatte, der das für ihn tat. In der rechten Hand hielt er sein iPhone, und er schien gerade jemandem eine Nachricht geschrieben zu haben, als er Kinga entdeckt hatte. Sie richtete sich auf und unterdrückte den Impuls, ihn anzukacken, er solle irgendwas anderes anstarren. Das war das Problem mit Schichten während der Öffnungszeiten: Menschen. Sie formte ein Lächeln, wenigstens mit den Lippen.

„Kann ich Ihnen helfen?"

Er zeigte auf das Regal.

„Du bist schnell. Und du nimmst es genau."

Kinga legte die Hände an den Wagen, bereit, weiterzufahren. Als Nächstes war der Mais dran.

„Danke?"

„Ist das dein Ferienjob oder bist du fest angestellt?"

„Ferienjob. Noch."

Er nickte und griff mit der freien Hand in die hintere Tasche seiner Anzughose, zog eine Karte heraus und streckte sie Kinga entgegen.

„Ich bin Mustafa, mir gehört TurkTrade Delights. Import-Export. Wir beliefern türkische Restaurants und so in ganz Süddeutschland." Er wedelte mit der Karte, blieb aber hinter seinem Wagen stehen. „Jedenfalls suchen wir immer wieder Azubis für die Lagerlogistik." Er nickte in Richtung der Regale.

„Sowas wie das. Nur in groß."

Er streckte die Karte ein bisschen näher, und diesmal griff Kinga danach. War wahrscheinlich die schnellste Art, ihn loszuwerden. Sie musste ja nicht anrufen. Mustafa nickte, machte mit der freien Hand ein Telefon-Symbol und schob dann den Wagen weiter, in der anderen Hand immer noch sein Handy.

Tatsächlich gehörte der Laden nicht ihm, sondern seinem Vater, aber das würde sich bald ändern, meinte er, als er sie ein paar Tage später durch das Lager führte. Und sie solle doch Musti sagen, das machten alle, aber daran hat sich Kinga bis heute nicht gewöhnt.

Sein Vater saß mit ihm im Büro, für das Gespräch danach, und auch Erol war da, mit dem sie eng zusammenarbeiten würde und der sie ausbilden würde. Als sie den dreien zum Abschied die Hand geschüttelt hatte, wusste sie, dass sie in einem halben Jahr hier beginnen konnte. Die Tür war noch nicht ins Schloss gefallen, da hatte sie schon die Nummer von Katha gewählt.

9

Das Gesicht ist hager geworden und das Haar schütter, er hat die Augen geschlossen. Marie fragt sich, wann Papa so alt geworden ist. Ihr ganzes Leben lang haben sich ihre Erinnerungen angepasst, während sie darin sechs oder siebzehn oder dreiundzwanzig ist, sieht er immer so aus, wie er gerade aussieht. Aber seit knapp zwei Jahren passt der Mann vor ihr nicht mehr zu den Bildern ihres Lebens. Sieht nicht mehr so aus wie ihr Vater. Er ist klein geworden, zerbrechlich und so leicht, dass selbst Marie ihn aus dem Bett heben kann. Seine Hände sind früher ganz flink über die Tasten des Klaviers geglitten und konnten innerhalb von Stunden mit der Schaufel ein Grab ausheben. Jetzt sind seine Finger nur noch Knöchelchen mit dicken Gelenken, so schwach, dass er manchmal nicht mal die Tasse halten kann.

Neben ihr steht die Schüssel mit dem kleinen Rest der Suppe, mittlerweile kalt. Löffelweise hat sie ihm fast alles einflößen können, mehr als in den letzten Tagen. Dann ist sein Kopf zur Seite geglitten, und hätte er nicht geschnarcht, hätte sie Panik bekommen. Er grunzt, dann flattern die Lider, und er öffnet die Augen. Er fährt sich mit der Hand über den Mund, schmatzt und blickt suchend durch das Zimmer, bis er Marie entdeckt und kurz die Stirn runzelt, bevor er lächelt.

„Mariechen. Wie schön, dass du mich besuchen kommst. Wir haben uns schon so lange nicht mehr gesehen. Wo warst du denn?"

Früher hat er ohne Mikro am Klavier singen können und damit jeden Raum gefüllt. Jetzt muss sie sich vorbeugen, um alles zu verstehen. Die Haut an ihren Oberarmen kribbelt, sie zwingt sich zu einem Lächeln.

„Papa, hast du noch Hunger?"

Seine Hand fährt über die Decke, als taste er nach seinem Bauch, er schüttelt leicht den Kopf.

„Ach, mach dir keine Mühe, ich hab keinen Hunger. Und wenn der kommt, dann hüpf ich schnell in die Küche und mach mir selbst was."

Marie stößt bei der Vorstellung ein ungläubiges Keuchen aus, was Papa zum Kichern bringt, so hell wie bei Franz, nur viel fragiler, und Marie kann nicht anders, als zu lachen, während sie versucht, die Tränen zurückzuhalten. Es ist schön, mit ihm zu lachen, aber sein Blick ist verloren, als ob er nicht versteht, warum sie das tun. Und irgendwo fragt Marie sich das auch. Sie greift nach seiner Hand, drückt sie sanft, spürt die kühle, faltige Haut und die Knochen direkt darunter.

„Ich muss ein bisschen arbeiten, Papa. Ich komm später wieder."

Er runzelt die Stirn und versucht, ihre Hand festzuhalten. Sie tut ihm den Gefallen und bleibt. Fragend zieht er die Augenbrauen hoch.

„Was ist denn mit deinem Studium?"

\

Sie saß am Küchentisch und leckte über die Klebekante des Papers, drehte die Kippe fertig und beobachtete Franz, wie er hin und her lief, mit einer seiner Pranken fuhr er sich immer wieder über den Bart und den Mund. Dann stoppte er, verschränkte die Arme und schüttelte den Kopf.

„Du kannst das Studium nicht abbrechen, Marie. Du hast da viel zu sehr dafür gekämpft."

Nach der Realschule hatte sie sich geschworen, nie wieder eine Schule von innen zu sehen. Aber nach einem Jahr in der Ausbildung, nach unzähligen Überstunden, Rückenschmerzen ohne Ende und ständig dreckigen Händen wusste sie, dass ihr die Arbeit in der Gärtnerei zwar Spaß machte, aber sie noch viel zu jung war, um den Rest ihres Lebens zu arbeiten. Also saß sie eines Nachmittags mit Papa und Franz in der Küche. Sie schmökerten sich durch die 384 Seiten des grünen Studienführers. Dünnes Bibelpapier, dicht bedruckt. Sie zog die Ausbildung durch, bewarb sich in Rottenburg, überbrückte die Wartesemester, indem sie Papa auf dem Friedhof half, und begann als eine von fünfunddreißig das Studium Nachhaltiges Regionalmanagement. Sie zuckte mit den Schultern.

„Papa braucht mich. Du brauchst mich."

Franz machte ein abschätziges Geräusch.

„Wir brauchen jemanden, aber nicht dich. Du musst dein Studium fertig machen."

Marie betrachtete das Fenster, fragte sich, wie sehr Franz es ihr übelnehmen würde, wenn sie es öffnete und die Kippe anzündete. Aber das würde das Gespräch nur schwerer machen.

„Und wo findest du jetzt jemanden?" Sie zeigte auf sich. „Ich bin da. Ich kann den Job. Wir teilen uns die Arbeit. Und das Geld reicht ja locker. Lass mich helfen. Ich will helfen."

Das Studium war härter, als sie es sich eingestand. Und theoretischer. Außerdem vermisste sie das Leben hier. Mit Papa arbeiten. Mit Franz Musik machen. Immer mal wieder Mama besuchen. Das konnte sie. Das war einfach.

Franz schüttelte wieder den Kopf, aber er hatte seine Schultern sinken lassen, was schon immer das Zeichen dafür war, dass er einknickte. Wortwörtlich.

„Pass auf. Lass mich hier helfen, bis wir einen Ersatz gefunden haben. Er kann doch nicht mehr alleine. Und du hast schon genug übernommen."

Franz warf ihr einen zweifelnden Blick zu, und sie wusste, dass er Angst um ihre Zukunft hatte. Wenigstens einer hier. Sie nahm die Arme hoch, zeigte um sich herum.

„Glaub mir, ich will auch nicht ewig hier bleiben. Sobald wir jemanden gefunden haben, bin ich weg."

Franz seufzte.

„In Ordnung. Aber du bleibst wirklich nur so lange, bis wir dich nicht mehr brauchen."

„Komm schon, du freust dich doch auch, dass ich wieder da bin."

„Klar. Aber hier geht's nicht um mich. Ich will, dass du endlich hier wegkommst."

Sie wusste, dass er wirklich das Beste für sie wollte. Aber dieses Wissen konnte nicht verhindern, dass sie den Stich spürte. Noch jemand, der sie wegschob.

\

Sie fährt Papa beruhigend über die Hand, schüttelt sanft den Kopf.

„Alles gut, Papa, ich hab gerade Semesterferien."

Seine Augen leuchten auf.

„Heißt das, dass du ein bisschen hier bleibst?"

„Genau. Ich komme später wieder, okay?"

Als sie die Tür hinter sich bis auf einen Spalt zuzieht, sieht Franz auf. Er sitzt im Wohnzimmer, versinkt im Sofa, kritzelt etwas auf ein Notenblatt.

„Alles okay?"

Sie wiegt den Kopf.

„Er hat sich gefreut, dass ich endlich mal wieder hier bin."

„Scheiße."

Er fährt sich durch die Locken, kratzt sich am Kopf. Eigentlich sind seine Haare zu lang, aber immer, wenn sie das denkt, hat sie keine Zeit.

„Wir sollten mal wieder deine Haare schneiden."

„Jaja.“ Er seufzt. „Ich muss nochmal bei der Krankenkasse anrufen. Ob die jetzt endlich alle Unterlagen für diese Reha haben. Ich glaub echt, dass ihm so ein Ortswechsel guttun würde.“

„Ich dachte, er braucht Beständigkeit und Routine.“

Franz wackelt mit dem Kopf, wirft die Hände in die Luft.

„Ja, keine Ahnung. Sein Kopf braucht die Routine, aber der Arzt hat gesagt, dass so Nordseeluft seiner Lunge guttun könnte. Ich weiß es doch auch nicht.“

Und für einen Moment kann sie den kleinen Jungen sehen, der in ihrem Bruder steckt. Der schon immer für sie da war und einigermaßen unbeschadet durch ihre Kindheit gekommen ist. Aber eben doch nicht ganz. Diese Erkenntnis zieht ihr über die Arme bis in den Nacken, und ihre Haut brennt, als würde sich die Zuneigung, die sie für ihn empfindet, nach draußen drücken.

„Kann ich dir was abnehmen?“

Das Kind in ihr streckt die Hand aus nach dem Kind in ihm, und sie klatschen sich ab. Franz lächelt, dann wedelt er sie fort.

„Nein, danke. Geh mal deine Löcher graben.“

„Wenn ich den Schatz finde, behalt ich ihn für mich.“

„Hab ich mir gedacht.“

Sie wirft ihm einen Luftkuss zu und stapft durch den Flur aus dem Haus. Einer der Momente, in denen sie sich wünscht, sie hätte den Mut, ihre Liebe in Worte zu fassen, und dann doch hofft, dass er es auch so versteht. Wie wichtig er für sie ist.

Als sie den Bagger aus der Garage fährt, ist der Himmel dunkel, und der Regen ist noch nicht ganz da, aber sie kann ihn schon riechen. Sie hat zwar ein Dach und eine Scheibe vor sich, aber die Seiten sind offen, und sie hat oft genug gesehen, wie schnell aus einem Nieseln ein Schauer wird, der keinen Spaß macht.

„Dann eben später."

Sie drückt den Hebel in den Rückwärtsgang und rollt zurück, schaltet den Motor ab und geht durch den schmalen Gang in die Aussegnungshalle. Bei Beerdigungen wartet sie draußen, aber wenn sie allein ist, ist sie gern hier drin. Es ist ein flacher Holzbau, der vor ein paar Jahren erneuert wurde. Die Fenster sind bodentief, und wenn die Sonne scheint, leuchtet die ganze Halle. Die Luft ist aufgewärmt und stickig. Im Raum hinter dem Kreuz, wo all die Sachen sind, die fast nie gebraucht werden, greift sie nach der alten Gitarre und schreitet durch die Mitte bis zum Haupteingang, öffnet beide Flügeltüren und steht für einen Moment im Luftzug, hört dem Regen zu, wie er näher kommt. Erst nur das Rauschen in den Blättern. Dann die ersten Tropfen, die, bei denen man sich noch nicht sicher ist, ob es wirklich regnet. Und dann ist er da, trommelt über ihr auf das Vordach, legt einen Filter über die Welt. Sie lehnt sich an der Außenseite gegen die Wand, gleitet in den Schneidersitz und streicht über die Saiten. Sie pustet den Staub vom Hals, nutzt den Saum ihres Shirts, um über den Korpus zu fahren, und stimmt die Gitarre. Nach Gehör, es geht gar nicht um den exakten Ton, nur um das Gefühl. Sie spielt ein paar Akkorde, lässt sich in eine Melodie gleiten und braucht ein bisschen, bis sie erkennt, was ihre Finger spielen. Dann singt sie, mit geschlossenen Augen.

„And so it is. Just like you said it would be. Life goes easy on me, most of the time."*

* Und so ist es. Genauso, wie du immer gesagt hast, wie es werden würde. Das Leben meint es ganz gut mit mir, meistens.

Der Regen ist mittlerweile so stark, dass sie immer wieder Tropfen auf der Haut spürt. Aber noch sitzt sie im Trockenen. Marie ist mitten im ersten Refrain, als durch die Gitarre, ihren Gesang und den Regen Schritte zu hören sind. Schnelle Schritte, vollkommen aus dem Takt. Sie öffnet die Augen und sieht den Witwer auf sich zurennen. Sein Hemd ist schon jetzt vollkommen durchnässt. Als er sie bemerkt, bleibt er stehen, keine zwei Meter vor dem Dach. Seine Haare kleben in Strähnen an seiner Stirn, er atmet durch den Mund, starrt sie an, und Marie muss grinsen. Sie hat ihn wirklich verschreckt. Sie nickt mit dem Kopf Richtung Halle.

„Komm schon. Hier ist es trocken."

Er macht ein paar Schritte nach vorne, bleibt noch nicht ganz unterm Dach stehen, und allein die Vorstellung, wie ihm gerade das Wasser den Rücken herunterlaufen muss, bringt Marie dazu, sich zu schütteln.

„Was ist los? Ich tu dir nichts!"

„Ich will keine Flecken machen."

Marie seufzt und steht auf.

„Wenn du wüsstest, was der Boden schon mitgemacht hat. Komm rein."

Er folgt ihr in den Raum und bleibt wieder stehen, während sie in der hinteren Tür verschwindet und kurz darauf mit einem Handtuch und einem Talar wiederkommt.

„Hier."

Er fängt das Handtuch unbeholfen auf und starrt das schwarze Gewand in ihrer Hand an, bis Marie mit den Schultern zuckt.

„Du kannst auch das nasse Zeug anbehalten." Sie deutet in den Gang hinten. „Da durch, erste Tür links kannst du dich umziehen."

„Darf ich das wirklich anziehen?"

Marie zuckt mit den Schultern.

„Er wird’s nicht erfahren. Aber wahrscheinlich würde der Eckstein es dir auch geben. Du bist komplett nass.“

Er zögert noch einen Moment, greift nach dem Talar und verschwindet nach hinten. Marie sieht ihm nach, dann nimmt sie die Gitarre und setzt sich in den Gang zwischen die Bänke, versucht, sich wieder auf die Melodie zu konzentrieren, aber immer wieder hebt sie den Kopf, dreht ihn leicht, bis die Tür am Rand ihres Sichtfeldes erscheint.

\

Sie war vielleicht fünfzehn und half Papa, das falsche Gras über den Hügel mit ausgehobener Erde zu legen. Er zupfte an einer Ecke herum und klopfte mit der Schaufel an die Seite des Hügels.

„Ich finde es richtig schwer, das natürlich aussehen zu lassen. Nicht künstlich oder gewollt, sondern am besten so normal, dass den Leuten gar nicht auffällt, was das ist.“

Marie hob ihre Augenbrauen, weil natürlich alle wussten, was das war, aber sie wollte ihm das nicht kaputtmachen. Sie stieß mit dem Schuh ein paar Mal gegen den Hügel.

„Ja. Ist fast genauso schwer wie Freunde finden.“

Papa sah auf, nur kurz, dann schnalzte er mit der Zunge und drückte mit der Schaufel wieder in das Gras.

„Stimmt. Und noch schwerer ist es, die dann zu behalten.“

Marie sah der Schaufel zu. Normalerweise nahm er sich nicht so viel Zeit für die Hügel.

„Und wie macht man das?“

Er richtete sich auf, drückte seinen Rücken durch.

„Deine Mama und ich, wir haben uns zum ersten Mal gesehen, als ich in der Kneipe in ihrem Dorf Musik gemacht hab.“

„Aber mit Mama, das war ja Liebe. Also, hoffentlich.“

Papa sah überrascht auf und lächelte dann, nickte, während sein Blick sich verlor.

„Ja, das war Liebe. Aber eigentlich ist jede Freundschaft Liebe, wir nennen sie nur anders."

Er warf die Schaufel auf die Ladefläche des Transporters, setzte sich an die Kante und holte die Schachtel mit den Zigarren aus dem Brustbeutel seines Blaumanns, brach eine in der Mitte durch und steckte sie in den Mund. Marie saß neben ihm und betrachtete ihn von der Seite. Sie liebte den Geruch. Papa sah ihren Blick und schüttelte den Kopf.

„Fang bloß nicht mit dem Rauchen an. Jedenfalls haben deine Mama und ich uns dann zwei Wochen lang fast jeden Abend gesehen. Sie hat dort gekellnert. Irgendwann fing sie an, mir jeden Abend ein Glas an den Tisch neben das Klavier zu stellen. Und erst danach haben wir zum ersten Mal geredet."

Marie dachte an Paul. Sie hatten noch nie geredet, aber wenn er sich in der Schule zu ihr drehte und lächelte, mochte sie das sehr. In einem Jahr würden sie immer noch nicht miteinander gesprochen, aber sie würden sich zweimal sanft geküsst haben, bevor Paul mit seinen Eltern zurück nach Frankreich gegangen war.

„Das hört sich an, als ob man viel Geduld braucht."

Papa nahm einen Zug, atmete den Rauch nach oben aus.

„Stimmt. Ist auch nicht immer einfach. Und egal, ob Liebe oder Freundschaft, wenn's klappt, sind da zwei Menschen, die sich gegenseitig inspirieren und halten. Und sich gegenseitig helfen, die beste Version ihres Lebens zu leben."

Seine Stimme hatte sich verloren, und Marie wusste, dass er an Mama dachte.

\

Der Witwer räuspert sich, und Marie schreckt auf, er steht neben ihr, und sie hat keine Ahnung, wann er zurückgekommen ist. Er lächelt und hebt die Hände.

„Entschuldige, ich wollte dich nicht erschrecken."

„Du bist ganz schön leise."

„Ich will nicht stören."

Er lässt sich zuerst in die Reihe neben ihr sinken und setzt sich dann auch auf den Boden. Er ist barfuß, das Haar immer noch feucht, in seiner Hand seine Sachen. Sie nickt zu den Bänken.

„Leg sie darüber, dann können sie ein bisschen trocknen."

„Ich kann doch meine Sachen nicht hier in der Kirche aufhängen."

Marie schüttelt den Kopf.

„Ist keine Kirche. Und selbst wenn."

Sie zupft immer noch an den Saiten, schon lange keine Melodie mehr, nur Überbrückung von Stille. Trotz der Klänge hört sie den Regen herunterprasseln. Ihre Finger machen weiter, aber sie ist woanders, denkt an Papa und an die Geduld, die sie aufbringen will. Sie kennt den Witwer eigentlich noch viel zu kurz, um es zu wissen. Aber irgendwas an ihm mag sie, und sie hat die Hoffnung, dass er einer der Menschen sein könnte, der sie eine Weile durch das Leben begleitet. Sie könnten aneinander festhalten und füreinander da sein. Aber das ist schwerer, als ihm die Nummer zu geben. Weil Ablehnung jetzt wirklich wehtun würde. Sie legt ihre Finger auf die Saiten, hält die Musik an, nur der Regen bleibt.

„Mein Verhalten bei der Beerdigung war nicht cool. Sorry dafür."

Der Witwer starrt auf den Boden, bläst Luft zwischen den Lippen hervor und nickt langsam.

„Ja. Das war ... scheiße."

„Tut mir leid."

Er zuckt mit den Schultern.

„Ist auch nur ein bisschen mehr Scheiße zu all der, die eh schon da ist."

„Stimmt. Auch das tut mir leid."

„Ja."

Franz würde jetzt ‚Don't Worry, Be Happy' spielen. Seine Art von Humor. Und sie hätte gelacht. Aber da sind sie noch nicht. Sie zupft wieder an der Gitarre, ‚Tears in Heaven', und innerlich singt sie mit. Der Witwer nickt mit dem Kopf zum Takt, aus dem Augenwinkel sieht sie seine Tränen. Sie erinnert sich, wie sie sich damals wochenlang leer gefühlt hatte, die Augen immer wund, die Seele dauerhaft erschöpft. Erst, als er sich die Tränen weggewischt hat, sieht sie auf.

„Hast du einen Wunsch? Irgendeinen Song? Was war ihr Lieblingslied?"

Er schnaubt und muss gegen seinen Willen grinsen.

„Never Gonna Give You Up."

Marie sieht ihn erstaunt an, weil sie nicht gedacht hat, dass irgendjemand den Song noch ernst nehmen kann, aber sie kämpft alle bissigen Kommentare zurück.

Er schüttelt den Kopf.

„Ja ja. Ich weiß. Ich hab's auch nie verstanden. Aber sie ist damit groß geworden, noch bevor das ganze Internet voll von Rick Astley war. Also lief der Song überall, sogar auf unserer Hochzeit. Und alle haben's gefeiert."

„Warum nicht auf der Beerdigung? Franz hätte den sofort gespielt."

„Ist das der Mann an der Orgel gewesen? Der Pippi Langstrumpf gespielt hat?"

„Jap. Der. Ist mein Bruder."

Irgendwas passiert in seinem Kopf, seine Augen schweifen in die Ferne, vielleicht stellt er sich ihre Kindheit vor.

Oder er stellt sich all die Fragen, die Marie und Franz schon oft genug gehört haben. Andere Mutter? Anderer Vater? Hat er seine Brüder im Mutterleib gegessen, und ist deshalb so massiv? Dann zuckt er mit den Schultern.

„Ja, irgendwie passt das."

„Echt? Inwiefern?"

„Hast du das eigentlich ernst gemeint?"

Marie lässt die Gitarre verklingen und sieht ihn irritiert an, weil sie keine Ahnung hat, was er meint. Sie weiß nicht, wann sie die Ausfahrt des Gesprächs verpasst hat.

„Wovon redest du?"

Er kratzt sich am Kopf, sieht zu ihr, winkt ab, und irgendetwas verändert sich in seiner Aura. Nicht in seinem Blick, sondern in seiner Stimme. Als ob ein Fenster zu seiner Seele zugeht, von dem sie bisher nicht bemerkt hat, dass es offen war.

„Du musst mir nochmal sagen, wie du heißt. Ich hab's vergessen. Tut mir leid."

Zwei Möglichkeiten: Entweder, Marie fragt ihn nochmal, hält sich an diesem kurzen Moment von gerade fest und versucht, die Nähe wieder herzustellen. Normalerweise würde sie es so machen, obwohl sie schon jetzt weiß, wie es ausgehen würde. Oder sie setzt sich ein wenig gerader hin und streckt ihre Hand aus, lächelnd.

„Hi, ich bin Marie."

Er gibt ihr tatsächlich die Hand, aber seine Augen folgen ihr, als ob er es selbst nicht glauben kann.

„Ich bin David."

„Ein David also. Bist du der David, der den Riesen tötet, oder der David, der zaubern kann?"

Er wirft einen Blick durch den Eingang in den Regen, seufzt.

„Ich glaube, ich bin der David, der keine Ahnung hat, wie dieses Leben weitergehen soll."

Sie beugt sich über die Gitarre, probiert Akkorde und findet F, G, e-moll und a-moll.

„Ich weiß nicht, ob dich das beruhigt, aber niemand weiß das."

Als sie das Lied beginnt, sieht David überrascht auf, muss grinsen.

„Kannst du den Text?"

„Klar, aber nicht singen."

„Komm schon."

„Vergiss es."

Also springt sie zum Refrain.

„Never gonna give you up,
never gonna let you down,
never gonna run around
and desert you.
Never gonna make you cry,
never gonna say goodbye,
never gonna tell a lie
and hurt you.*

Gleich nochmal."

David hat bis dahin nur mit dem Kopf genickt und die Lippen bewegt, aber beim zweiten Mal singt er mit ihr. Leise, und er trifft die Töne wirklich kaum, aber darum geht's nicht. Sie spielt den Refrain noch zweimal, dann lässt sie die Töne ausklingen. David verstummt, wischt sich die Tränen aus den Augenwinkeln und grinst sie verschämt an.

„Danke."

* Ich werde dich nie aufgeben, dich nie im Stich lassen, nie weglaufen und dich verlassen. Ich werde dich nie zum Weinen bringen, mich nie von dir verabschieden, dich nie anlügen und verletzen.

Das Fenster zu seiner Seele ist immer noch zu, aber es fühlt sich an, als ob er von innen die Hand dagegen gelegt hat. Sie würde gern ihre von außen auflegen. Aber wie geht das?

„Gern. Willst du noch was singen?"

„Nene, aber spiel noch, wenn du magst."

„Okay. Mal sehen."

Marie betrachtet ihre Finger auf den Saiten, forscht nach, welcher Song auf ihren Spitzen liegt. Dann spürt sie seinen Blick, er schaut ihr genauso auf die Finger, fast sehnsüchtig. Sie zieht die Hand zurück und kippt ihm die Gitarre entgegen.

„Willst du?"

David sieht sie fast erschrocken an und schüttelt den Kopf.

„Ich kann keine Gitarre spielen."

„Du hast sie so angeschaut, da dachte ich. Spielst du ein Instrument?"

Er legt den Kopf zur Seite, als ob die Antwort nicht so einfach ist.

„Trompete. Aber ist schon ewig her."

„Cool, Trompete."

Sie lässt die Luft seitlich zwischen den Lippen raus, ahmt den Sound einer Trompete nach, die ersten neun Töne von ‚Summertime'. David lacht kurz, wackelt mit dem Kopf.

„Das hört sich eher nach einem Waldhorn an, aber ja, so ähnlich."

„Bring sie mal mit. Dann spielen wir zusammen."

Sein Blick wandert zur Tür und irgendwo raus.

„Muss mal gucken, wo sie ist."

Marie spürt die Kühle in seiner Stimme. Als ob er seine Hand vom Fenster genommen hat. Wahrscheinlich weiß er genau, wo sie ist. Sie sieht wieder zu ihren Fingern.

„Ich würd mich freuen."

G, a-moll und g-moll.

„Happiness hit her like a train on a track.
Coming towards her, stuck still, no turning back."*

Erst erkennt er den Song nicht, aber im Refrain leuchten seine Augen auf. Sie singt, er hört zu. In der Bridge sieht sie zu ihm, er sitzt an der Bank, den Kopf gegen das Holz gelehnt, seine Wangen sind nass, aber als er ihren Blick spürt, erkennt sie den Ansatz eines Lächelns. Das ist nicht viel, aber so viel mehr als vor dem Regenguss.

„Danke."

„Danke dir."

David weicht ihrem Blick aus und sucht den Boden ab, für einen Moment kippt die Stimmung in dieses komische, stockende Loch, in dem beide merken, dass jemand etwas sagen sollte. Dann wird es schlagartig hell in der Halle. Sie drehen den Kopf, und Marie kann kaum Richtung Eingang sehen, weil der nasse Boden die Sonne so sehr reflektiert.

„Irgendwo da draußen muss ein Regenbogen sein."

Sie hat es gar nicht so gemeint, aber David steht auf. Und sie weiß, dass sie auch endlich dieses Grab ausheben sollte. Sie blinzelt, ihre Augen brauchen noch ein bisschen, da steht er schon in der Tür, ein hell umrandeter Schatten, der die Hand hebt.

„Danke nochmal. Und bis bald. Ich bring dir dann auch die Jacke mit. Und das hier. Oder soll ich das hierlassen?"

Sie winkt ab, und da ist ein ganzer Haufen noch nicht ausformulierter Gefühle und gedanklich angefangener Sätze, die sie gern sagen würde, aber er ist schon verschwunden.

* Das Glück traf sie wie ein Zug auf einem Gleis.
Es kam auf sie zu, steckte fest, es gab kein Zurück mehr.

Sie schnalzt mit der Zunge. Hat es schon immer geliebt, wie der Klang in der leeren Halle vibriert. Seufzt, legt die Gitarre neben sich, stemmt sich nach oben.

„Na dann. Graben wir dieses Loch!“

10

Mitten in Folge fünf der dritten Staffel von ‚New Girl' muss Kinga irgendwas anderes sehen. Sie klickt sich so schnell durch das Angebot von Netflix, Amazon Prime und Disney+, dass sich irgendwann die Titel nicht mehr auseinanderhalten lassen und sie sich eingestehen muss, dass sie nichts mehr entscheiden kann. Sie drückt auf den roten Knopf, und der Fernseher geht aus. Stille legt sich um sie.

Ein Auto fährt vorbei, definitiv schneller als die dreißig, die hier erlaubt sind. Auf dem Spielplatz hinterm Haus schreien Kinder um die Wette. Und jedes Mal, wenn jemand den Pizza-Lieferdienst nebenan betritt, hört sie die elektrische Türglocke. Kein richtiges Klingeln, eher ein sanftes akustisches ‚Hallo, hier ist jemand'. Schon in der ersten Nacht war ihr dieses Geräusch aufgefallen, sie hat es aber erst Tage später zuordnen können, als sie selbst dort bestellt haben. Sie lässt den Kopf nach hinten fallen, auf den Rand des aufgeklappten Sofas.

\

Sie waren Anfang zwanzig, David und Katha zogen bei ihren Eltern aus und zum ersten Mal in eine eigene Wohnung, in ein gemeinsames Leben. Noch waren sie nicht verheiratet, nicht mal verlobt, aber alle wussten, dass das nur eine Frage der Zeit war. Aber erstmal war das egal, weil schon jetzt alles nach Neuanfang schrie. Also stromerten sie durch den Ikea, diesmal nicht nur, um zu gucken, Hot Dogs zu essen und vielleicht eine dieser Lampen mitzunehmen, die einen Schirm aus zerknittertem weißem Papier hatten. Sie hatten eine fast leere Wohnung, eine Idee davon, wie das Leben nach der Jugend auszusehen hatte, und die Motivation, sich einen Ort zu schaffen, der ihr eigener war. Nach ein paar Stunden, David war mit seinem Vater schon vorgefahren, um das Bett, den Kleiderschrank und die Regale für das Wohnzimmer aufzubauen, standen Katha und Kinga vor den Sofas. Katha kratzte sich am Kopf.

„Was denkst du? Welches sollen wir mitnehmen?"

Kinga zuckte mit den Schultern.

„Ey, mein Sofa ist von der alten Frau, die zwei Türen über mir wohnt. Da haben sich die Katzen verewigt, und irgendwo in der Mitte spürt man immer eine Feder." Sie machte eine ausholende Armbewegung. „Kannst dir aussuchen, was du willst, alles ist besser."

Katha betrachtete das grüne Sofa, vor dem sie standen, und ließ sich dann auf die aufgeklappte Version fallen.

„Geht ja nicht darum, dass es nur besser ist. Muss gut genug für dich sein."

Kinga setzte sich neben sie und rutschte nach oben, lehnte sich an das Kopfende.

„Wieso? Ist nicht mein Sofa."

Katha griff nach Kingas Bein und zog sich heran, legte ihren Kopf auf den Schenkel.

„Stimmt. Ist unser Sofa. Aber ich will, dass du bequem darauf schlafen kannst, wenn du uns besuchen kommst. Und ich will, dass du uns oft besuchen kommst."

Kinga betrachtete Kathas Kopf, schob ihr das dunkle Haar aus der Stirn. Seit sie damals neben David auf dem Spielplatz gestanden hat, hat Katha einen Platz in Kingas Leben eingenommen, der vorher nicht existierte. Neben David war sie das zweite Mitglied der Familie, die sie sich ausgesucht hat. Die Familie, die nicht mit Flaschen nach ihr warf, bei der sie nicht zusammenzuckte, wenn jemand ihr zu nahe kam, die nicht jeden Tag in einem Streit enden ließ. David hatte sich diesen Platz über Jahre erarbeitet, und Kinga achtete noch immer darauf, dass es einen kleinen emotionalen Sicherheitsabstand gab, damit er gar nicht erst in die Position kam, sie verletzen zu können. Katha dagegen hatte sie mit ihrer Freude und ihrer Direktheit, ihrer absoluten Nähe und Ehrlichkeit überrannt und eingenommen. Kein Zentimeter mehr zwischen ihnen, ein Fleck ohne Kontur. Der auch David ein bisschen zur Seite gedrängt hatte. Wenn Kinga darüber nachdachte, machte ihr das manchmal Angst, auf eine irrationale Art, die sie nicht erklären konnte. Aber das Wissen darum, dass sie geliebt wurde und diese Frau sie in ihrem Leben haben wollte, ließ sie fast platzen vor Freude. Sie grinste und war froh, dass Katha die Augen geschlossen hatte. Für einen Moment sah sie sich aus der Vogelperspektive, diese beiden besten Freundinnen auf dem grünen Sofa, Katha im rechten Winkel zu ihr, der Kopf auf ihrem Schenkel, ihr eigener zurückgelegt auf dem Rand des aufgeklappten Sofas, und sie mochte dieses Bild. Sie klopfte mit der linken Hand auf das Polster.

„Was hältst du von diesem hier?“

\

Für einen fantastischen Moment wechselt Kinga in eines der Paralleluniversen, in denen Katha noch da ist und neben ihr liegt. Sie spürt Kathas Kopf auf ihrem Schenkel. Sie öffnet die Augen und reißt den Kopf hoch, starrt ihre Faust an, die sich gegen die Hose drückt, und sie rastet ein in dieser Realität, Kathas verzweifelte Atemzüge im Ohr, ihr leises Wimmern, der Versuch, noch etwas zu sagen. Und wieder schwingt etwas mit, das sie noch nicht ganz greifen kann. Irgendwas, das sich wichtig anfühlt, aber irgendwo unter dem Schmerz liegt. Kinga schüttelt den Kopf, wischt sich mit den Handballen über die Wangen und drückt sie auf die Ohren, aber das Echo bleibt. Wie ein Tinnitus, der ab jetzt für immer in ihrer Seele klingt.

Jemand schiebt einen Schlüssel ins Schloss, und diesmal ist Kinga schneller als die Hoffnung, weiß, dass es nur David sein kann. Und dann steht er da, nasse Strähnen in der Stirn und in der Hand ein Topf, der wahrscheinlich wieder vor der Tür stand, seit sie das Klingeln vorher ignoriert hat.

„Was trägst du denn da? Siehst aus wie ein Priester."

Er knöpft den Talar auf, sieht seine eigene nackte Brust und stöhnt.

„Ich war komplett nass. Und ich hab mein Hemd dort vergessen."

„Cooler Pfarrer. Wolltest du nicht in die Arbeit?"

David schüttelt den Kopf.

„War ich. Anja hat mich nach Hause geschickt. Ich soll erstmal verarbeiten."

Er sieht sie kurz an, verliert seinen Blick irgendwo in den Sofakissen. Er kann es nicht wissen, aber er starrt dorthin, wo Kinga Katha spürt. Dann zeigt er auf den Topf, ein Post-it klebt am Deckel.

„Von Basti und Anne. Ist es unfair, dass ich froh bin, sie verpasst zu haben? Ich kann jetzt nicht mit Menschen. Hast du Hunger?"

Kinga streicht sich über das Bein. Vielleicht sind Geister nicht die Toten selbst, sondern Reste unserer Erinnerungen, schwache Abdrücke von Dingen, die wir noch wissen, weil sie immer so waren. Sie fragt sich, wo David Katha sieht.

„Beste Frau. Wie lange?"

Er braucht einen Moment, um zu verstehen, worüber sie redet.

„Sie sagt, ich soll mir die Zeit nehmen, die ich brauche. Und ich glaube, sie meint es ernst."

Kinga hat Anja nur ein paar Mal getroffen, und abgesehen von den paar oberflächlichen Worten, die Menschen eben so wechseln, wenn sie zufällig irgendwo nebeneinanderstehen und die Stille zu merkwürdig wird, während alle anderen in Gespräche vertieft sind oder sich begrüßen oder verabschieden, hat sie sich nie mit ihr unterhalten. Kinga konnte ihre distanzierte und nüchterne Art nie richtig einschätzen und mag diese trockene Ironie nicht, die fast immer mitschwingt. Sie fühlt sich nie ernst genommen, nie auf Augenhöhe. Aber David hat einen Draht zu Anja, und was ist besser als eine Chefin, die es ernst meint.

„Sehr gut. Meine Krankschreibung gilt noch ein paar Wochen, aber ich hab heute Morgen schon wieder eine Nachricht von meinem Chef bekommen. Ob ich nicht doch schon früher anfangen könnte. Sie würden mir auch einen Assistenten geben, der mich überall hinfährt." Sie schüttelt sich. „Ich kann mir gerade nicht vorstellen, überhaupt jemals wieder in ein Auto zu steigen. Aber wieder auf dem Beifahrersitz? Ohne Kontrolle?"

Sie lacht trocken auf. David tippt sanft auf den Gips.

„Ganz zu schweigen davon. Du kannst ja nichtmal laufen. Was ein Wichser."

Sie nickt, weil er recht hat. Und sie wird nichts sagen, weil David ganz anders denkt, wenn es um Arbeit geht. Aber für einen Moment hat sie ernsthaft überlegt, wie sie das möglich machen könnte. Nicht für Raimund, der ist wirklich ein Wichser, sondern für sich. Weil sie neidisch war, heute Morgen, dass David gehen kann, das Haus verlassen. Nicht mehr in dieser Wohnung sein, die nicht mal ihre ist. Und arbeiten gehen.

Sie sehnt sich danach, Chaos zu beseitigen. Ordnung zu schaffen. Sie hat sich selbst nie als karriereorientiert gesehen, zumindest nicht in dem Sinne, dass sie nach mehr Geld oder Aufmerksamkeit oder Macht strebt. Aber ihre

Arbeit beruhigt ihre Seele. Und nach dieser Ruhe strebt sie, nur hält ihr Bein sie gerade davon ab. Kinga sinkt zurück in die Couch, nickt Richtung Fernseher.

„Welche Serie sollen wir anfangen?"

„‚Grey's Anatomy' hat siebzehn Staffeln, glaube ich."

Kinga grinst, aber gleich darauf friert das Lächeln ein, weil sie zwar keine einzige Folge gesehen hat, aber weiß, wie Krankenhausserien funktionieren. Das Klischee des Herzstillstand-Pieptons mischt sich mit dem angestrengten Atem von Katha, ihrem panischen Blick, und ein Kribbeln zieht an Kingas Wirbelsäule nach oben. David scheint einen ähnlichen Gedanken zu haben, auch sein Gesicht verzieht sich, dann schütteln sie synchron die Köpfe.

„Kack Idee, sorry. Wir müssen irgendwas finden, was ohne Sterben auskommt."

„Und ohne Autos."

„Und eigentlich auch ohne Happy End. Ich glaube, gerade finde ich alle scheiße, denen es zu gut geht."

„Dann Naturdokus."

David kneift seine rechte Gesichtshälfte zusammen und nickt zaghaft.

„Aber keine über Bäume."

Kinga sieht den Baum auf sich zukommen, dann kreischende Stille, bis auf das hitzige Knacken des erstorbenen Motors und Kathas Keuchen und Wimmern. Sie schüttelt sich das Bild aus dem Kopf.

„Stimmt."

„Ich brate uns die Maultaschen an. Passt das?"

„Klar. Danke. Und danach starten wir mit ‚Big Bang Theory'."

David nickt heftig, ein Ja zu allem, dann verschwindet er, aber taucht direkt wieder auf.

„Schön, dass du da bist."

Kingas Lächeln verblasst, als er wieder verschwunden ist. Weil sie beide wissen, dass das nicht immer der Fall war. Und bevor sie es verhindern kann, sitzt sie wieder im Auto, diesmal aber geht die Zeit rückwärts. Und endlich erinnert sie sich.

Aus den Splittern werden Scheiben, das Metall biegt sich zurück, sie sind wieder auf der Straße, die Reifen haften, der Wind zieht an ihren Haaren, Katha lächelt ihr zu, keine Sorge, dann sind sie noch eine Kurve weiter hinten, stehen an der letzten Kreuzung vor der Strecke durch den Wald, und Katha sieht zu ihr, mit einem Blick, als könne sie nicht glauben, dass Kinga neben ihr sitzt, und sagt, ‚Wir müssen über so viel reden' und ‚Ich brauche deine Hilfe' und ‚Ich glaube, ich muss mich von David trennen'.

11

David war gerade zehn geworden, in die Realschule gekommen und musste ein Jahr warten, bis Kinga aus der Grundschule nachkam. Er war es nicht gewohnt, sie nicht schon auf dem Weg zur Schule zu sehen, und plötzlich war er wieder alleine in den Pausen, traute sich nicht, andere anzusprechen, und vermisste die Vertrautheit zwischen sich und Kinga. Aber er liebte die Busfahrten. Morgens verließ sein Vater das Haus viel früher als er, und wenn David dann mit den anderen an der Haltestelle stand, kam er angefahren und zwinkerte David beim Einsteigen zu.

Manchmal hatte er Glück und zu der Zeit Schule aus, zu der sein Vater die Runde fuhr, dann setzte er sich ganz nach hinten und sah dem Bus zu, wie er leerer wurde, und statt als Letzter auszusteigen, setzte er sich schräg hinter seinen Papa. Gemeinsam fuhren sie zur Wendeschleife, aßen die Brote, die Mama ihnen geschmiert hatte, und dann begleitete David seinen Vater, bis seine Schicht zu Ende war. Seine Finger knibbelten an dem Kaugummi unter dem Sitz, die Scheibe rechts von ihm war immer ein bisschen schmierig von den Leuten, die ihren Kopf dagegen lehnten, und fast ein Jahr lang fragte er sich, was der Schriftzug auf der Lehne in der letzten Reihe bedeutete. Als Kinga zum ersten Mal mit ihm dort saß, sah sie ihn verständnislos an.

„Ist doch klar, da steht Jeroo."

An einem Nachmittag waren Papa und er gerade wieder losgefahren und hatten noch sieben Minuten bis zur ersten Haltestelle, so lange waren sie auf jeden Fall allein. David hatte sein Kinn auf die schwarze Gummiummantelung der Querstange gelegt, die alle beim Aussteigen verwendeten. Für Keime und Gedanken daran war er noch zu jung.

„Es gibt auch so Extradinge, bei denen man mitmachen darf, neben dem eigentlichen Stundenplan. Ein Computerkurs zum Beispiel. Und Theater. Und eine Schulband."

Sein Vater nickte und kurbelte am Lenkrad, um in die nächste Kurve zu fahren. David liebte das Gefühl, wenn es ihn fast vom Sitz schob. Papa warf ihm über den großen Spiegel einen kurzen Blick zu.

„Und willst du bei irgendwas mitmachen?"

„Ja, ich denk schon. Ich hab Lust auf Musik."

„Wenn du willst, kann ich dir ein paar Akkorde auf der Gitarre zeigen."

„Die Lehrerin, die die Band leitet, sagt, sie haben zu wenig Gitarren für all die Leute, die da Lust drauf haben. Und, eine Band braucht mehr Instrumente. Sie hat uns ein paar gezeigt, und eines fand ich echt cool."

Sein Vater verzog das Gesicht.

„Aber nicht Schlagzeug."

„Ne, Trompete!"

Er hob die Hände, spielte eine unsichtbare Trompete und strahlte in das ausdruckslose Gesicht seines Vaters.

„Wie kommst du denn darauf? Die sind ganz schön laut und hoch."

„Die sind so klar. Und wenn du's kannst, geht das auch leise." Er zuckte mit den Schultern.

„Irgendwie mag ich's."

„Da kann ich dir aber nicht helfen."

„Dafür ist ja die Band da. Und ich kann eine Trompete von der Schule haben. Erstmal."

Sein Vater hielt an der Haltestelle, die Tür zischte, und er nickte den Leuten zu, kassierte bei ein paar Menschen ab, schob dem kleinen Jungen, der aufgeregt seine Münzen in die Schale legte, das Geld wieder zu und ließ ihn so durch. Dann schaute er zu David.

„Wenn dir das Freude bereitet, dann mach das."

Sein Vater dachte wahrscheinlich, dass er das nicht lange durchhalten würde, da ist David sich sicher. Aber nach einem Jahr in der Schulband wechselte er in den Musikverein, wo es als Trompeter mehr zu tun gab und David nicht die Hälfte der Zeit den sieben Jungs und dem einen Mädchen beim Streiten zusehen musste, wer diesmal Gitarre spielen durfte. Und knapp ein Jahr später tauchte dort Katha auf. Der schmale Koffer ihrer Klarinette war ramponiert, das Silber der Klappen glänzte, und sie sagte kein Wort, nahm nur das Blatt in den Mund und steckte das Instrument zusammen. Sie konnte noch keine drei Sätze Deutsch, aber wer braucht schon Sprache, wenn da Musik ist?

\

David stellt die Teller in die Spülmaschine, pfeift dabei die Titelmelodie von ‚Big Bang Theory' und muss an Marie denken, wie sie versucht, mit den Lippen eine Trompete nachzuahmen. Er nimmt sich den Kellerschlüssel vom Brett neben der Tür und stockt, weil Kathas Schlüssel daneben hängt. Irgendwann nach dem Unfall und vor der Beerdigung, in der Zeit, in der David versucht hat, nur mit seinem Willen den Lauf der Dinge umzukehren, und sich geweigert hat, Fakten anzuerkennen, stellte Kinga eine Plastiktüte mit Kathas Sachen in den Flur. Katha hat das immer geärgert, der Flur war viel zu klein, und wem bringt das was, Dinge dort im Weg stehen zu lassen, anstatt sie gleich aufzuräumen? Also hat David ihren Geldbeutel in die Schale, die Klamotten, die noch heil waren, in die Wäsche und den Schlüssel an das Brett, während er krampfhaft nicht darüber nachdachte, dass Katha nie mehr. Er betrachtet den schwarzen Autoschlüssel, abgegriffenes Plastik, das metallene Volkswagen-Logo in der

Mitte. Der Wagen ist Schrott und steht beim Abschleppdienst auf dem Hof. In einer Zukunft, an die er nicht denken will, muss er sich darum kümmern, was damit passieren soll. Was mit all den Schlüsseln passieren soll und den anderen Sachen in der Wohnung, die er nie verwenden wird.

Er schließt die Augen und legt die Stirn gegen die Wand, lässt ihr gemeinsames ungelebtes Leben an sich vorbeirauschen, und jedes Lachen, jeder Kuss, jeder schöne Moment, den sie nicht haben werden, hinterlässt ein schmerzendes Loch.

Er weiß nicht, wie lange er so dasteht, zwingt sich, die Zähne nicht mehr zusammenzupressen und die Faust zu entspannen, dann greift er nach dem Kellerschlüssel und geht nach unten.

\

Als Katha nach Deutschland gekommen war, musste sie sich den Koffer mit ihrer Mutter teilen und hat schnell gelernt, materielle Dinge nicht zu wichtig zu nehmen. Während Davids Zimmer in der Wohnung seiner Eltern noch ein paar Jahre nach seinem Auszug aussah, als wäre er nur auf einem Ferienlager und würde jeden Moment zurückkommen, packte Katha die zwei Kisten mit Sachen, die ihr wichtig waren, und gab den Rest weg. Unter anderem die Klarinette.

„Meine erste habe ich in Polen lassen müssen. Und jemand hier war so großzügig, mir diese zu schenken. Wir haben doch beide schon seit Jahren nicht mehr gespielt. Soll die Musikschule sie einem Kind geben, das daran Freude hat."

„Und was ist mit der Band, die wir gründen wollten? Kat, Kinga and the Boys?"

Sie legte ihm beide Hände auf die Schultern, eine Geste, die ihm zeigte, dass sie ihn ernst nahm und gleichzeitig nicht mehr darüber reden wollte.

„Wenn Kinga irgendwann singen kann und wir die Zeit finden und Leute, die mit uns spielen wollen, dann kauf ich mir eine neue. Der Name allein bringt uns erstmal gar nichts."

David sah das anders, weil ein Name schon ein Schritt in Richtung Realität war und er ganz großartig davon träumen konnte, in einer Band zu sein mit Kinga und mit seiner Frau.

\

In all den Jahren hatte er es nie ganz greifen können, dass sie wirklich geheiratet haben. Dass diese erste Liebe seines Lebens knapp zwölf Jahre später nicht nur immer noch da war, sondern auch im richtigen Moment Ja sagen würde. Dass sie nicht mal halb so lang verheiratet bleiben würden, hat niemand gewusst. Aber selbst wenn, David hätte sie trotzdem gefragt.

Die Lichtschalter im Keller sind aus schwarzem Bakelit, er liebt es, sie zu drehen, und war eine Zeitlang ganz besessen von der Idee, alle Schalter in der Wohnung durch solche auszutauschen. Er muss gebückt durch den Gang, bis er vor ihrem Kellerabteil steht, ein Käfig aus unbehandelten Latten, voller Kisten, an die er sich nur erinnert, wenn er hier unten ist. Seit sie hier wohnen, wollte Katha endlich Ordnung schaffen, und den Gedanken, dass sie stattdessen irgendwas anderes gemacht haben, findet David sehr tröstlich.

Er zieht die Trompete aus dem hintersten Regal, zu dem er sich erstmal durcharbeiten muss, dann stakst er über die Kisten, die auf dem Boden stehen, zurück in den Gang. Der schwarze Koffer ist verstaubt, der Henkel quietscht, und eines der beiden Schlösser will nicht aufschnappen, er muss es nach oben drücken. Aber als er den Deckel öffnet, liegt sie da, als ob er sie gestern zum letzten Mal benutzt hätte. Das Messing reflektiert das viel zu helle Kellerlicht, das rote Innenfutter glänzt leicht. Eine Wohlrab 2002 von 1984, fast zehn Jahre älter als David selbst. Er hat sich über drei Jahre das Geld zusammengespart, um sie kaufen zu können. Hat dafür auf ein neues Fahrrad und auf einen Eastpak verzichtet und auf all die Coolness, die ihm der Rucksack gebracht hätte. Aber schon bevor Katha im Musikverein aufgetaucht ist, hatte er körperlich gespürt, wie die Vibration seiner Lippen, die den Ton erzeugte, durch seinen Körper fuhr und ihn auf eine Art erfüllte, die er vorher noch nie erlebt hatte, und er hatte gewusst, dass er für den Rest seines Lebens Musik machen wollte. Nur hatte er während der Ausbildung nicht mehr so viel Zeit für den Musikverein, Katha war schon ein bisschen früher ausgestiegen. Aber als sie umzogen, versprach er sich selbst, endlich die Band zu gründen.

Er nimmt das Mundstück aus der Halterung und steckt es auf das Mundrohr, legt sich das kühle Metall an die Lippen, die sich automatisch anspannen. Wie Fahrrad fahren. Er spielt einen zögerlichen Ton, verfehlt das C, und nach zwei Sekunden bricht er ihm weg. Doch nicht wie Fahrrad fahren. Aber schon in diesem kurzen Moment spürt er sanft die alte Freude aufsteigen. Er holt Luft, setzt neu an und spielt. ‚Summertime', in der Version von Luis Armstrong. Lang gezogene Töne voller Melancholie und Hoffnung, er trifft sie nicht alle. Als er fast vier Minuten später absetzt, brennen zwar seine Lippen, und er ist stärker aus der Puste, als er gedacht hat, aber er grinst, bis er mit dem Koffer wieder im Wohnzimmer steht. Auf dem

Fernseher läuft der Bildschirmschoner des fireTV-Sticks. Kinga sieht vom Smartphone auf.

„Du hast Trompete gespielt."

„Hast du das gehört?"

Kinga lacht auf.

„Ich glaube, das haben alle im Haus gehört."

David spürt seine Wangen rot werden. Auch das ein Grund, weshalb er nicht einfach hier gespielt hat. Allein bei der Vorstellung, er könnte jemanden stören, macht er sich Sorgen. Aber Kinga macht eine wegwerfende Handbewegung.

„Schlimmer als das Kind zwei Stockwerke über uns kann es nicht sein. Ich glaube, als du nicht da warst, hat es Weitsprung geübt. Im Flur. Wirst du wieder spielen?"

Das hat er vor.

„Gucken wir weiter?"

12

Während ihrer Ausbildung verbrachte Kinga fast jeden zweiten Tag mit Katha, und immer wieder war auch David dabei.

Manchmal waren sie im Kino oder mit Kathas Auto unterwegs, aber sehr oft saß Kinga auch einfach auf dem Bett, während Katha am Schreibtisch für die Schule lernte. Nach der Ausbildung, etwa zu der Zeit, als Katha und David zusammenzogen, bot Mustafa ihr die Beförderung an. Statt für das Lager verantwortlich zu sein, sollte sie die Koordination mit Zulieferern und Partnern übernehmen. Was sich ziemlich nach Kontakt mit Menschen anhörte, aber Mustafa hob beschwichtigend die Hände.

„Ein bisschen mehr Smalltalk, ja, aber gar nicht so viel. Es geht mehr darum, dass deren Abläufe auf unsere abgestimmt werden. Du bist gut, was Ordnung angeht. Du wärst zwischen verschiedenen Lagern unterwegs."

„Mit dem Auto?"

„Du bekommst einen Firmenwagen."

„Ich hab keinen Führerschein."

„Würden wir bezahlen."

Mittlerweile gehörte die Firma wirklich ihm, auch wenn sein Vater immer noch jede Woche vorbeikam. Kinga war nur knapp zehn Jahre jünger als Mustafa, und sie kannte seine Frau Feryal und seine beiden Kinder, sie hatte schon bei ihnen zu Abend gegessen, sie hatte auf die Kleinen aufgepasst, und manchmal saßen Mustafa und sie nach der Arbeit gemeinsam in seinem Büro und hörten *Enter Shikari*. Er hatte auch Katha und David kennengelernt und sie auf die Weihnachtsfeier eingeladen, nachdem Kinga erzählt hatte, wie wichtig ihr die beiden waren. Auch wenn Mustafa das nie gesagt hatte, sie fühlte sich ein bisschen wie ein Teil seiner Familie.

„Du musst mir den Führerschein nicht bezahlen."

Er wiegte den Kopf, als würde er überlegen. Er war erst Anfang dreißig, aber seine Schläfen und sein Bart waren schon grau meliert. Die Falten um seine Augen waren eine Mischung aus Lächeln und Müdigkeit.

„Stimmt, müsste ich nicht machen. Aber es ist so", er legte den Stift zur Seite, mit dem er die ganze Zeit gespielt hatte, und sah sie unverwandt an, „ich hab dir jetzt zwei Jahre lang zusehen können. Du bist ziemlich gut in dem, was du tust. Du arbeitest nicht nur schnell, du beißt dich durch Probleme, und du sagst Erol ins Gesicht, wenn er falschliegt. Du hast in zwei Jahren ein paar Dinge geändert, bei denen sag ich ihm schon seit mehr als zehn Jahren, dass wir das anders machen müssen. Wenn du dich umgucken würdest, hättest du ziemlich schnell einen neuen Job, der wahrscheinlich auch besser bezahlt wäre."

Er warf einen Blick durch das große Fenster, das in die Halle zeigte, und schüttelte den Kopf. „Ich glaub nicht, dass du ewig bei uns bleiben wirst. Aber du passt gut zu uns, und ich würde dich gern noch eine Weile behalten. Deshalb will ich dir den Führerschein bezahlen. Sieh es als Bestechung."

Er sah wieder auf und lächelte, wahrscheinlich, weil sie zwar die Tränen zurückhalten konnte, aber nicht das Grinsen. Dann zeigte er auf seine Lippe, fast entschuldigend.

„Leider sind nicht alle Partner von uns so cool wie wir. Du müsstest die Piercings rausnehmen. Zumindest, wenn du bei denen bist. Wäre das in Ordnung?"

Kinga liebte es, mit jedem Partner vor neuen Herausforderungen zu stehen und Lösungen zu finden. Sie liebte den schwarzen Seat Leon, der gut auf der Straße lag, und sie liebte es, im Auto die Musik laut aufzudrehen.

Unterwegs zu sein, hieß auch immer wieder, in Hotels zu übernachten, woran Kinga sich erst gewöhnen musste. In Stuttgart wurde es fast selbstverständlich, dass sie zu Katha und David fuhr und auf der Couch übernachtete. Lange nicht mehr jede zweite Nacht, aber etwa einmal die Woche. Sie war mehr bei ihnen als in ihrer eigenen Wohnung, und immer, wenn sie kam, versuchte Katha, am nächsten Morgen nicht zu früh loszumüssen.

Manchmal aßen sie mit David, schauten einen Film oder spielten ein Brettspiel, aber regelmäßig zwang Katha sie, die Tasche auf die Couch zu werfen und sich fertig zu machen, für das Pub-Quiz, für ein Konzert, für eine Party. Dann wartete sie ungeduldig, küsste David zum Abschied, der immer froh war, nicht mitkommen zu müssen, und schob sie durch die Tür. Kinga hätte es gereicht, einfach auf dem Sofa zu liegen, zwischen David und Katha, erschöpft vom langen Tag, und manchmal stöhnte sie auf, wenn sie erfuhr, was Katha diesmal vorhatte. Aber im Nachhinein war sie immer dankbar, dass Katha Energie für sie beide aufbrachte. Die schönsten Momente ihrer Freundschaft entstanden an diesen Abenden.

Als Katha und David knapp zwei Jahre nach dem Zusammenziehen heirateten, Kinga war die Trauzeugin von beiden, was sowohl Standesamt als auch Kirche ziemlich durcheinanderbrachte, merkte sie, dass sie Mustafa und die Firma wirklich mochte, aber schon eine ganze Weile keine Herausforderungen mehr hatte stemmen müssen. Als sie spätabends auf den Firmenparkplatz einbog, brannte in seinem Büro noch Licht. Also klopfte sie, umarmte ihn, steckte ihren iPod an die Anlage, und nach den knapp sechs Minuten von ‚We Can Breathe in Space, They Just Don't Want Us to Escape' erzählte sie ihm, wie sie sich fühlte, während Mustafa mit seinem Stift spielte. Als sie zum Ende kam, seufzte er.

„Ich könnte dir jetzt erzählen, wie sehr ich mich über eine Zeit ohne Herausforderungen freuen würde, aber darum geht's nicht. Lass es uns so machen: Sag Bescheid, sobald du was Neues gefunden hast, dann lass ich dich gehen. Und ich werd mich auch mal umhören, ob ich was Spannendes für dich finde."

„Danke."

Er zeigte gespielt böse auf sie.

„Aber der Leon bleibt hier."

Natürlich blieb das Auto. Aber allein, dass er darüber scherzte, drückte ihr die Tränen in die Augen.

13

Marie sitzt auf der Mauer hinter dem alten Teil des Friedhofs, schaut in den Kessel und lässt den Rauch aus ihrem Mund fließen. Sie hat die Beine überkreuzt, die Jacke komplett zugezogen. Der Frühling ist zwar da, aber früh am Morgen ist es noch so kalt, dass sie ihren Atem sehen kann. Sie hebt die Hand, zieht an der Kippe und dreht den Kopf, als sie Schritte hinter sich hört. Eigentlich weiß sie, dass es nur Franz sein kann, aber noch vor ein paar Monaten hätte es auch Papa sein können, und manchmal hat sie diese kleine Hoffnung, dass es doch er ist, der sie hier besuchen kommt. Franz stellt sich neben sie, legt die Arme auf die Mauer und stützt den Kopf ab. Die Zeiten, in denen er mit auf die Mauer geklettert ist, sind schon seit Jahren vorbei.

„Hab mir gedacht, dass du hier bist. Gut geschlafen?"

Marie zuckt mit den Schultern.

„Bin neben ihm auf dem Stuhl eingeschlafen. Und dann aufgewacht, als er im Schlaf geredet hat. Hat irgendwas von Mama erzählt, das ich nicht verstanden hab. Nachdem er wieder eingeschlafen ist, bin ich hoch, aber mein Nacken schmerzt immer noch."

Sie zieht erneut an der Kippe. Franz nickt.

„Ich übernehme ihn heute Abend wieder."

„Schon okay. Wir haben gemeinsam ‚Bruder Jakob' gesungen, das war total schön."

„Heute Morgen hat er sich für das Frühstück bedankt, als wäre ich ein Pfleger. Und dann hat er mich angesehen und gesagt, ‚Wenn ich nicht aufpasse, sieht mein Sohn irgendwann aus wie Sie'."

Der Schmerz zieht durch Maries Nacken bis in die Stirn. Sie greift sich an den Hals und sieht ihren Bruder ungläubig an.

„Hat er nicht."

Franz lacht.

„Und dann hat er mich erkannt. Hat die Hand zum Mund genommen und dann beide nach mir ausgestreckt. Hat mich auf die Stirn geküsst und sich mehrmals entschuldigt. Und dann, als ich ihn grinsend angesehen hab, musste er auch lachen." Franz wischt sich über die Augen. „Ist okay. Ich freu mich, wenn ich ihn zum Lachen bringe."

Sie hat sich oft gefragt, wie ihr Bruder durch seine schwule Jugend in XXL-Shirts gekommen ist und trotzdem so im Reinen mit sich sein kann. In Momenten wie diesen ahnt sie, wie sehr das alles auch für ihn ein Kampf ist. Und dann schleicht sich dieser fiese Gedanke von hinten in ihr Bewusstsein, dass er sich noch besser um sich selbst kümmern könnte, wenn er sich nicht auch noch um sie kümmern müsste. Aber wenn sie das anspricht, sich nur sanft herantastet, dann wird er böse, weil er das überhaupt nicht so sieht und auch nicht von ihr hören will.

Sie legt ihm eine Hand auf die Schulter, er greift danach und drückt sie. Und dann ist der Moment für Worte wieder vorbei, sie hören dem Knistern von Maries Kippe zu.

„Ich hab heute Nacht geträumt, dass ich auf Tour bin, quer durch Europa. Mit Nick und Norah. Du warst auch dabei. Und David."

„Wer ist David?"

„Der Witwer. Er spielt Trompete."

Sie spürt seinen Blick von der Seite, dann grinst er.

„Ganz komischer Traum. Keine Ahnung, was der dir sagen will."

Sie kann ein ganzes Leben in diesen Traum deuten. Sie wirft einen Blick zum Haus, das Fenster unten links steht offen, aber es ist nichts zu sehen. Sie lässt die Lippen flattern, dann nimmt sie den letzten Zug und stopft den Stummel in ihren Taschenaschenbecher. Zeit, ihn mal wieder zu leeren.

Franz boxt gegen ihre Schulter.

„Warum bist du eigentlich noch hier?"

Sie sieht auf, runzelt die Stirn. Sie führen dieses Gespräch andauernd, und sie weiß, dass er weiß, warum sie noch hier ist. Aber bevor sie irgendwie reagieren kann, zeigt Franz auf den Schuppen.

„Es ist Geburtstags-Tag!"

Und Marie schlägt sich mit der Hand auf die Stirn.

Sie hat gerade den Wagen aus dem Schuppen gefahren, und Franz ist auf die Ladefläche gestiegen, auf die sie das Harmonium geschnallt haben, als er die Hand ausstreckt.

„Schau mal."

David kommt auf sie zu, in eine dicke Jacke gehüllt, eine von diesen blauen Ikea-Taschen in der einen Hand und einen schwarzen Koffer in der anderen. Trompete, denkt Marie, und muss lächeln. Sie lehnt sich zurück und wartet, bis er vor ihnen steht. Seine Wangen sind rot vor Kälte.

„Ich glaube, das ist das erste Mal, dass du passende Klamotten anhast."

Franz runzelt die Stirn und beugt sich runter, streckt David die Hand hin.

„Lass sie reden, sie hat in ihrer Kindheit Schaden genommen. Hallo David, ich bin Franz."

„Du hast auf der Beerdigung Pippi Langstrumpf gespielt."

Franz nickt begeistert.

„Und die Gummibärenbande."

David starrt ihn an, bis Franz sich aufrichtet, die Pedale des Harmoniums tritt und damit Luft in die Ventile dieser kleinen Orgel drückt. Dada da dada, da dada da dada. Marie schaut zwischen den beiden hin und her und kann nicht einschätzen, wie David das findet, aber der schnaubt lächelnd und schüttelt den Kopf.

„Ich glaube, wir haben alle unseren Schaden aus der Kindheit. Ich hab die Serie geliebt."

Franz klatscht freudig in die Hände und strahlt Marie an.

„Na, was hab ich dir gesagt?"

„Keine Ahnung, wovon du redest."

Franz winkt ab, schaut wieder zu David, zeigt auf Tasche und Koffer.

„Was hast du dabei?"

David sieht an sich herunter, als habe er selbst vergessen, dass er etwas in den Händen hat, dann streckt er Marie die Tasche hin.

„Die Klamotten. Danke nochmal."

Marie winkt ab, zeigt auf den Koffer.

„Stell's vor die Haustür. Ist das die Trompete?"

„Du hast gesagt, ich soll sie mitbringen."

„Passiert nicht oft, dass Männer machen, was ich sage."

Schon bevor sie die Worte ganz ausgesprochen hat, spürt sie, dass sie einen Schritt zu schnell auf ihn zugegangen ist. Er sieht sie an, und Marie weiß, dass er keine Ahnung hat, wie er darauf reagieren soll. Sie lächelt und zeigt zum Haus. Sobald er einigermaßen außer Hörweite ist, beugt sich Franz zu ihr.

„Wird da etwa gerade ein Traum wahr?"

Sie schlägt ihm fest auf den Schenkel und hofft, dass er wenigstens einen blauen Fleck haben wird, aber Franz kichert nur und setzt sich auf.

David kommt wieder und bleibt vor ihnen stehen, als ob er nicht weiß, was nun.

Sie klopft auf den Beifahrersitz.

„Komm, wir wollten gerade los."

„Wohin?"

Franz tritt wieder die Pedale und pumpt Luft in das Harmonium.

„Einmal im Monat machen wir Geburtstags-Tag. Wir fahren über den Friedhof und singen Lieder für die Leute, die heute Geburtstag haben."

„Darf man das?"

Marie zuckt mit den Schultern.

„Banksy sagt, lieber entschuldigen als um Erlaubnis fragen. Wir haben bisher beides nicht gemacht."

14

Mustafa hatte sein Versprechen gehalten und rumgefragt. Sie aß ein letztes Mal bei seiner Familie zu Abend, umarmte alle zum Abschied und versprach, immer mal wieder vorbeizukommen.

Ordnung on Demand war großartig. Sie durfte projektweise in alle möglichen Firmen, um dort aufzuräumen. Von Schrauben über Waschmaschinen und Bücher war alles dabei, manchmal in Lagern, die so groß waren, dass sie mit dem Scooter durch die Gänge fuhr. Aber in ihrem Kopf waren es eigentlich immer noch nur Regale voller Ravioli, Mais und Kidneybohnen. Nur eben viel mehr davon.

Dafür lebte sie drei Monate in Hamburg, ein halbes Jahr in Innsbruck und dann neun Wochen in Prag, wo sie mit Brocken von Englisch und Polnisch durchkam. Sie liebte es, sich immer wieder in neues Chaos einzuarbeiten, zu verstehen, was die Lager brauchten und wie sie dabei helfen konnte. Natürlich gab es in jedem Unternehmen einen Erol, und sie musste auch jedes Mal neue Menschen kennenlernen, die für das Projekt ihre Ansprechpersonen waren, aber irgendwann hatte sie sich das richtige Lächeln, einen guten Händedruck und ein paar Floskeln angeeignet, mit denen sie durch die Gespräche kam, die nötig waren. Hotelzimmer wurden für ein paar Monate ihr Zuhause, was zuerst wirklich beängstigend war, aber mittlerweile hatte sie immer ihren fireTV-Stick, ihr Nackenkissen und den Plüschelch dabei, den Katha ihr geschenkt hatte, als sie vor knapp zehn Jahren in ihre erste eigene Wohnung gezogen war.

Aber während sie anfangs noch regelmäßig geskyped hatten, fand Kinga schließlich doch ihren Spaß daran, immer mal wieder einen Abend mit anderen aus dem aktuellen Projekt zu verbringen. Menschen, die sie kaum kannten, Gespräche, die meistens an der plätschernden Oberfläche blieben, und hin und wieder Sex mit Leuten, die sie spätestens in ein paar Wochen nie wieder sehen würde. Katha schickte ihr Fotos der leeren grünen Couch mit einem traurigen Emoji. Manchmal schickte sie Sprachnachrichten und erzählte von ihrer Uni und von David, der sie immer grüßen ließ. Hin und wieder rief sie auch an, aber Kinga schaffte es fast nie, ranzugehen. Sie nahm sich vor, später zu antworten oder zurückzurufen, wenn sie mehr Zeit hatte. Nur war ihr Kopf voller Probleme, die zwar nicht ihre waren, für deren Lösung sie aber gut bezahlt wurde. Und sie hatte dabei meistens auch ziemlich viel Spaß. Erst mit der nächsten Nachricht oder dem nächsten Anruf, den sie verpasste, fiel ihr ein, dass sie schon längst hatte antworten wollen. Dann starrte sie auf das Telefon, das in ihrer Hand vibrierte. Sie brachte es nicht über sich, nur abzuheben, um Katha zu sagen, dass sie gerade wieder keine Zeit hatte. Weil Katha dann immer nur abwinkte und sagte ‚Alles in Ordnung' und ‚Ich dachte, ich probier's mal wieder' und ‚Melde dich einfach, wenn es dir passt'.

Aber Kinga kannte Katha gut genug, um die Enttäuschung zu hören. Wenn das Display schwarz wurde, schwor sie sich, am Abend zu reagieren. Nur dass sie, wenn sie irgendwann nachts zurück in ihr Hotel kam, froh war, wenn sie vielleicht noch eine Folge dieser Serie über Glasbläserei auf Netflix schaffte oder ein mit sanfter Musik unterlegtes Knolling-Video auf Youtube, bei dem sie zusehen konnte, wie Werkzeuge, Inhalte von Handtaschen oder alle Gegenstände in einem Haus akkurat und im rechten Winkel nebeneinander aufgereiht wurden. Eine meditative Arbeit, die einen ganz alten und tiefen Kern in ihr beruhigte.

Bis Katha gar nicht mehr versuchte, anzurufen.

15

Die Trompete steht zwar im Flur neben der Tür, aber bis David den Griff in der Hand hat, wusste er nicht, dass er sie wirklich mitnehmen würde. Kinga stöhnt auf, sie schiebt sich so weit über das Sofa, dass sie ihn durch die Tür sehen kann.

„Friedhof?"

Er nickt, und sie nickt.

„Ich finds gut, dass du sie jeden Tag besuchen gehst. Würd ich auch gern mal wieder."

„Kümmer dich erstmal um dein Bein."

Katha bleibt eh, wo sie ist, denkt er, traut sich aber nicht, es auszusprechen.

„Die Ärztin hat gesagt, dass ich es gar nicht belasten darf, sonst bleibt da vielleicht ein Schaden. Hab Angst, dass schon die Beerdigung zu viel war."

„Bleib hier, solange du willst. Du weißt, dass du willkommen bist."

Kinga wirft einen Blick zum Koffer, runzelt die Stirn.

„Willst du den mitnehmen? Du kannst doch nicht auf dem Friedhof spielen."

David schüttelt schnell den Kopf.

„Ja, nee. Aber vielleicht geh ich danach in den Wald oder so. Weil, hier geht's ja auch nicht."

Fühlt sich scheiße an, sie anzulügen. Aber sie reagiert so heftig auf Marie, das Thema kann er sich sparen. Das schlechte Gewissen wird ihn trotzdem bis zum Friedhof begleiten.

„Hätte nicht gedacht, dass ich dich jemals wieder spielen sehe. Dachte irgendwie, die Zeit ist vorbei."

„Muss vielleicht wiederkommen."

Kingas Oberkörper zittert vor Anspannung, mit der linken Hand stützt sie sich auf dem Boden ab.

„Ja. Und gleichzeitig kann ich mir nichts vorstellen, ohne Katha. Was kann denn da noch sein?"

Davids Finger nesteln an den Knöpfen der Jacke und folgen Kathas Geisterhänden, die seinen Kragen richten, wie sie es immer gemacht haben. Er spürt die Kühle ihrer Finger auf seiner Wange, ein leichtes Frösteln, das seinen Nacken herunterläuft.

„Keine Ahnung. Aber irgendwas muss ja."

Kingas Arm knickt ein, sie fängt sich mit dem anderen ab und schiebt sich zurück auf das Sofa. David wirft einen Blick durch die Tür.

„Alles in Ordnung?"

Sie winkt ab.

„Natürlich nicht. Aber ist, wie es ist. Sag ihr Grüße."

\

Er setzt sich auf den Beifahrersitz neben Marie, nimmt die Trompete zwischen seine Beine und spürt die Kälte des Sitzes durch seinen Hosenstoff. Er dreht sich um, betrachtet die Konstruktion, drückt die Finger gegen den Spanngurt, mit dem das Harmonium befestigt ist. Marie tippt ihm beruhigend gegen die Schulter.

„Keine Angst. Wir machen das immer mal wieder. Ist nie was passiert."

„Und es hat auch noch nie jemand was gesagt?"

Franz lacht von hinten laut auf.

„Klar haben sich schon Leute beschwert. Aber irgendjemand beschwert sich immer."

„Festhalten."

Marie drückt aufs Gas, und mit einem Surren setzt sich der Wagen in Bewegung, auf die erste Reihe zu. Auf vielen Gräbern stehen die einfachen Holzkreuze, auf manchen liegen sogar noch Kränze, und David kann seinen

Blick nicht von den Sterbedaten nehmen. Bereitet sich auf einen Schlag vor, wenn er Kathas Todesdatum sieht. Aber Marie bremst ab, und David rutscht ein kleines Stück auf seinem Sitz nach vorne, sein Blick hängt auf einer Säule und dem Datum darauf. Justus. Knapp elf Monate vor Katha. Marie dreht sich zum Harmonium, klopft gegen die Seite.

„Franz, schau mal, Justus wäre heute vierundachtzig geworden. Erinnerst du dich?"

„Der Radler, oder?"

Sie sieht zu David.

„Er wurde in seinen Fahrradklamotten beerdigt, inklusive Schuhen und Mütze. Den Helm hatte er im Arm. Und die Decke ging bis knapp über die Knie, damit alle nochmal seine strammen Waden sehen konnten."

Marie lacht und schüttelt sanft den Kopf.

David sieht den Mann vor sich, groß und drahtig, fit für sein Alter. Aber trotzdem tot.

„Der Sarg war offen?"

Franz hält Marie die Gitarre hin, sie greift danach und nickt langsam, als krame sie in der Erinnerung.

„Ja, sah eigentlich auch ganz friedlich aus."

„Ich dachte immer, man muss einen Anzug anhaben. Oder ein Kleid oder so. Irgendwas, keine Ahnung ... Passendes?"

„Na ja, Fahrradfahren war sein Leben. Passender ging's eigentlich nicht."

Franz bewegt die Pedale, bis ein stetiger Luftstrom aus dem Harmonium kommt, dann drückt er einen Akkord, wechselt in die Melodie, wirft Marie einen Blick zu.

„Was hältst du davon?"

Sie hört zu, wiegt den Kopf zur Seite und schmunzelt, als sie es erkennt. Legt die Finger auf die Saiten, sucht die richtigen Griffe und nickt Franz zu. Sie holt Luft.

„Neulich bin ich mit 120
auf meinem Fahrrad rumgefahr'n.
Und wie immer konnt' ich nur hoffen,
die Polizei hält mich nicht an."

Ganz alte Erinnerungen kommen bei David hoch, verschwommene Bilder und Töne aus der Kindheit, als er die *Prinzen* auf Kassette hatte und die Lieder alle mitsingen konnte. Jedes eine eigene kleine Geschichte, immer ein bisschen witzig. Kinga fand das schon damals blöd und mochte lieber laute Musik von wütenden Menschen, aber David hat ‚Das Leben ist grausam' so oft gehört, dass er selbst jetzt, mehr als fünfundzwanzig Jahre später, immer noch mitsingen kann.

Als Marie und Franz zum Refrain kommen und stocken, sagt David ihnen den Text ein. Franz sieht ihn freudig grinsend und ermutigend an. David bewegt stumm die Lippen, aber Marie stößt ihn mit der Schulter. Sie holpern durch den Text, indem David ihn zögernd vorsagt und die anderen beiden ihn nachsingen. Als sie am Ende angekommen sind, schüttelt Franz den Kopf.

„Gleich nochmal und diesmal richtig. Zusammen."

David sieht sich um und spürt das aufkeimende Gefühl der Scham. Was, wenn sie jemand sieht? Oder hört? Was, wenn sie jemand anspricht? Aber niemand ist da, und innerlich singt er sowieso schon mit. Also öffnet er den Mund und wird für den Rest des Tages den Refrain im Ohr haben. ‚Nur Genießer fahren Fahrrad und sind immer schneller da.'

Marie schrammelt auf der Gitarre, und Franz hält den letzten Ton, bis er irgendwann in Lachen ausbricht und die Füße still hält, sodass dem Harmonium die Luft ausgeht und der Ton leiser wird. Marie schaut David an.

„Du hast rote Backen. Sieht gut aus."

Seine Hand ist an seiner Wange, bevor er darüber nachdenken kann.

„Fühlt sich auch gut an."

Franz tritt wieder in die Pedale.

„Wie sieht's aus, spielen wir noch ‚Happy Birthday?' Diesmal mit Trompete?" Er strahlt auffordernd. „Das kannst du doch, oder?"

David streicht über die abgewetzte Kante des Koffers, dann angelt er nach dem Griff und zieht ihn auf seinen Schoß.

„Schon ewig nicht mehr gespielt. Aber klar."

Die Schlösser klicken. Er öffnet den Deckel.

„Wir waren fast sechzig Leute im Musikverein. Jede Woche hat jemand Geburtstag gehabt."

„Fang an, wir setzen ein."

\

Katha war knapp drei Jahre in Deutschland, als der Musikverein auf das Probenwochenende fuhr, an dem sie und David zusammenkommen würden. Ein Selbstversorgerhäuschen mitten im Schwarzwald, der Reisebus brachte sie bis auf den Schotterplatz davor, alle holten ihre Instrumente und das Gepäck und halfen bei den Lebensmitteln, die für das lange Wochenende reichen würden. Tagsüber saßen sie im größten Raum und probten, abends spielten sie Karten und redeten und lachten, bis alle müde waren, und David wollte sich gerade verabschieden und in den Schlafsaal der Männer legen, als Katha nach seiner Hand griff.

„Wir müssen nicht schlafen gehen."

Sie zog ihn die Treppe runter, leise Schritte über die alten Stufen, und raus bis zur Feuerstelle. Am Abend zuvor hatten sie gegrillt, Marshmallows und Stockbrot, alle drei Gitarren waren im Einsatz gewesen, hatten gespielt, was wenigstens ein paar mitsingen konnten, und am nächsten Tag hatte der Proberaum nach verbranntem Holz gerochen. Jetzt war da nur noch Asche, aber es war warm genug draußen, und wenn David die Augen zusammenkniff, konnte die Laterne von der anderen Seite der Straße als Mond durchgehen.

Katha setzte sich rittlings auf die Bank und klopfte hinter sich auf das Holz. Sobald David saß, lehnte sie sich an ihn und zog seine Arme um sich. Ihre Hand in seiner, seine Nase in ihren Haaren, ihr Gewicht und ihre Wärme auf seiner Brust. Er konnte sich nirgendwo anlehnen, und die Position war nicht wirklich bequem, aber gerade gab es keinen Ort, an dem er lieber gewesen wäre. Sie drehte den Kopf, aber konnte ihn nicht angucken, also legte sie ihn an seine Schulter.

„Ich mag dich, David."

Sein Herz schlug schnell und laut, er war sich sicher, dass sie es hörte oder wenigstens spürte, und innerlich schrie er vor Freude auf. Er mochte sie auch, vielleicht sogar mehr als das. Aber wie hatte sie den Mut gefunden, das auszusprechen?

Selbst jetzt, wo sie ihm das gesagt hatte, wo sie so nah bei ihm war und er den Satz in Gedanken schon oft geübt hatte, hielt ihn die Angst zurück, dass er nicht genug war. Die Worte lagen ihm auf der Zunge, aber dort blieben sie, verdorrten, und er musste sich räuspern, schaffte dann wenigstens ein ‚mhm'.

Sie lächelte, leicht verlegen, hatte offensichtlich mehr erwartet. Dann zog sie seine linke Hand nach oben. Ihre Finger hatten die wulstige Stelle an der Innenseite gefunden, sie betastet, jetzt hielt sie sie sich vor die Augen.

„Was ist da passiert?"

Er legte seine Finger an ihre, strich sich über die alte Narbe, die die Linien in seiner Hand durchkreuzte.

„Ich hatte früher ein Kettcar. So ein Auto mit Pedalen. In Gelb. Das war toll. Aber einmal bin ich damit zu schnell geworden und hab die Kurve nicht geschafft." Er saß wieder auf dem Plastiksitz, umgriff das Lenkrad mit beiden Händen, der Schotter rüttelte ihn durch, und er konnte nicht anders, als nach vorne starren, bis es zu spät war. „Das war komisch, weil ich eigentlich wusste, dass ich bremsen muss. Ich wusste es, aber hab es einfach nicht geschafft. War ganz starr. Als ich in der Kurve umgekippt bin, wollte ich mich mit den Händen abfangen, und ein ziemlich fieser Stein hat sich da reingebohrt. Ich hatte noch ein paar Schürfwunden, aber das war das Schlimmste."

Danach war er nie wieder mit dem Kettcar gefahren, es musste sogar noch irgendwo im Keller seiner Eltern sein. Schade eigentlich, irgendjemand hätte sicher große Freude damit.

Katha pustete auf die Narbe, wie man es bei einem kleinen Kind macht. Er muss lachen, und sie versucht wieder, ihn anzusehen.

„Das nächste Mal, wenn du weißt, dass du etwas tun musst, dann sei bitte mutig genug, es auch zu tun."

„Ich versuch's."

„Wenigstens das."

Er sah sich seine Hand an.

„Ein paar Jahre lang hatte ich Paranoia, dass ich damit mein Leben kürzer gemacht habe."

„Weil der Sturz so schlimm war?"

„Ne, weil die Narbe mitten durch die Lebenslinie geht."

Katha machte ein fragendes Geräusch und nahm seine Hand ganz nah an ihr Gesicht, fuhr die Linien nach, betastete die Narbe. David schloss die Augen und legte all seine Konzentration in diese Handfläche, jede Berührung Teil einer zukünftigen Erinnerung, die sein Leben prägen würde. Dann kicherte sie.

„Was ist los?"

Sie fuhr einen Halbkreis um den Daumenballen.

„Das hier ist die Lebenslinie. Da ist die Narbe nicht." Sie strich über die beiden fast parallelen Linien, die quer über die Hand liefen. „Das sind Kopf- und Herzlinie. Und das hier ..." Die Linie, die vom Handgelenk zum Mittelfinger ging. Auf der die Narbe saß. „Das ist die Schicksalslinie. Kann sein, dass deine Narbe gar nichts bedeutet. Oder dass dir noch was Einschneidendes in deinem Leben passieren wird."

Er betrachtete ihre Finger in seiner Hand und sah die Worte aufleuchten. Sie waren so groß, dass er sie in der Kehle liegen spürte. Fast zu groß, um sie herauszubringen. Aber sein Herz schlug und drückte von unten. Und dann.

„Vielleicht bist du das, was mir passiert."

Ihre Finger verharrten, und Davids ganzer Körper erstarrte, er traute sich nicht, einzuatmen. Dann legte sie den Kopf wieder nach hinten, sah ihn an und grinste breit, bevor sie ihn küsste.

\

David nestelt das Mundstück aus der Halterung, es ist viel zu kalt, ebenso wie die ganze Trompete, und er kann sich nicht ganz an die Melodie erinnern, wie ist der Wechsel nach der ersten Wiederholung, und irgendwas stimmt doch mit den Ventilen nicht, sie bewegen sich nicht ganz sauber, eigentlich müsste er sie ölen, und irgendwie fühlt sich auch das Mundstück komisch an, aber dann spürt er eine ruhige, schwere Hand auf seiner Schulter. Franz hat sich runtergebeugt, und David merkt, wie seine Schultern absacken, sich entspannen und er ruhiger wird.

„Wir spielen nicht, damit es perfekt ist. Wir spielen, weil wir Spaß haben wollen. Und Justus hat schon seit Jahren kein Ständchen mehr bekommen, der wird sich also freuen."

David stößt ein ungläubiges Lachen aus, aber in Franz' Augen sieht er, dass er es ernst meint. Marie hat die Gitarre im Anschlag, wartet auf ihn, also leckt er sich über die Lippen, setzt das Mundstück an, ignoriert die Kälte, spannt die Muskeln an und spielt den ersten Ton. Als Franz mit dem Harmonium einsetzt, rutscht David der Ton weg, und er bricht ab, aber Franz tritt weiter die Pedale.

„Gleich nochmal. Zwo, drei, vier."

David spielt leicht verzögert, und durch die ersten Takte stolpert er eher, aber dann ist er drin. Als ob sich ein muskuläres Gedächtnis, an das er sich seit Jahren nicht erinnert hat, einklinkt und die Bewegung seiner Finger übernimmt. Der Ton wird klar, sein Spiel fester, er spürt die Vibration an seinen Lippen, wie sie sich in seinem Körper ausbreitet, und er setzt sich aufrecht hin. Marie spielt einen Akkord, setzt ihren Gesang ein, und David merkt, wie sehr er es vermisst hat, Musik zu machen. Er kann nicht lächeln, weil er seine Lippen anspannen muss, aber er spürt die Freude in den Rändern seiner Augen, und er sieht, dass Marie es bemerkt.

David spielt die letzte Note und nimmt die Trompete vom Mund, schlägt in Franz' High Five ein und merkt, wie er rot wird. Vor Freude diesmal. Marie springt aus dem Sitz, reißt den vertrockneten Rest einer Blume aus der Erde und wirft ihn zu Franz auf die Ladefläche, dann geht sie in die Knie.

„Alles Gute, Justus. Ich hoffe, dir geht's gut."

Sie schweigen für einen Moment, und David kann nicht anders, er schaut quer über den Friedhof. Kathas Grab ist noch von Kränzen bedeckt, die Schrift auf dem Holzkreuz kaum zu sehen. Die Stimme in ihm, mit der er groß geworden ist, sagt, dass er dort sitzen sollte und trauern. Er kann gar nicht genau greifen, was das bedeuten soll und wie das aussehen könnte, aber die Stimme zerrt an ihm und schiebt sich wie eine dunkle Wolke über sein Denken. Aber gleichzeitig sieht er eine Erinnerung an Katha, bei einem seiner letzten Konzerte. Noch vor dem Umzug, als ihm die Idee, keine Musik mehr zu machen, nie in den Sinn gekommen wäre. Damals hat Katha nicht mitgespielt, sie stand in der Menge, das Konzert der Big Band gerade vorbei, Menschen applaudierten, und sie lächelte auf eine Weise, die ihn bis heute innerlich warm werden lässt, wenn er daran denkt. Hätte er in den letzten Jahren gespielt, sie hätte ihn wieder so angesehen. Sie würde es auch jetzt tun. Die Erinnerung hält seinen Blick, bis er blinzeln muss. Und dann ist sie weg, die Wärme in David aber immer noch da. Der Wagen wackelt ein wenig, als Marie wieder einsteigt und ihn neugierig ansieht.

„Alles gut?"

„Ich glaube, Katha hätte das gemocht."

„Dann lass uns weitermachen."

Mit einem Ruck setzt sich der Wagen in Bewegung, Gräber ziehen an ihnen vorbei, dann schüttelt Marie den Kopf.

„Katha ist wirklich die schlimmste Abkürzung."

David sieht sie mit offenem Mund an und hört, wie Franz hinter ihm schnaubt.

„Manchmal bist du einfach scheiße."

Sie wirft Franz einen schnellen Blick zu, bevor sie sich wieder auf die Gräber konzentriert.

„Hab ganz viel von meinem Bruder gelernt."

„Empathie offensichtlich nicht."

Der Wagen stockt, als Marie bremst, das Harmonium ruckt nach vorne, und David greift nach irgendwas, an dem er sich festhalten kann. Marie zeigt auf das Kreuz neben ihnen.

„Hayao hat heute Geburtstag. Sein Sohn hat sich umgebracht, als er neunzehn war. Hayao ist damals direkt in eine Klinik gegangen, weil er wusste, dass er nicht damit umgehen kann. Ein halbes Jahr später hat er sich dann das Leben genommen."

Sie greift nach der Gitarre und streicht einmal über die Saiten, dann legt sie die Finger drauf und sieht David an.

„Entschuldige, ich wollte dich nicht verletzen."

David nickt, nur um Zeit zu schinden. Um sich vielleicht selbst irgendwie darüber klar zu werden, was ihn verletzt hat. Und warum es eigentlich nicht reicht, einmal Sorry zu sagen. Aber Marie nickt genauso und spielt einen Akkord, und sie sind in der Musik, bevor David sich über irgendwas klar werden kann.

Er atmet ein, schließt die Augen und setzt die Trompete an die Lippen.

16

Für Kinga blieb Katha irgendwie trotzdem die beste Freundin, aber es fühlte sich an, als ob die Freundschaft eingeschlafen war, und Kinga wusste nicht, wie sie sie wieder aufwecken konnte. Sie traf Katha zunächst schon noch immer mal wieder, und das war auch jedes Mal großartig. Aber eben lang nicht mehr so oft wie früher. Ab und an kamen noch Fotos von der Couch, manchmal auch Selfies von ihr und David, aber die Sprachnachrichten wurden kürzer und Kathas Stimme kühler, zumindest kam es Kinga so vor. Sie hatte längst die Lesebestätigung abgeschaltet, damit Katha nicht wusste, ob sie die Nachrichten abhörte.

Und dann, an einem Samstag kurz vor ihrem Geburtstag, sie war gerade in Oslo und würde erst am Montag das neue Team kennenlernen, spazierte sie am Wasser entlang, es war superkalt, aber gleichzeitig schien die Sonne, und Kingas Nase schmerzte zwar von der kühlen Luft, aber sie fühlte sich so ruhig wie schon lange nicht mehr. Also nahm sie ihr Handy und tippte.

Ich bin in Oslo, und es ist wunderschön. Arschkalt, aber die Sonne scheint, und das Wasser glitzert so, dass ich weiß, wie sehr du es lieben würdest. Es fühlt sich an, als wärst du neben mir. Schade, dass es nicht so ist. Ich hab all deine Nachrichten gelesen und gehört. Und ich denke andauernd an dich. Aber irgendwas in mir blockiert, und ich schaffe es nicht, dir zu antworten. Weil, wenn, dann will ich dir richtig antworten. Das hast du verdient. Aber dann vergeht Zeit, und ich schiebe es immer wieder weg, bis ich mich irgendwann einfach so sehr schäme, dass ich mich gar nicht melde. Falls du pissig bist, zu Recht. Ich hab das verdient. Das ist mein Versuch meiner Entschuldigung. Ich will dieses Leben nicht ohne dich führen. Ich vermisse dich.

Sie las den Text noch einmal, und bevor sie sich anders entscheiden konnte, schickte sie ihn ab. Theoretisch konnte sie ihn immer noch löschen, und natürlich dachte sie darüber nach, weil sie Angst hatte, was er auslösen würde. Aber gleichzeitig war sie erleichtert, auf eine schicksalhafte Art, wie ein übermüdeter und vollkommen erschöpfter Hochstapler, der endlich von Tom Hanks als Polizist geschnappt wird und nicht mehr wegrennen muss. Sie sah den ersten Haken, dann den zweiten, und sie wurden blau, als Katha die Nachricht anklickte. Kinga schloss die Augen und steckte das Handy weg. Holte es gleich wieder raus.

Die Antwort kam erst zwei Tage später.

17

Irgendwann kommt die Sonne über die Bäume gekrochen, mit jeder Gräber-Reihe wird ihnen wärmer und die Musik ausgelassener. Als sie wieder vor der Scheune ankommen, springt Franz ab, bevor der Wagen richtig angehalten hat, und winkt nach hinten, während er Richtung Haus läuft.

„Muss aufs Klo. Das war toll, David, schön, dass du dabei warst! Lass uns das bald wieder machen."

David hebt die Hand, aber Franz ist schon verschwunden.

Marie lacht leise.

„Hat 'ne ganze Weile ausgehalten."

„Sag ihm später Grüße. Hat mir Spaß gemacht, dieser Tag."

Marie hat die Gitarre auf dem Schoß, schaut David zu, wie er das Kondenswasser aus der Trompete pustet, das Mundstück abnimmt und alles im Koffer verstaut. Sie hat ihn immer wieder beobachtet, ganz fasziniert, wenn er in seinem Spiel vertieft war. Bei der Beerdigung hat die Trauer viel überdeckt, aber trotzdem hat sie schon dort etwas schimmern sehen, unter all der Schwere und den Tränen. Jetzt ist es, als ob jemand einen Schalter umgelegt hat. Als er die Augen geschlossen hatte und den Mund an der Trompete, hat alles an ihm Freude ausgestrahlt, die bis jetzt anhält. Der Nachklang innerer Wärme.

Er drückt die Schnallen zu und sieht auf.

„Ich hätte nicht gedacht, dass ich auf einem Friedhof jemals so viel Spaß haben werde. Danke."

„Franz hat recht, lass uns das wiederholen."

David greift nach der Jacke, die er sich irgendwann ausgezogen hat, legt sie über den Arm.

„Es fühlt sich trotzdem an, als wäre es irgendwie illegal. Als könnten Leute das unpassend finden."

„Wahrscheinlich tun das viele sogar.“

Sie zieht den Schlüssel ab und schließt das Tor. Gemeinsam gehen sie langsam Richtung Haus, und Marie ist klar, dass David sich gleich verabschieden wird.

„Mein Papa hat vor vielen Jahren mal gesagt, dass dir klar sein muss, für wen du das hier machst.“

Sie macht eine ausholende Handbewegung, ähnlich wie Papa damals, als sie neben ihm am Rand eines frisch ausgehobenen Grabes saß, mit einer Brezel in der Hand. Er hat damals auch nicht erklärt, was er mit ‚das hier‘ gemeint hat, aber sie geht davon aus, dass auch David irgendeine Vorstellung hat. Und wenn nicht, ist das jetzt nicht der richtige Moment.

„Geht es dir um die Verstorbenen, oder geht es dir um die Angehörigen?“

Sie nickt in Richtung der Aussegnungshalle, wie Papa damals.

„Der Pfarrer macht seinen Job, damit es den Angehörigen besser geht. Mir geht es mehr um die Verstorbenen.“

Sie bleiben vor dem Haus stehen, David beobachtet sie aufmerksam.

„Ich mag den Gedanken, dass die Toten, die hier liegen, jemanden auf ihrer Seite haben.“

Sie erinnert sich daran, wie sie zum ersten Mal eine Beerdigung gesehen hat, auf der nur der Pfarrer und die Sargträger waren. Sie hat Papa gefragt, wo die Leute sind. Papa hat nur einen kurzen Blick rübergeworfen und ihr dann den Rücken getätschelt, sie getröstet für das, was er gleich sagen würde.

„Entweder gibt es keine Leute mehr, die sie gekannt haben. Oder sie war ihnen nicht wichtig genug.“

Marie war noch klein, vielleicht neun oder zehn, und musste erst verstehen, was Papa damit meinte. Dann sprang sie empört auf und stellte sich zum Eckstein. Im

Laufe der Jahre war das immer wieder passiert, und manchmal waren auch Franz oder Papa dabei.

Sie sieht David an.

„Ich glaube, viele hätten sich über unsere Ständchen gefreut."

„Katha auf jeden Fall. Katharina."

Er wirft ihr einen Seitenblick zu, und sie spürt die Verletzung, schüttelt den Kopf.

„Sorry nochmal. Ich wollte dir wirklich nicht wehtun. Manchmal rede ich schneller, als ich denke."

David schnaubt.

„Das hab ich schon gemerkt."

Als er ihr einen Blick zuwirft, sieht sie das Schmunzeln und spürt Erleichterung. Er schaut über die Schulter, und sie weiß genau, wo er hinsieht.

„Ich geh mal."

„Klar."

Marie hebt die Arme. Ein bisschen wie in einem Theaterstück, in dem sie beide nur diesen einen Text aufsagen können.

„Ich bin hier."

Er lacht, wie Menschen auf einer Bühne es eben tun, dann macht er einen Schritt nach hinten, dreht sich um und geht zu Katharina. Katha. Seiner Frau.

Marie öffnet die Haustür, streift die Schuhe ab und geht die drei Stufen nach oben in die Küche. Vom Fenster über der Spüle aus kann sie ihn beobachten, wie er zwei Kränze geraderückt und die Schleife sauber hinlegt. Für einen Moment sieht es so aus, als würde er sich auf den Boden setzen. Dann bleibt er in der Hocke, stützt seinen Kopf in die Hände und starrt auf den Hügel. Marie hört die Klospülung und Franz, der in die Küche kommt, sich neben sie stellt und erleichtert ausatmet.

David redet mit dem Grab.

„Schau mal. Die Schwere und die Trauer sind wieder da. Kaum mehr was zu sehen von der Freude, die er beim Spielen hatte."

„Ich glaube eher, dass das andersherum ist. Die Trauer wird ab jetzt immer da sein. Aber wenn er Glück hat, wird das Leben drumherum wachsen und größer werden."

Franz zuckt mit den Schultern, greift nach einem Glas auf der Spüle und füllt es mit Wasser.

„Seine Frau ist noch keine Woche unter der Erde. Ich war ehrlich gesagt überrascht, dass er so mitgemacht hat. Aber es war wirklich schön, ihn grinsen zu sehen."

Als das Glas voll ist, greift Marie danach und nimmt es ihm aus der Hand.

„Danke."

Franz sieht sie mit offenem Mund an, schnaubt und nimmt sich noch eins.

Sie grinst, legt ihren Kopf an seine Schulter und hofft, dass er weiß, wie sehr sie ihn liebt.

„Ich glaube, bei Papa ist da niemals mehr Leben gewachsen."

Franz trinkt sein Glas in einem Zug leer und hebt dann Zeigefinger und Daumen ganz nah beieinander.

„Eine feine Linie vielleicht."

Marie wirft einen Blick nach hinten, als könne sie ihren Vater sehen, durch die Wand hindurch.

„Schade."

18

Sie wacht auf, zerrissene Reste eines Traums im Kopf, in dem Katha und sie gemeinsam unterwegs waren und eigentlich viel Spaß hatten. Sie beide lachten fast durchweg, der Wind fegte ihnen durch die Haare, und das Licht sah aus, als würde der Sonnenuntergang nie zu Ende gehen. Aber Kinga spürte die Wärme der Tränen, die ihr übers Gesicht flossen, und sie konnte kaum atmen, weil irgendwas schwer auf ihrem Körper lag.

Als sie die Augen öffnet, hat sie keine Ahnung, wo sie ist, sie kann das dumpfe Pochen in ihrem Bein nicht einordnen, bis sie sich schlaftrunken aufsetzt und zu erinnern versucht, was Katha und sie letzte Nacht gemacht haben. Warum sie bei ihr übernachtet. Erst, als sie sich nach oben stemmt, schießt ihr der Schmerz unter den Gips, in den Rücken und bis hinter die Augen.

Sie stöhnt auf und lässt sich zurück ins Bett fallen.

Eine ruhige Nacht, hier am Stadtrand, selbst mit offenem Fenster ist kaum etwas zu hören, aber in Kingas Kopf stürzen die Erinnerungen nur so herunter, alle zusammen. Quietschende Reifen, krachendes Holz und Kathas Schmerzen, Kinga, wie sie schrie und versuchte, nach ihr zu greifen, aber sie konnte sich nicht bewegen, sagte der Mann von der Feuerwehr, der ihr vorsichtig eine dicke Decke über den Körper legte, bevor er das Blech aufschnitt, und Kinga dachte noch, dass Katha ziemlich böse sein würde, so wie er mit ihrem Auto umging, aber Katha starrte in ihre Richtung, schweigend, und Kinga traute sich nicht, sie zu berühren und ihre Augen zu schließen, aber das braucht Ihnen gar nicht leidzutun, sagte die Bestatterin, wir machen das schon, aber wir müssten hier gemeinsam durch diesen Fragebogen gehen und ein paar Dinge entscheiden, für die Beerdigung und danach, als alle weg, und David sich mit ihr auf den Boden setzte, lachten sie gemeinsam, aber in Kinga ist gleichzeitig so viel Schmerz und Schuld, dass sie keine Luft bekommt, deshalb reißt sie die Augen auf und atmet tief ein, zitternd, bis nichts mehr reinpasst.

Die Erinnerungen sacken ab, rutschen tiefer, und in der Stille der Nacht hört Kinga das Fiepen in ihren Ohren.

Sie schleppt sich aufs Klo, zieht sich rückwärts sitzend mit den Armen durch den Flur, die Erinnerungen an den Schmerz noch so greifbar, dass sie das Bein nie wieder verwenden will. Und als sie wieder im Bett ist, gequält, erschöpft und voller Furcht davor, was passieren wird, wenn sie einschläft, und sich nicht abhalten kann, an Katha zu denken, hat sie gerade die Augen geschlossen, als sie David im Flur hört.

Jetzt ist er weg, und sie will nie wieder schlafen, aber in allem, was in diesem Wohnzimmer ist, erkennt sie Katha. Echos von Erinnerungen. Manche sind unscheinbar, andere so laut, so konkret, so greifbar, dass sie Katha an diesem alten verschneiten Landschaftsgemälde stehen sieht, in das jemand Calvin und Hobbes gemalt hat, wie sie den Hügel auf einem Holzschlitten runterfahren, und Katha versucht, das Bild an der Wand geradezurücken, es verrutscht aber immer wieder, sobald sie es loslässt. Kinga kann nicht anders, muss lachen, musste schon damals lachen, mit Katha, aber jetzt kommen auch Tränen mit dazu und das Gefühl von Leere, als ob sie an einem Abgrund steht, hinter ihr die Tatsache, dass Katha weg ist, und sie kann nicht zurück, niemand kann das.

\

Die Tür fällt hinter David ins Schloss, und Kinga schreckt hoch. Ihr Nacken schmerzt, weil sie immer noch nur halb auf dem Sofa liegt, ihre Augen fühlen sich leer an, ausgeweint, und ihr Mund ist trocken. Sie richtet sich auf, stützt sich auf ihren Ellenbogen ab und versucht, kopfüber irgendwas zu sehen.

Einen Moment später steht David in der Tür, blinzelt gegen die Nachmittagssonne.

„Hey. Alles in Ordnung?"

Er sieht sie besorgt an und bringt einen Rest kühler Luft von draußen mit. Er riecht nach Frühling, seine Wangen sind rot. Und ist das unter seiner besorgten Miene ein Lächeln?

Kinga weiß nicht, was schlimmer ist, sein Mitleid oder das Gefühl, dass David fast schon greifbar gute Laune hat. Die er nur haben kann, weil er nicht weiß, was sie weiß. Weil in seinem Kopf nicht Kathas Blick ist, nicht der Nachhall von ‚Ich glaube, ich muss mich von David trennen'. Nicht der Schock und die Sprachlosigkeit. Sie dreht den Kopf so, dass sie ihn ansehen kann.

„Wie war's auf dem Friedhof?"

David geht in die Knie, fast auf Kingas Augenhöhe.

„Hast du dieses Sofa heute schon verlassen?"

Kinga schließt frustriert die Augen, schüttelt den Kopf, und als sie sie wieder öffnet, schaut David sie immer noch an.

„Hast du Lust, dass wir einen Spaziergang machen? Vielleicht mal was anderes sehen?"

Sie hat es satt, hier zu liegen, im Sud ihrer Gedanken und der Erinnerungen, will am liebsten zurück in ihren vierten Stock, in ihr Leben, in dem sie das Chaos anderer beseitigen kann, aber dann sitzt sie wieder mit Katha im Auto. Kinga schlägt mit der flachen Hand auf das Sofa, reißt sich aus Davids Blick und kriecht so weit nach hinten, wie das Sofa es zulässt.

„Ich will nichts anderes sehen! Ich will mich nicht ablenken, ich muss da durch! Katha hat es nicht verdient, dass ich sie verdränge."

Sie ist gar nicht auf ihn wütend, aber wen soll sie denn sonst anschreien? Irgendwas in David erlischt, und das sanfte Lächeln, der Duft von Frühling, diese Aura von Hoffnung ist verschwunden. Sein Blick fällt zu Boden, seine Schultern sacken ab, er nickt schwach.

Kinga schämt sich dafür, aber irgendwas in ihr kann nicht anders, als sich zu freuen.

Dann sieht er wieder auf.

„Hast du heute schon gegessen? Mama hat uns Suppe gebracht. Soll ich die warm machen, und wir schauen uns irgendwas an?"

Kinga wirft ihren Kopf zurück, wirft ihren Geist zurück in die Zwölfjährige, die sie vor knapp zwanzig Jahren war, voller Wut und immer erstmal dagegen. Sie versucht, ihre Beine anzuziehen, um ihre Arme um sie zu schlingen, sich selbst zu umarmen, aber sie hält sich zurück, weil sie weiß, dass ihr Bein das nicht aushält. Und dann fließt alles aus ihr heraus, bis Kinga sich nur noch leer fühlt, ausgehöhlt vom Leben, zusammengehalten von Gips und Erinnerungen und einem Sofa, auf dem sie erst zu wenige und dann zu viele Nächte verbringt, weil, was soll sie schon anderes machen? Sie kann ja doch nicht aufstehen und sich bewegen. Und selbst wenn, was bringt das noch?

„Ich kann doch eh nirgendwohin. Kann das erstmal vergessen mit Spaziergängen."

David bleibt still, sie kann ihn nicht sehen, also greift sie mit den Händen hinter ihren Kopf, schiebt ihn nach oben.

„Ja, ich glaube, ich sollte was essen."

„Dann mach ich was."

Er steht auf, fast erleichtert. Sie spürt die geschäftige Energie, die zwar nur bis zum Essen reicht, aber immer noch mehr ist, als sie kann. Kinga hört ihm zu, wie er durch den Flur geht, hört typische Geräusche einer Küche. Sie lässt sich zur Seite kippen und streckt sich aus, eine Mischung aus Erleichterung und Resignation, weil sie schon wieder, immer noch, auf dem Sofa liegt. Sie schließt die Augen, holt Luft.

„David?“

Ein Moment der Stille, dann stellt er irgendwas ab, und kurz darauf spürt sie seine Anwesenheit. Sie öffnet die Augen, und da ist er, hält sich am Türrahmen fest, und selbst über Kopf sieht sie die gerunzelte Stirn, die zusammengedrückten Kiefer, die hochgezogenen Schultern. Jetzt könnte sie es ihm sagen. Katha. Trennung. Sorry. Aber den Mut hat sie nicht.

„Ich wollte nur danke sagen.“

Sie kennt den Übergang seiner Sorge zur Erleichterung und erwartet ihn, weiß, dass David auch das nicht verstecken kann, aber er presst die Lippen zusammen und sieht sie weiter an, was ihm schwerfällt.

„Du musst dich nicht bedanken. Tut mir leid, dass ich vorher nicht da war.“

19

Eine dieser Nächte, wie er sie in den letzten drei Wochen immer wieder hatte. In denen Kathas Tod sich über Davids ganzes Sein legt und er nicht schlafen kann, weil er so nicht leben will. Er liegt auf dem Boden. Wenn Kinga nicht da wäre, würde er im Wohnzimmer schlafen, damit er sich nicht mit dem Geist seiner Frau das Bett teilen muss. In manchen Nächten klopft er bei Kinga und legt sich zu ihr, geteilte Trauer frisst dich zwar genauso auf, aber du bist wenigstens nicht alleine. In dieser Nacht sind seine Gedanken so dunkel, so absolut, er sieht noch nicht mal die Wände des Tunnels, geschweige denn ein Licht am Ende. Und um Viertel nach vier in der Nacht, er ist immer noch wach, gesellt sich die Angst dazu.

Was, wenn Kathas Tod nicht das Ende ist, sondern der Anfang einer ganzen Reihe betrüblicher Ereignisse? Was, wenn als Nächstes Kinga stirbt und ihr ‚Gute Nacht' gestern ihre letzten Worte? Wenn seinen Eltern etwas passiert und der verpasste Anruf bei ihm gestern die letzte Gelegenheit gewesen ist, sie zu hören? Die Bilder verfestigen sich, er starrt in die trübe Düsternis, die gerade so hell ist, dass er in jedem Schatten Monster sehen kann, und wie soll er jemals wieder die Augen zumachen, nur um wieder an einem dieser Tage aufzuwachen, in denen Katha tot ist? Um danach wieder eine Nacht voller Schmerz und Unglauben zu erleben, eine endlose Schleife von Tagen, die er nie erleben wollte, und kein Ausweg.

Aber dann kommt eben doch die Sonne durch das Fenster, scheint direkt ins Bett, und Kinga hat früher immer gesagt, dass sie nicht so weit gekommen sind, um jetzt aufzugeben.

Zeit für einen neuen Tag auf dem Friedhof.

David geht durch das Tor und nickt der älteren Frau zu, die ihm entgegenkommt. Als sie auf seiner Höhe ist, bleibt sie stehen, hebt den Blick, betrachtet David für einen Moment. Sie stützt sich auf einen Gehstock, ihre Augen sind gerötet, und der Morgen ist so kalt, dass David den Atem sehen kann.

„Besuchen Sie Ihre Eltern?"

Er hält an seinem Lächeln fest und kämpft gegen das Verkrampfen an, zögert. Weil Dinge immer noch mit jedem Aussprechen realer werden und die Hoffnung schwindet, dass es vielleicht doch noch anders sein könnte. Weil das naive Kind in ihm immer noch glaubt, dass Katha vielleicht nur spät dran ist. Denn wenn Jesus nach drei Tagen, warum nicht auch Katha? Und dann sagt er es doch. Die Augen der Frau werden schmal, dann spürt David etwas an seiner Hand, so knochig, als ob der Tod selbst jetzt ihn holt. Aber als er nach unten sieht, ist es nur die Frau. Die Hand fleckig, mit dicken Gelenken, aber der Griff ganz schön fest.

„Ich bin auch wegen meiner Frau hier. Der Engel."

Sie zeigt in eine Ecke des Friedhofs, in der die Gräber schon seit ein paar Jahrzehnten stehen, zwischen ihnen eine weiße Figur auf einem Podest, die Flügel nah am Rücken, die Hände zusammengelegt, zu einer Schale geformt. David denkt, Marmor, hat aber keine Ahnung. Auf dem Sockel stehen der Name und das Datum, von hier aus kann er das nicht lesen.

„Mein Beileid."

Die Frau macht eine Bewegung, ein ‚das bringt jetzt auch nichts mehr', und lässt ihn los.

„Könnten Sie mir einen Gefallen tun und die Blätter aus den Händen nehmen? Ich komme da nicht mehr ran."

Er nickt schon, aber sie greift wieder nach ihm, während ihr Blick sich irgendwo verliert.

„Sie mochte Vögel und unseren Garten, aber sie hat sich nie gern die Finger schmutzig gemacht."

„Klar, mach ich gleich."

Er geht rüber, nimmt die nassen Blätter aus den kalten Händen und dreht sich um, um sie der Frau zu zeigen, aber sie ist schon weiter. Geht mit vorsichtigen Schritten an der Friedhofsmauer entlang, bis David sie nicht mehr sieht. Er schaut sich die Inschrift an. Gerda. Vor rund fünfundzwanzig Jahren gestorben. Knapp vierzig Jahre alt geworden. Ganz schön jung eigentlich. Aber immer noch älter als Katha.

Er kann nicht anders, schaut sich bei jedem Grab die Lebensdaten an. Ein Junge ist mit fünfzehn gestorben, eine Frau mit siebenundzwanzig, und zwei oder drei weitere findet er noch, aber die anderen sind älter. Mehr Leben. Mehr Jahre.

Er geht in die Hocke, als er vor Katha angekommen ist.

„Cześć.* Kinga lässt dich grüßen."

David hebt den Kopf, sieht eine Frau bei einem anderen frischen Grab stehen und erinnert sich daran, dass er sie schon während der Beerdigung gesehen hat. Aber sie ist weit genug weg, als dass sie ihn reden hören könnte.

„Sie ist jetzt die ganze Zeit bei uns, das hätte dir gefallen."

Sein Kopf korrigiert ihn, nicht mehr bei ihnen, sondern nur noch bei David. Aber das kann er nicht aussprechen. Das traut er sich nicht. Er holt Luft, will weiterreden, will über den Punkt hinwegkommen, dass es sich komisch anfühlt, mit einem Grab zu reden, dann hört er Schritte hinter sich, stapfend, schwere Schuhe.

„Hallo ihr beiden."

Marie setzt sich neben ihm auf den Boden, sie scheint weder den Dreck noch die Nässe oder die Kälte zu spü-

* Hallo.

ren, vielleicht hat sie aber auch einfach richtig gute Hosen. Sie beugt sich vor und reißt eine welke Blüte aus einem Gesteck, zieht zwei lose Blätter heraus und arrangiert die Blumen neu, dann sieht sie David überrascht an. Fast, als wäre es ihr peinlich. Sie schüttelt den Kopf und hebt abwehrend die Hände.

„Sorry. Gewohnheit. Soll doch gut aussehen."

„Stimmt, soll gut aussehen. Danke."

Für einen Moment sitzen sie schweigend nebeneinander, bis Marie einen Blick auf ihre alte Casio wirft und sich aufrichtet.

„Hast du Lust, mit mir einen Ausflug zu machen? Ich würde dir gern was zeigen."

„Was denn?"

„Was anderes."

David formt ein lautloses ‚Ah', sieht zum Grab zurück und kommt sich dabei komisch vor, denn wenn Katha ihnen zusieht, dann doch nicht aus anderthalb Metern Tiefe.

„Ich weiß nicht, was Katha dazu sagt."

Marie legt den Kopf schief, dann entwirrt sie die Beine aus dem Schneidersitz und steht auf.

„Ich hab sie gefragt, sie ist cool damit. Komm."

„Du hast sie gefragt?"

Er kann den Unglauben in seiner Stimme nicht unterdrücken.

Marie lacht auf, dreht sich, läuft rückwärts weiter.

„Wenn du mit den Toten reden kannst, kann ich das erst recht. Viel Übung. Jetzt komm schon."

Und dann, als ob Katha eben doch hier liegen würde, schaut er noch einmal die Blumen an und muss grinsen. Er spricht leise, hofft, dass Marie schon weit genug weg ist.

„Sie hat recht, stimmt's? Du hättest mich mitgeschickt."

Er drückt sich hoch, viel zu schmerzhaft, diese Position. Wie soll das denn in ein paar Jahren sein? Er muss eine Bank besorgen.

„Tschüss, Liebe. Ich erzähl dir später, wie es war. Und was es überhaupt wird."

„Komm schon, wir müssen die Bahn bekommen!"

Sie ist schon halb über den Friedhof, klopft sich im Gehen den Hintern ab, und David setzt sich in Bewegung. Am Tor schaut er noch einmal zurück, aber dann driftet sein Blick nach oben, und vielleicht kann er doch verstehen, was an der Idee eines Himmels, eines Weiterlebens, eines Von-oben-Zusehens so tröstend ist.

Sie müssen ein ganzes Stück laufen, um zur Bahn zu kommen, und fahren dann mit der U12 am Rand des Kessels entlang, von Degerloch runter in die Stadt und auf der anderen Seite wieder nach oben, Richtung Hallschlag. Sie sitzen im Vierer nebeneinander, ihnen gegenüber eine Mutter samt Kind im Kinderwagen, die blonden Haare fallen ihm in die Augen, und es ist so jung, dass David nicht sagen kann, ob es ein Junge oder ein Mädchen ist, bis er beschließt, dass es überhaupt keinen Unterschied macht. Es hält eine pinke Gitarre von Hello Kitty aus Plastik und kann die Augen nicht von Marie lassen. Vielleicht sitzt sie auch nur zufällig in der Blickrichtung. Aber als sie zurücklächelt und sich vorbeugt, strahlt das Kind Marie an, den Mund voller kleiner Milchzähne, und streckt ihr die Gitarre hin. Marie sieht fragend die Mutter an und nimmt die Gitarre entgegen.

„Danke! Soll ich dir was vorspielen?"

Vorsichtiges Nicken, dann streicht Marie über die Saiten. Es sind nur vier, und sie klingen, als wären auch sie aus Plastik, aber Marie dreht an den Stimmwirbeln, zupft immer wieder an den Saiten, den Kopf gesenkt, die Augen geschlossen, die Stirn konzentriert in Falten gelegt. Die gleiche Hingabe, mit der sie vorher die Blumen arrangiert hat. Als sie die Augen öffnet und seinen Blick sieht, wird sie rot. David schüttelt den Kopf.

„Sorry, wollte nicht, dass du dich komisch fühlst."

„Ach, ich bin die Erste, die Leute irritiert."

David denkt an ihre erste Begegnung, den Zettel, den sie ihm entgegenstreckt, und wie er trotz der Überforderung tatsächlich irritiert war, aber auch beeindruckt von dieser Bestimmtheit. Sie zu erleben, wie sie sanft und zugewandt ist, schmälert diesen Eindruck von ihr nicht. Im Gegenteil. Sie streicht ein letztes Mal über die Saiten, dann greift sie C, G und a-moll.

„Warum bin ich so fröhlich,
so fröhlich,
so fröhlich,
bin ausgesprochen fröhlich,
so fröhlich war ich nie."

David lacht auf, auch die Mutter muss grinsen, das Kind dagegen starrt sie mit großen Augen an. Er fragt sich, ob die Mutter unter dem Hidschāb genauso blond ist. Marie singt die zweite Strophe, dann nickt sie David zu und sieht ihn auffordernd an. Als sie Luft holt, summt er wenigstens die Zwischenmelodie mit ihr. Das Kind guckt immer noch erstaunt. Sie spielt, und er summt, bis Marie aufschreckt und mittendrin abbricht.

„Wir müssen raus!"

Sie legt dem Kind die Gitarre in den Kinderwagen und springt auf, ihre Hand greift nach Davids, und sie zieht ihn aus der Bahn. Die Mutter winkt ihnen zu, und jetzt endlich fängt das Kind zu lachen an und winkt ebenfalls. Marie lässt David los, sie winken zurück, bis die Bahn verschwunden ist. Dann berührt sie ihn an der Schulter.

„Lass uns los."

Er winkt noch einen Atemzug weiter, dann dreht er sich um und läuft ein bisschen schneller, bis er sie eingeholt hat. Er spürt den Nachhall ihrer Hand in seiner.

\

Kinga war gefühlt schon immer da, aber Kinga war auch immer so etwas wie eine Schwester. Luana saß in der Schule zwei Reihen vor ihm, und irgendwas an ihr hatte ihn immer fasziniert, aber sie redeten nie. Tibor und August sind immer auf alle zugegangen und haben mit den Leuten reden und feixen können, auch mit Leuten, die ein paar Klassen über ihnen waren. Allein die Vorstellung, dass David auf jemanden zu, aber diese Person gar nicht mit ihm ... David spürt bis heute, wie ihm dabei schlecht wird vor Scham. Die mögliche Bestätigung, dass er es gar nicht wert ist, dass Leute mit ihm reden. Und wie er überhaupt darauf kommen könnte. Aber dann stellte Herr Brettschneider Katha im Musikverein vor, und plötzlich saß sie auf dem Platz neben ihm, lächelte ihn an und streckte ihre Hand aus. Er nahm sie, und sie drückte zu, fester, als er erwartet hatte, und sah ihn für einen Moment an, zog die Schultern hoch.

„Kein Deutsch noch. Przepraszam. Sorry."

Dann ließ sie die Hand los, aber er spürte sie in seiner für den Rest des Abends, während sie nebeneinander saßen.

\

Sie spazieren am Römerkastell vorbei, Richtung Sozialbausiedlung. David hat den Song noch im Ohr und summt vor sich hin, wirft Marie einen Seitenblick zu.

„Ich seh dir an, wenn dir etwas wichtig ist. Wie gerade, als du die Gitarre gestimmt hast."

Marie schiebt die Hände in die Taschen, zieht die Schultern hoch.

„Nicht nur du. Hab manchmal das Gefühl, dass mir Dinge zu schnell wichtig sind. Wurde schon ein paar Mal ziemlich verletzt."

„Tut mir leid."

Sie geht schweigend weiter, und David weiß nicht, was er jetzt noch sagen kann, um die Stimmung zu ändern. Also hält er es einfach aus.

Er kann die länglichen Gebäude nur an den Nummern auseinanderhalten, auf den Rasenflächen zwischen den Häusern blättert die Farbe von den Pfosten, an denen die Wäscheleine gespannt ist, überall stehen Fahrräder und Elektroroller, und immer mal wieder sitzt eine Gruppe älterer Menschen auf Plastikstühlen um einen kleinen Tisch, darauf ein angefangenes Kartenspiel und irgendwas Selbstgemischtes in abgegriffenen PET-Flaschen. Marie begrüßt sie, wechselt ein paar Worte in einer Sprache, die David nicht erkennt, und schiebt eine der Haustüren auf, geht zwei Stockwerke nach oben. Neben den Wohnungstüren stehen Kartons, kleine vollgestopfte Regale, Kinderwagen, manchmal noch mehr Fahrräder. Vor der vierten von links sind vielleicht vierzehn Paar Schuhe aufgereiht, so unterschiedlich, dass sie nicht nur von einer Familie sein können. Die Tür hat ein kleines Fenster, es ist nur angelehnt, und angeregtes Stimmengewirr ist zu hören. Marie geht in die Knie und nestelt die Schnürsenkel ihrer Stiefel auf. Also zieht auch David seine Schuhe aus. Als sie sich auf die Zehen stellt und durch das kleine Fenster greift, fasst David nach ihrem Arm.

„Das kannst du nicht machen!"

Sie lacht auf, als sie sein erschrockenes Gesicht sieht, dann schüttelt sie abwehrend den Kopf.

„Wie viele deiner Sorgen sind jemals wahr geworden?"

Noch während er nachdenkt, drückt sie die Klinke nach unten und schiebt die Tür über den Teppich.

Die Garderobe im Flur quillt über, Marie zeigt auf die Tür daneben.

„Klo."

Die nächste Tür steht offen, an einem kleinen Küchentisch sitzt eine ältere Frau, die Gläser ihrer Brille sind so dick, dass ihre Augen dahinter riesig sind. Ihre roten Haare liegen in Wellen um ihren Kopf, und David sieht den grauen Ansatz. Die Finger sind um eine dampfende Tasse gelegt. Sie nickt Marie kurz zu, ist aber mit ihrer Aufmerksamkeit gleich wieder bei dem jungen Mann am Herd, er schaut in einen riesigen Topf und dreht mit dem Löffel langsam Kreise, bemerkt sie gar nicht.

„Weißt du, wir können halt faktisch nicht mehr von der Hand weisen, dass die Kacke am Dampfen ist. Wir haben letztes Jahr schon wieder den Hitzerekord gebrochen, Überschwemmungen wie die im Ahrtal sind halt kein Ausnahmeereignis mehr, und vor ein paar Jahren hat sich A-23a wieder in Bewegung gesetzt."

„A-23a?"

Der Typ sieht von seinem Topf auf und grinst so sehr, dass die Augen fast geschlossen und die Zähne zu sehen sind.

„Hi Marie. Wie geht's dir?"

Bevor sie antworten kann, sieht er zu David, legt seine freie Hand auf die Brust und senkt den Kopf ein bisschen.

„Hallo, ich bin Alfa. Wie geht's dir?"

David hebt die Hand und nennt seinen Namen, Alfa nickt und schaut zu Marie, jetzt wieder ernst.

„A-23a ist der größte Eisberg der Welt. Etwa halb so groß wie Gambia. Vor fast vierzig Jahren ist er am Meeresboden aufgesetzt, dann hat er sich die letzten Jahre weiterbewegt, und seit kurzem dreht er sich um sich selbst, weil er wieder irgendwo hängt. Es ist nur eine Frage der Zeit, dann wandert er weiter Richtung Südatlantik. Das ist scheiße für die Vögel dort und den Schiffsverkehr. Aber vielleicht haben wir ja Glück, und er bricht vorher auseinander."

David war nie gut darin, Sarkasmus zu erkennen, aber dieser Gesichtsausdruck macht es mehr als deutlich.

„Riecht nach Erdnuss."

Marie zeigt zum Topf, und Alfas Gesicht leuchtet auf.

„Domoda. Von zuhause. Meine Mama hat mir das gezeigt. Sehr viele Erdnüsse. Eigentlich mit Fleisch, aber ich liebs mit Kürbis. Braucht noch ein bisschen."

„Wir sind gerade erst gekommen."

„Perfekt."

Das Lächeln von Alfa ist so groß und offen, dass es sich für David anfühlt, als wären sie alte Freunde. Er wendet sich wieder der Frau zu.

„Jedenfalls. All diese Dinge passieren, und sie werden in Zukunft regelmäßig passieren. Aber wenn wir über die Umwelt reden, tun wir immer so, als könnten wir alles retten. Was eben nicht stimmt. Wir werden uns darauf einstellen müssen, dass Dinge anders werden. Und erstmal auch schwerer und schlimmer, als wir es gewohnt sind. Die Frage ist also, wie können wir das Narrativ ändern und den Leuten beibringen, was Sache ist, ohne dass sie entweder vor Angst erstarren oder ihnen dann sowieso alles egal ist."

Marie nimmt David sanft an der Schulter und zieht ihn mit.

„Komm, ich will dir noch den Rest zeigen."

Der Flur endet in einem Wohnzimmer, die gesamte Front ist verglast, dahinter ist der Balkon zu sehen. Auf dem Sofa vor dem Fenster sitzen ein paar Leute und unterhalten sich mit denen, die vor dem Sofa auf dem Teppich hocken und den Hund streicheln, der mit ausgestreckten Pfoten zwischen ihnen liegt. Links in der Ecke ein Esstisch, auf dem ein Schachbrett und ein Brettspiel stehen, das David nicht kennt. Er kann nicht genau sagen, wer Schach spielt und wer das andere, weil sich immer wieder Leute rüberbeugen, Tipps geben oder irgendwas fragen.

In der anderen Ecke steht eine kleine Gruppe, sie diskutieren heftig und emotional, kurz vor Streit, aber sie scheinen gut darin zu sein, dieses Level zu halten. Neben dem Sofa ist eine alte Regalwand voller Bücher und einem Plattenspieler. David erkennt den Song nicht, aber ein paar Leute tanzen dort, wo gerade so noch Platz ist.

Und zwischen all den Gesprächen und Spielen und dem Miteinander sitzen drei, vier Leute für sich, jeweils in ein Buch oder in ihr Handy vertieft.

David ist am Ende des Flurs stehengeblieben, aber Marie geht zur Sitzgruppe, schlägt in ein paar Hände ein, umarmt zwei Leute, die extra aufstehen, und David erkennt die junge Frau wieder. Sie war bei der Beerdigung. Die Bestatterin, die danach bei den Sargträgern saß. Kinga hat ihm gesagt, wie sie heißt, aber sowohl sein Kopf als auch sein Geist haben damals alles getan, um nicht anwesend zu sein. In der Umarmung mit Marie bemerkt die Bestatterin ihn, und er sieht ihr an, dass auch sie ihn erkennt. Marie winkt ihn zu sich. Für einen Moment steht David noch im Türrahmen, der ganze Raum eine eigene Blase von Menschen, die sich kennen, die Spaß haben, deren Leben ohne große Probleme verläuft, und er kann ihnen nur zusehen, weil sein Leben, na ja.

Aber dann tritt er in das Zimmer und bewegt sich Richtung Sofa, ein paar Leute sehen kurz auf und nicken ihm zu, rücken ein wenig zur Seite, damit er durchkommt. Und schon sitzt er zwischen Marie und der Frau auf dem Sofa, einfach so.

Sie streckt ihm die Hand hin.

„Hi. Ich bin Anjuli."

„Vom Bestattungsinstitut, oder?"

„Stimmt. Und ich weiß, dass es keinen Unterschied macht, aber es tut mir wirklich leid."

Die Welt wird klein, und alles Leben zieht sich zusammen, konzentriert sich in Davids Brust, und für sieben Herzschläge besteht alles nur aus der Leere, die Katha hinterlassen hat. Jede Version der Zukunft ein Leben mit einem riesigen schwarzen Block, wo Freude hätte sein können, die Oberfläche rau und kantig, er wird sich immer wieder an ihr verletzen. Dann atmet das Universum ein, und die Schwärze bleibt, aber alles andere ist auch wieder da. Marie sitzt nach vorne gebeugt und streichelt den Hund, während sie mit dem Mann auf dem Boden redet. Anjuli sieht David an, und er weiß, dass sie es ernst meint.

„Danke."

„Wie geht's dir?"

Das ‚Gut' liegt ihm hinten auf der Zunge, er spürt es schon, es wäre ganz einfach. Aber wenn er das tut, dann nickt Anjuli, weiß, dass er darüber jetzt nicht reden will, und das Gespräch wäre vorbei.

„Meistens scheiße. Und wenn nicht, dann hab ich ein schlechtes Gewissen, weil es mir ohne sie auch mal nicht scheiße gehen kann."

Er spricht leise, sodass ihn hoffentlich nicht zu viele hören. Anjuli nickt, wie eine Therapeutin, die eine traumatische Erfahrung leider nicht zum ersten Mal berichtet bekommt. Oder wie jemand, die selbst schon auf dem Sofa lag.

„Auch das tut mir leid. Ich kann dir tatsächlich nicht sagen, ob das irgendwann wieder gut wird. Aber ich kann dir versprechen, dass es sich verändern wird."

„Also gibt's Hoffnung?"

„In deinem Fall würd ich sagen, ja."

David fragt sich noch, was an seinem Fall so besonders ist, aber dann erkennt er den Witz, sieht ihn an den Grübchen und den Rändern ihrer Augen und muss auch grinsen. Weil das offensichtlich möglich ist, Humor. Die Balkontür hinter ihnen öffnet sich, lässt für einen Moment kühle Luft hinein, dann geht ein Typ an ihnen vorbei, komplett in Schwarz gekleidet, die Haare fallen ihm ins Gesicht. Er riecht nach Rauch, eine Zigarette ist hinters linke Ohr geklemmt. Der Mann nickt ihnen zu, fixiert David und bleibt stehen.

„Du bist auch immer wieder auf dem Friedhof."

Wird es irgendwann einfacher? Kriegt er irgendwann keine Gänsehaut mehr und nicht mehr dieses Kribbeln in der Brust, allein schon beim Gedanken daran, es auszusprechen?

„Meine Frau ist vor kurzem gestorben. David, hallo."

„Ich bin da gern und lese. Alex, angenehm."

Er wartet noch einen Moment, aber David hat keine Ahnung, was er jetzt noch sagen könnte, dann nickt Alex ihm zu und geht in den Flur.

„Ich hasse es, der Witwer zu sein."

Anjuli sieht sich um, zuckt mit den Schultern.

„Die meisten hier kennen dich nicht. Erzähl ihnen was anderes."

David hat die Tür am anderen Ende des Raumes nicht wahrgenommen, aber jetzt tritt eine junge Frau heraus, winkt jemandem hinter sich zum Abschied. Einer der beiden am Schachbrett legt seinen weißen König auf die Seite und geht in den Raum. Ganz kurz sieht David einen älteren Mann, die grauen Haare halblang, tiefe Furchen in seinen Wangen, das Leinenhemd hängt ihm lose am Körper. Er sitzt in einem dunklen Sessel, der Fußhocker ist zur Seite geschoben, darauf balanciert ein Tablett mit einer Kanne und einer Tasse. Dann schließt sich die Tür. Alex setzt sich ans Schachbrett, und sie stellen die Figuren wieder auf. David schaut zwischen Anjuli und Marie hin und her.

„Wo sind wir hier eigentlich? Was ist das?"

Anjuli beugt sich vor, sieht an David vorbei, tippt Marie ans Bein.

„Du hast ihm nichts erzählt? Über Samuel?"

„Kam noch nicht dazu. Mach gern."

Anjuli setzt sich so auf das Sofa, dass sie David ansehen kann.

„Also. Du bist in der Wohnung von Samuel und Marinella Goldblatt."

David zeigt Richtung Flur.

„Die ältere Dame in der Küche?"

„Genau die."

David zeigt auf die geschlossene Tür.

„Und er."

Anjuli hebt den Daumen, strahlt ihn an.

„Samuel ist emeritierter Professor. Literatur, glaube ich. Seit Jahren nicht mehr an der Uni, aber schon ziemlich bald nach seinem Ausscheiden dort war klar, dass Leute immer noch gern seinen Rat hätten. Ziemlich viele Menschen wissen nicht so richtig, was sie mit ihrem Leben machen sollen."

Sie stockt, ihr Blick wandert zu ihren Händen, und David ahnt, dass es ihr schon genauso ging.

„Ich schätze, dafür muss nicht immer erst die Ehefrau sterben."

Anjuli sieht überrascht auf, schmunzelt, und David weiß, dass er heute Nacht wach liegen wird, beschämt darüber, dass er Witze über Kathas Tod macht, und neidisch auf alle, deren Lieblingsmenschen noch am Leben sind.

„Ja, seh ich auch so. Jedenfalls hat er dann Sprechstunden hier in der Wohnung angeboten."

Sie hebt die Arme, macht eine Handbewegung, die den ganzen Raum einnimmt.

„Und irgendwie ist daraus das hier entstanden."

Wo der Tisch mit den Spielen steht, sieht David dunkle Umrandungen im Teppich und an der Wand. Eine Ahnung, wie es hier aussah, als das hier noch ein normales Wohnzimmer war, mit großer Schrankwand, wahrscheinlich aus rustikalem Holz, vielleicht ein alter Röhrenfernseher, auf jeden Fall aber Bücher ohne Ende. Jetzt ist noch das Regal mit dem Plattenspieler da, alles andere ist den Leuten gewichen.

„Und die warten alle? Warte ich auch?"

Marie zuckt mit den Schultern.

„Irgendjemand wartet immer. Früher sogar jeden Tag, aber das ist den beiden zu anstrengend geworden, deshalb nur noch montags, mittwochs und freitags. Solange Marinella ihn nicht zum Essen zwingt, hört Samuel Leuten zu. Aber viele kommen auch einfach her, um hier zu sein. Wenn du Bock hast auf Gespräche oder einfach nicht alleine sein willst, ist das hier ein ganz guter Ort."

Anjuli nickt begeistert.

„Wie ein Café für Leute, die ungern in Cafés gehen."

„Okay. Aber warum sind wir hier?"

Marie sieht ihn schmunzelnd an.

„Na ja, um hier zu sein."

„Heiß, heiß, heiß, heiß, danke."

Alfa ist reingekommen, trägt den Topf mit zwei Lappen und wartet, bis die Leute am Tisch so viel Platz gemacht haben, dass Marinella den Untersetzer hinlegen und er den Topf abstellen kann.

„Ich helf mal."

Anjuli drückt sich aus dem Sofa, verschwindet im Flur und kommt mit dem zweiten Topf wieder. Hinter ihr taucht Alfa mit einem Stapel Schüsseln auf, und David denkt, WG, weil vielleicht fünf Stück zusammenpassen. Sowieso fühlt sich hier viel nach den Hochschulpartys an, auf denen David nur war, wenn Katha ihn mitgeschleift hat. Er machte gerade seine Ausbildung, und alle anderen waren am Studieren, redeten über irgendwas Theoretisches und konnten ziemlich viel Begeisterung aufbringen für Dinge, die ganz weit weg waren von Davids Alltag. Und der Mensch, mit dem er gern den Abend verbringen wollte, war sowieso Katha.

Alfa setzt sich auf Maries Platz. David hat nicht mitbekommen, dass sie aufgestanden ist, aber jetzt löst sie sich gerade aus der Umarmung einer jungen Frau und dreht sich zu dem Mann daneben. Ihre Wangen sind noch rot von der Kälte draußen. Alfa hält ihm eine Schüssel hin.

„Hab ich dir mitgebracht, David. Lass es dir schmecken."

David hat gar keinen Hunger, aber Alfa strahlt ihn so offen an, dass er ihm die Schale abnimmt.

„Danke. Von deiner Mama, hast du gesagt?"

Alfa vermengt den Reis mit der rötlichen Soße, schiebt sich einen Löffel voll in den Mund und nickt, die Augen geschlossen und zufrieden grinsend. Das Essen ist heiß und voller Erdnuss und schärfer, als David erwartet hat. Er atmet tief ein, was Alfa nur noch mehr zum Grinsen bringt. Aber dann füllt sich sein Magen mit einer wohligen Wärme, die überhaupt nichts mit dem zu tun hat, wie er aufgewachsen ist, sich aber trotzdem sofort nach zuhause anfühlt.

„Gut?"

Er sieht Alfa an, kann nur nicken, und Alfa lacht, schlägt ihm so fest auf den Rücken, dass David sich verschluckt. Dann sitzen sie nebeneinander, David über seiner Schüssel zusammengekauert, und er genießt jeden Bissen.

Die Schüssel ist ihm erst klein vorgekommen, aber als er mit dem Löffel die letzten Reiskörner zusammenkratzt, hat er zwar immer noch Lust, aber schon lange keinen Platz mehr.

„Ich wusste nicht, dass ich das gebraucht habe. Danke."

Alfa winkt ab.

„Wenn ich mein Essen teilen kann, habe ich Familie. Mehr brauch ich nicht."

David muss an Kinga denken, wie sie gestern Abend gemeinsam vor dem Fernseher eingeschlafen sind, wie er mit schmerzendem Nacken nachts ins Bett umgezogen ist, ins leere, kalte Bett, wo er sich immer noch nur auf seine Seite legt, und nickt langsam.

„Das freut mich."

„Du bist zum ersten Mal hier, oder? Und wenn du mit Marie gekommen bist, Friedhof oder Musik?"

Ein Prickeln zieht sich an Davids Kopfhaut entlang und den Rücken hinunter. Er widersteht dem Impuls, sich zu schütteln, schürzt die Lippen.

„Ich spiele Trompete."

„Cooles Instrument. Dann kennst du die beiden wahrscheinlich auch?"

Er nickt zu Marie, die immer noch am Eingang steht.

„Ich kenne hier tatsächlich nur Marie."

„Und mich."

Anjuli sitzt wieder neben ihm, mitsamt einer Schüssel. Sie zieht ein kleines Fläschchen aus der Tasche und besprüht das Essen, sieht Davids fragenden Blick.

„Chiliöl, hochdosiert. Sorry, Alfa."

„Jaja, ich weiß schon. Sie macht das mit jedem Essen. Bevor sie probiert."

Anjuli zeigt mit der Gabel Richtung Tisch.

„Und Alex kennst du auch, irgendwie."

Bevor David antworten kann, steht Marie vor ihnen und hat die beiden anderen dabei.

„So, this is David, he plays the trumpet. David, meet Nick and Norah."*

David kommen die Namen bekannt vor, aber er kann nicht ganz greifen, woher. Beide heben die Hand, David ebenso, sagen „Nice to meet you"**, und David nickt, traut sich aber kaum, zu reden, weil er im Job zwar viel mit Englisch zu tun hat, aber es nie wirklich im Alltag spricht. Diese Blöße will er sich nicht geben.

„Die beiden sind gerade auf Tour durch Europa. Sie spielen heute Abend in Schorndorf und übernachten dann bei Franz und mir. Er wird sich freuen. Franz doesn't know yet, but it'll be a nice surprise."***

Die ältere Dame kommt aus dem Flur, sie balanciert ein riesiges Tablett voller Kuchen, und ein Raunen geht durch das Wohnzimmer, Alfa springt auf und schiebt die Töpfe zur Seite, kurz darauf sitzt er wieder neben David und hält ihm eines der Stücke hin. Bienenstich, die Cremefüllung ziemlich dünn, dafür aber eine dicke Schicht gut gerösteter und karamellisierter Mandeln darauf. David traut sich nicht, den Kopf zu schütteln, er schaut Alfa fast flehentlich an.

„Ich hatte schon vorher keinen Hunger, ich kann nicht noch mehr."

Alfa sieht ihn überraschend ernst an, fast einen Moment zu lang.

* Und das ist David. Er spielt Trompete. David, das sind Norah und Nick.

** Schön, dich kennenzulernen.

*** Franz weiß noch nichts davon, aber das wird eine schöne Überraschung.

„David. Ein gesundes Verhältnis zum eigenen Körper ist gut, aber du musst manchmal akzeptieren, wenn dafür gerade nicht der Zeitpunkt ist. Marinella freut sich, wenn du ihren Kuchen isst."

Er hält den Kuchen ein Stück näher, bis David danach greift.

„Lass es dir schmecken. Ist wirklich gut."

Die Mandel-Zucker-Schicht knackt, die Süße legt sich über Davids komplette Mundhöhle, und einen Moment später weiß er nicht, wie sein Stück so schnell weggekommen ist. Er sieht auf, und die ältere Frau sitzt am Esstisch, schaut ihn direkt an. Dann schiebt sie einen kleinen Teller mit einem weiteren Stück nach vorne. David schüttelt den Kopf, legt eine Hand auf den Bauch. Aber sie schiebt den Teller ein bisschen weiter in seine Richtung. Sie sagt nichts, aber in seinem Kopf hört er Katha, und die Härchen in seinem Nacken stellen sich auf. Anjuli stupst ihn an.

„Marinella bietet dir noch ein Stück an."

Er dreht den Kopf langsam zu ihr, fassungslos.

„Meine tote Frau sagt mir gerade, dass ich mir keine Sorgen machen und es genießen soll."

Noch bevor er es ausgesprochen hat, erschrickt er vor sich selbst. Was wird sie von ihm denken, wenn er so etwas Verrücktes sagt? Wahrscheinlich wird sie nach einem quälend langen Moment unter einem Vorwand aufstehen und nie wieder herkommen. Er selbst würde es wahrscheinlich so machen. Aber Anjuli nickt nur und legt ihre Hand auf seine Schulter.

„Ich frag mich manchmal, ob das die Geister sind, die wir spüren. Die Erinnerungen an Menschen, die uns so vertraut waren, dass wir ganz genau wissen, wie sie sich verhalten würden, wie sie geguckt und was sie gesagt hätten. Seit ich hierherkomme, sitzt meine Oma neben Marinella. Die beiden hätten sich ziemlich gut verstanden."

David sieht Katha vor sich, wie sie ihr zugestimmt hätte. Vielleicht mit den Leuten am Plattenspieler getanzt oder eine Partie Schach gespielt.

Anjuli zuckt mit den Schultern.

„Ich schätze, sie wird noch eine ganze Weile mit dir reden. Und ich finde das einen sehr schönen Gedanken. Jetzt geh schon."

Mit dem sanften Schubser, den Katha ihm gegeben hätte, steht er auf und setzt sich Marinella gegenüber an den Tisch. Sie schiebt das Stück direkt vor ihn und verschränkt die Arme.

„Ich hab dir angesehen, wie gerne du das erste Stück gegessen hast. Lass dir auch dieses schmecken."

Es ist nicht der gleiche Akzent, den Katha noch nach Jahren in Deutschland hatte, aber David hört ihr an, dass Deutsch nicht ihre Muttersprache ist. Da liegt eine Melodie in den Sätzen, die nicht von hier kommt. Katha hätte sich gefreut, hätte direkt gefragt, wo sie herkommt.

„Danke."

Marinella greift über den Tisch und tätschelt seine Hand, die neben dem Teller liegt. So wie es ihm als Kind beigebracht worden ist. Dann tippt sie dem Mann neben sich auf die Schulter.

„Bene, sei so lieb, sag Samuel Bescheid. Er liebt den Kuchen, wäre schade, wenn er ihn verpassen würde."

Alex schlägt mit einem Läufer Benes Königin, dieser stöhnt auf und gibt Alex die Hand, dann steht er auf. Drei Schritte zur Tür, er streckt den Kopf rein und sagt was und noch was, dann kehrt er zurück auf seinen Platz und hilft Alex, die Figuren wieder aufzustellen.

Kurz darauf sitzt Samuel neben David am Tisch, bricht ein Kuchenstück in zwei Hälften und tunkt es in seinen Kaffee. Marinella schüttelt angewidert den Kopf und schmeißt theatralisch die Hände in die Luft.

„Ach Samu, wir haben Gäste, was tust du denn?"
„So schmeckt es mir am besten, Liebste."
„Weiß ich doch. War schon immer so."
Sie schaut zu David.
„So habe ich ihn damals kennengelernt. In London. Stimmt's, Samu?"
„Stimmt."
„Ende der 60er war das. Wann genau war das, Samu?"
„1967. Im März."
„1967, richtig. Die Beatles hatten gerade ‚Penny Lane' veröffentlicht und ‚Strawberry Fields Forever'. Kurz darauf kam auch das Album raus. Dieses bunte. Wie hieß das nochmal, Samu?"
„Sgt. Pepper's Lonely Hearts Club Band."
„Ich kann mir den Namen nie merken. Na ja, ich war achtzehn Jahre alt und wollte mehr sehen als den Gardasee und dieses Dorf, in dem ich groß geworden bin. Meine Cousine ist zwei Jahre vor mir los, oje, oje, das war ein Drama. Ihr Vater hat bis zu seinem Tod nicht mehr mit ihr geredet. Meine Eltern waren glücklicherweise anders."
Sie verstummt, fährt mit den Fingern der einen Hand die Finger der anderen ab, ihr Blick liegt irgendwo in der Mitte des Tisches. David schiebt sich das letzte Stück Kuchen in den Mund und mag nicht kauen, weil es am Tisch plötzlich still geworden ist. Samuel wischt sich über den Mund, dann legt er seine Hand auf Marinellas.
„Lilia."
„Richtig. Jedenfalls schrieb mir meine Cousine, Lilia, ich solle doch nach London kommen, ich könnte mit ihr in diesem Hotel arbeiten, als Putzfrau. Erstmal. Im Overlook. Stimmt's?"
Samuel beißt gerade das nächste Stück ab und nickt. Marinella strahlt.

„Ich war gerade ein paar Wochen da, und wir hatten uns alle in der Küche versammelt. Von einer Hochzeit waren einige Reste übrig geblieben. Und dann seh ich ihn, er sah damals schon so gut aus wie heute." Sie fährt mit ihren Fingerspitzen über Samuels Gesicht. „Und ich konnte nur daran denken, diesen jungen Mann zu küssen. Aber dann."

Sie schlägt mit beiden Händen flach auf den Tisch, und David schreckt auf, aber Samuel und Bene grinsen, und er versteht, dass sie diese Geschichte schon oft gehört haben. Marinella starrt David an und wartet darauf, dass er sie ansieht.

„Nimmt er ein Stück von der Hochzeitstorte. Was für eine Hochzeit muss das gewesen sein, dass von der Hochzeitstorte was übrig geblieben ist?"

David denkt darüber nach, aber sie wartet nicht auf die Antwort.

„Und dann tunkt er dieses große Stück Sahnetorte in seinen Kaffee."

Marinella schüttelt sich und zeigt David ihren Arm. Er sieht keine Gänsehaut, nickt aber verständnisvoll. Samuel zuckt mit den Schultern und tunkt den Kuchen wieder in seine Tasse. Marinella sieht aus, als wolle sie ihm auf die Finger schlagen, dann seufzt sie, wie es nur geht, wenn es schon jahrelang geübt ist.

„Was soll ich sagen? Ich stand schon immer auf unartige Jungs. Zwei Wochen später haben wir uns ein Zimmer geteilt und haben das Geld, das wir gespart haben, in die Zeit gesteckt, in der wir nicht arbeiten mussten. Das war das Beste."

Katha, die schlafend neben ihm liegt, die Hände neben ihrem Gesicht zu Fäusten geballt, er konnte stundenlang zusehen. Ihre diebische Freude, als sie über die Öresundbrücke nach Schweden fahren, kilometerlang über Wasser, vor ihnen fünf Wochen Urlaub. Und ihre Tränen vor

Lachen, als er den Heiratsantrag auf Polnisch versucht, mehrere Wochen mit Kinga geübt hat und es trotzdem noch unbeholfen klingt, bis sie ihn dann hochzieht und fest küsst und ‚Chcę' sagt. Ich will. David holt sich zurück in die Gegenwart und zieht seine Hände vom Tisch, damit niemand sieht, wie sie zittern.

„Ich kann's mir gut vorstellen."

„Das war ein kleines Zimmer im Keller. Samu war unter anderem für die Heizung zuständig, die war im Raum daneben, es war immer laut und immer viel zu heiß. Aber wir waren sowieso fast nie da. Samu ist über einen Gast, der ihn mochte, günstig an dieses Cabrio gekommen, das war ein Mercedes, stimmt's?"

„Stimmt. War ein 190er SL."

Samuel blickt zu David, der ihn fragend ansieht. Daraufhin grinst der alte Mann.

„Du hast keine Ahnung von alten Autos, oder?"

Wenn seine Frau jetzt da wäre. Die wüsste alles, sie wäre begeistert, und sie könnte mit Samuel ewig darüber reden. David schließt kurz die Augen, versucht, die innere Stimme ruhigzustellen. Seine Finger finden die Sitzfläche seines Stuhls, klammern sich an den Rand, versuchen irgendwie, das Chaos in ihm abzuleiten. Er schüttelt den Kopf, so langsam er es kann.

„Sorry, hab mich nie dafür interessiert."

Samuel winkt ab.

„Ist auch nicht wichtig. War ein schönes Auto, und wir hatten Spaß."

„So viel Spaß. Und so viel Freiheit."

Marinellas Blick flattert, und ihre Grübchen verschwinden, dann blinzelt sie und sieht ihren Mann an.

„Na ja. Ist jetzt schon eine ganze Weile her. Aber manche Dinge haben sich nicht verändert."

Samuel wischt sich über den Mund und steht so weit auf, dass er sich zu Marinella beugen kann. Er küsst sie, sie küsst ihn, sie küssen sich, und David kann sich nicht entscheiden, ob er das gerade toll findet oder irgendwie komisch. Wahrscheinlich beides. Dann lösen sie sich voneinander, und Samuel richtet sich auf, streckt die Arme nach oben, kommt fast an die Decke und macht dabei Dehnungsgeräusche.

„Danke, Liebste. Ich mache weiter. Wer kommt mit?"

„Ich!"

Anjuli steht vom Sofa auf, winkt David kurz zu und geht an Samuel vorbei, der ihr die Tür aufhält. David wehrt ab, als Marinella seinen Teller nehmen will.

„Danke, mehr schaff ich wirklich nicht."

Marinellas Augen werden groß, und sie atmet ein, als ob sie etwas sagen will, aber David spürt Maries Hände an den Schultern, und Marinellas Blick wandert von ihm zu ihr.

„Marinella, es tut mir leid, David und ich müssen los. Aber er kommt wieder, versprochen."

Sie atmet aus und sieht wieder zu ihm.

„Soll ich dir noch eines für den Weg einpacken?"

Als sie wieder in der Bahn sitzen, nimmt Marie ihm das Stück Kuchen aus der Hand, packt es aus dem Papier und grinst ihn kauend an.

„Warst du auch schon bei Samuel?"

Sie nickt, beißt vom Kuchen ab, spricht mit vollem Mund.

„Klar. Ich bin da seit Jahren immer wieder. Meistens nur im Wohnzimmer, aber manchmal ergibt es sich."

„Und wie ist das so?"

Marie schiebt sich das letzte Drittel in den Mund und kaut eine Weile.

„Na ja, Samuel hört gerne zu und stellt manchmal Fragen. Manchmal erzählt er auch eine Story aus seinem Leben, und ich frage mich dann immer, was das gerade mit meinem Problem zu tun hat. Aber irgendwas macht es dann doch mit mir.“

Die Bahn rattert die Weinsteige hoch, die Dächer unter ihnen reflektieren die Sonne, bringen den Kessel zum Leuchten. David zeigt nach draußen.

„Schau mal.“

Marie legt ihren Kopf an die Scheibe.

„Wenn sie will, kann die Stadt sich von der schönen Seite zeigen. Ich wollte trotzdem immer weg.“

„Warum bist du dann noch da?“

Marie sieht noch einen Moment länger aus dem Fenster, und als sie sich zu David dreht, sind ihre Augen feucht.

„Irgendjemand muss sich ja um dich kümmern.“

Sie knufft seine Schulter, ignoriert seinen Protest und steht auf.

„Komm schon. Katharina wartet bestimmt schon, und ich will keinen Ärger mit ihr.“

David springt hinter ihr aus der Bahn und macht drei schnelle Schritte, um an ihrer Seite zu sein.

„Niemand sagt Katharina.“

„Aber Katha geht gar nicht.“

„Warum nicht?“

Sie schüttelt abweisend den Kopf.

„Wenn du das nächste Mal eine Katharina abkürzen willst, dann nenn sie bitte Ina.“

David spürt die kalte Seite des Bettes und sieht die Gläser voll Borschtsch vor sich, die Kathas Mutter ihr immer aus Polen mitgebracht hat und die jetzt niemand mehr essen wird.

„Gerade fühlt es sich nicht so an, als ob da überhaupt jemals wieder jemand anderes sein wird. Mehr als fünfzehn Jahre haben wir unsere Leben gemeinsam geformt und verwoben. Alles erinnert mich an sie, immer wieder drehe ich mich um, weil ich wissen will, wie sie reagiert. Oder weil sie mich in so vielen Momenten bestärkt hat, wenn ich unsicher war. Und jetzt ist sie einfach nicht mehr da, hat ein Loch hinterlassen, das nur sie hat füllen können."

Marie schiebt die Hände in die Taschen ihres Overalls.

„Wie ein Puzzleteil. So einzigartig, dass niemand anderes da hinpasst."

David sieht sie überrascht an, und seine Brust wird eng, so nah sind ihre Worte an seinem Gefühl, aber Marie hält den Blick auf den Boden vor sich gerichtet.

„Du hättest die Trauerrede halten sollen. Das ist viel besser als das, was der Pfarrer erzählt hat." Sie lächelt.

„Ich hab das einmal gemacht, das reicht. Aber eigentlich egal, wer da vorne was sagt. Es waren viele Leute da, das hätte Katharina gefallen. Oder?"

„Stimmt schon. Sie mochte Menschen."

„Das hat sie mir erzählt."

David runzelt die Stirn, muss dann aber doch schmunzeln.

„Redest du oft mit den Toten?"

„Schon. Ich rede aber auch mit meinem Bagger und mit den Bäumen. Irgendwie geht's ja oft nur darum, Dinge laut auszusprechen, sie aus den Gedanken zu holen und in Worte zu fassen. Ist einer der Gründe, warum die Leute so gern bei Samuel sind. Als meine Mum gestorben ist, hab ich ziemlich viel Zeit bei ihr verbracht und mit ihr geredet. Mittlerweile mach ich das mit allen."

„Tut mir leid, das mit deiner Mum. Das wusste ich nicht. Liegt sie auch hier?"

Marie wirft ihm einen Seitenblick zu, dann wird ihr Schritt schneller.

„Hey, ich muss noch was machen, ich geh mal vor, schönen Tag dir."

„Aber ich komm doch mit zum Friedhof, warte kurz!"

Marie dreht sich um, mit einer Wut im Gesicht, die David stoppen lässt.

„Ich hab den Ausflug mit dir gemacht, damit du verstehst, dass es da draußen noch mehr Leben gibt. Niemandem bringt es was, wenn du bei Katharina am Grab rumhängst."

„Vielleicht bringt es mir was?"

Marie hebt die Arme und lässt sie wieder fallen.

„Dann kann ich dir auch nicht helfen."

David schüttelt irritiert den Kopf, spürt, wie seine Wangen warm werden. Marie stapft davon, lässt ihn stehen. Seine Scham schlägt in Wut um, und bevor sie um die Ecke verschwindet, holt er Luft.

„Ich wollte deine Hilfe nie!"

Aber sie geht einfach weiter, den Kopf gesenkt, die Hände in ihrem Overall vergraben. Trotz all der Wut ist er beeindruckt, dass sie ihn so ignorieren kann. Er setzt sich wieder in Bewegung, geht in die andere Richtung und durch ein paar Straßen, in denen er selten ist, bevor er wieder zur roten Sandsteinmauer kommt, die fast vollkommen von Efeu bedeckt ist. Oder zumindest mit dem, das er Efeu nennt. Auf den Parkplätzen vor der Mauer stehen kaum Autos, zwei Jugendliche sitzen unter dem alten Kirschbaum neben dem Tor, nicken ihm zu, und er kann nicht genau sagen, ob er sie schon mal gesehen hat, aber mittlerweile ist er ja oft hier. Er sieht über die Mauer, kann sein, dass das Marie ist, die gerade am Haus vorbeigeht und im hinteren Teil verschwindet. In dem, der eher nach Wald aussieht. David ist ganz froh, wenn sie sich nicht nochmal begegnen, er setzt sich auf die Bank neben der Mauer, nur um sicherzugehen.

Ein Auto kommt langsam heran, stellt sich auf den Parkplatz vor Davids Bank. Der Fahrer wahrscheinlich schon Rentner, der Mann auf dem Beifahrersitz mindestens zwanzig Jahre älter. Der Fahrer steigt aus, langsame Bewegungen, hält sich an der offenen Tür fest, um rauszukommen, öffnet die hintere Tür und streckt eine Hand hinein, Gentleman der alten Schule. Seine Frau setzt einen Fuß auf den Boden, verharrt dann im Auto und lehnt sich nach vorne.

„Papa, das ist der Friedhof, von dem ich dir erzählt habe. Im hinteren Teil haben sie einen Friedwald eingerichtet. Mama war ganz oft hier. Die Kathi mochte den Ort sehr und ist hier begraben worden, und Mama will das auch. Wenn es dann so weit ist. Willst du dir die Bäume mal ansehen?“

Der Vater schüttelt den Kopf, seine Tochter nickt und lässt sich von ihrem Mann aus dem Auto helfen. Sie gehen Hand in Hand durch das Tor, während ihr Vater im Auto sitzen bleibt, den Blick starr auf die Mauer gerichtet. Und am liebsten hätte David ihn umarmt.

20

Sie denkt gar nicht drüber nach, ihre Schritte führen sie zu Katharinas Grab. Sie nimmt den letzten Kranz vom Grab, auch der ist nun nicht mehr schön. Sieht jetzt ziemlich trist aus, so leer. Sie wirft einen Blick nach hinten, ob David nicht doch noch kommt. Sie weiß nicht, ob sie erleichtert ist, als sie ihn nicht sieht.

Marie steht auf, geht am Haus vorbei und bis zur Mauer, stellt einen Fuß auf den Grabstein und zieht sich nach oben, greift nach ihrem Rauchzeug und dreht sich eine Kippe.

„Ich hätte nie hier anfangen sollen. Hätte sofort nach der Schule gehen sollen. Aber ich kann die beiden doch nicht allein lassen, oder?“

Sie hat keine Antwort erwartet, und trotzdem ist sie enttäuscht, keine zu bekommen.

21

Den ersten Anruf verpasste Kinga, weil sie mitten im Meeting war. Die Sprachnachricht, die danach kam, hörte sie am Abend im Hotel ab.

„Hej Kinga. Wie ironisch, dass du wieder nicht ans Telefon gehst. Aber es ist mitten am Tag, und wahrscheinlich versuchst du gerade, irgendwelchen Leuten zu erklären, was sie besser machen können. Danke jedenfalls für deine Nachricht. Entschuldige, dass ich mich erst jetzt melde. Musste sie erstmal verdauen. Hab sie zweimal gelesen und dann David gezeigt. Als ich seine Tränen gesehen hab, musste ich auch heulen. Vor Erleichterung, glaube ich.

Natürlich war ich immer wieder pissig. Aber viel schlimmer war eigentlich das Danach. Als ich mir nicht sicher war, ob ich vielleicht irgendwas falsch gemacht hab. Ob da irgendwas war, das dazu geführt hat, dass du dich nicht mehr meldest. Das hat mich zerfressen. Ich hab alles hinterfragt. Manchmal bin ich dann wieder wütend geworden. Aber dann hast du dich gemeldet, und ich saß weinend da, David hat mich in den Arm genommen, und ich wusste, dass ich dir sowieso nicht böse sein kann. Egal also. Aber bitte versprich mir, dass das nicht wieder passiert. Selbst, wenn es nur ein Emoji ist oder ein ‚Passt gerade nicht, aber ich melde mich'. Alles in Ordnung. Aber bitte keine Stille mehr. Ich vermisse dich genauso. Sehen wir uns bald?"

Kinga hörte sich die Nachricht zweimal an, tippte einen halben Satz als Antwort und löschte ihn wieder. Sie würde eine Nacht drüber schlafen und dann richtig antworten.

Nur, dass sie am Morgen dafür nicht die Ruhe fand.

Ganz egal, was für ein Foto oder welche Worte danach von Katha kamen, für Kinga war alles nur eine weitere Sache, auf die sie wieder nicht reagiert hatte, Futter für das Feuer ihrer Scham, die sie daran hinderte, sich zu melden. Selbst wenn sie mal einen Moment hatte und sich in Ruhe hätte melden können. Dann starrte sie auf das Display, auf das kleine Bild von Katha, lachend am Steuer ihres Golfs, und ihre Nachricht, die Hüllkurve ihrer Stimme, zweiundvierzig Sekunden lang. Sie hatte sie schon drei Mal gehört und verfasste in ihrem Kopf eine Antwort, die sie nicht aufnahm. Weil sie nie genügen konnte, sie niemals alles sagen konnte, was sie fühlte, und sich alles nach Scheitern anfühlen würde. Also drückte sie den Power-Knopf ihres Handys, und der Bildschirm wurde dunkel.

Und dann kam sie eines Abends nach Hause, in ihre eigene Wohnung, sie freute sich auf ein Wochenende ohne einen Erol und Menschen, die mit ihr abends noch irgendwohin wollten, und blieb erschrocken im Treppenhaus stehen.

Auf dem Absatz vor ihrer Dachgeschosswohnung saß Katha, das Gesicht beleuchtet vom Display ihres Smartphones, im aufgeklappten Karton neben ihr lag noch ein letztes Stück Pizza, und der Sixpack Fassbrause war zur Hälfte leer. Katha sah auf und streckte ihr eine Flasche entgegen.

„Ich hab dir was übrig gelassen."

22

Irgendwann spätabends leuchtet Maries Handy auf, sie schickt ein Daumen hoch zurück, steigt die Treppe runter und öffnet Nick und Norah die Tür. Sie lässt die beiden ins Haus, zeigt nochmal nach draußen.

„Do you need anything else for the night?"*

Norah schüttelt den Kopf, in ihren Armen hält sie einen Berg voller Bettwäsche. Natürlich hätte Marie sie auch versorgen können, aber die beiden bestanden darauf, das Bettzeug aus ihrem Auto mitzubringen.

„The toilet, wifi and a couch. I'm tired as fuck."**

Marie nimmt ihr die Wäsche ab und führt sie in das Gästezimmer ganz oben. Als sie an Franz' Zimmer vorbeikommen, dringt sein Schnarchen durch die angelehnte Tür. Nick zieht sie vorsichtig zu, was gar nichts ändert.

Marie wirft die Sachen auf das ausgezogene Sofa im Erker. In zu wenigen Stunden wird die Sonne hier reinknallen und die beiden wecken, aber jetzt haben sie den besten Blick über die Stadt. Hier standen Papa, Franz und sie an ihrem ersten Silvester, der Kessel leuchtete für vier Minuten, dann war er in Rauch versunken. Sie schüttelt die Erinnerung ab, sieht den beiden zu, wie sie die Rucksäcke abstellen, Norah wieder aus der Tür verschwindet und Nick sich aufs Sofa fallen lässt.

„Do you need another mattress? Maybe there is one in the attic. We could pull it out."***

Nick winkt ab. Marie hört die Spülung, weiß, wie sich die alten Rohre im Rest des Hauses anhören, wenn das Wasser durch sie läuft. Irgendeines hier oben ist so ver-

* Braucht ihr noch etwas für die Nacht?

** Ein Klo, Internet und eine Couch. Ich bin müde ohne Ende.

*** Braucht ihr noch eine Matratze? Vielleicht ist eine auf dem Dachboden. Wir könnten sie holen.

stopft, dass es für die nächste Stunde ein unregelmäßiges Tropfen in der Leitung geben wird. Der Soundtrack ihres Zuhauses. Norah kommt zurück ins Zimmer, fällt auf das Sofa, schiebt sich die Schuhe von den Füßen und lässt den Kopf nach hinten sinken. Sie atmet seufzend aus, dann erschlafft ihr Körper. Nick zieht die Decken unter ihr hervor und legt sie sanft über sie.

„She couldn't sleep last night. I'm really surprised that she managed to play the concert."*

„What happened?"**

Nick hebt die Schultern, sieht seine Schwester besorgt an und lässt sie wieder fallen.

„I don't know. Life, I guess. Is it okay if I grab something to eat from the kitchen?"***

Marie greift nach seiner Hand und zieht ihn all die Stufen zurück nach unten, setzt ihn auf einen Stuhl und stapelt auf dem Tisch, was sie im Kühlschrank findet. Sie kocht Wasser und macht Tee, umfasst die Tasse mit beiden Händen und sieht zu, wie er sich Brote schmiert und zwischen den Bissen vom Konzert erzählt, von der Manufaktur und von *Rikas*, der Band, für die sie die Vorband waren. Er schabt mit dem Messer die Innenseite des Glases entlang, dann nimmt er seinen Finger und leckt die Nutella ab.

„I gotta go to bed. Are you and Franz up for a little jam session tomorrow?"****

Marie nickt, klar, Nick strahlt sie an, mit schokoverschmiertem Mund, und hebt beide Hände nach oben. Marie klatscht ihn ab, dann umarmt er sie nochmal und ist aus der Küche. Sie hört seinen Schritten zu, kann am

* Sie konnte letzte Nacht nicht schlafen. Ich bin überrascht, dass sie das Konzert durchgestanden hat.

** Was ist passiert?

*** Keine Ahnung. Leben, schätze ich. Kann ich mir aus der Küche was zu essen holen?

**** Ich muss ins Bett. Habt ihr Lust auf eine kleine Jam Session morgen?

Knarzen erkennen, wo er ist, bis er ganz oben im Zimmer verschwindet.

Als sie sich vor ein paar Jahren kennengelernt haben, hat er in ihrem Bett geschlafen. Irgendwas in ihr hat sich darauf eingestellt, dass das auch heute passieren könnte. Vielleicht wäre es passiert, wenn sie etwas gesagt hätte. Aber sie wollte, dass es von ihm kommt. Und jetzt nagt die Enttäuschung an ihr.

Marie leert ihre Tasse und hat einen Fuß schon auf der ersten Stufe, als sie sich umdreht und vorsichtig die Tür zum Schlafzimmer öffnet. Früher hat er so laut geschnarcht, dass sie ihn selbst ein Stockwerk drüber noch gehört haben. Sie hat damals viele Nächte bei Franz verbracht, ist unter seine Decke gekrochen, und er hat sie gehalten, während sie gemeinsam geweint haben. Wenn sie ihn dann gehört haben, hat sie erst den bebenden Bauch von Franz gespürt, weil er versucht hat, nicht zu lachen, und dann haben sie gemeinsam losgeprustet. Für diesen Moment war alles gut.

Mittlerweile ist Papa so dürr, dass selbst sie ihn locker hochheben kann, und seine Atemzüge hören sich fast an wie das Schnurren eines Katers. Eines schwachen Katers. Er schmatzt und dreht den Kopf, seine Hand tastet über die Decke und nähert sich der Bettkante. Bevor sie abrutscht, schiebt Marie ihre Hand in seine. Seine Finger sind kühl, und die Haut fühlt sich dünn an, sie hat Angst, dass sie ihn verletzt. Und dann drückt er ihre Hand, und sie weiß, dass es für ihn nicht ihre ist.

Aber das ist in Ordnung.

23

Nachdem David gute Nacht gesagt hat und ins Schlafzimmer gegangen ist, schnappt Kinga sich die Fernbedienung, sieht sich noch anderthalb Folgen von irgendwas an und rutscht mittendrin in einen Dämmerzustand, bis sie gegen Mitternacht aufwacht, weil ihre Zähne klappern. Ihr ganzer Körper ist angespannt und zittert, so tief im Inneren, dass sie nichts dagegen tun kann. Sie stöhnt auf und gegen alle Instinkte schlägt sie die Decke zurück, rutscht auf den Boden und Richtung Küche. Immer wieder ist das Zittern so stark, dass sie nicht weiterkommt, und die Kälte der Fliesen zieht ihr durch den Schlafanzug und durch ihre Hände die Seele aus dem Körper. Als sie an der Schlafzimmertür ist, hört sie das sanfte Atmen von David. Laut, aber gerade noch kein Schnarchen. Sie hebt die Hand, will klopfen und hält sich zurück. Atmet langsam aus, wartet auf die nächste Ruhephase und arbeitet sich bis in die Küche. Sie kriegt das alleine hin. Zieht das Geschirrtuch von der Stange an der Ofentür, greift nach der Arbeitsplatte, kämpft sich nach oben und stellt sich auf das Tuch. Bringt nicht viel, aber wenigstens hat sie keinen direkten Kontakt mehr zu den Fliesen.

Mehrere Schauer schütteln sie, während das Wasser heißer wird, hochkonzentriert lässt sie es in die Wärmflasche fließen, bloß nicht über die Finger, und schleift sich zurück ins Wohnzimmer. Sie holt sich die zweite Decke, schließt das Fenster und dreht die Heizung auf, zieht die Socken wieder an und legt sich auf das Sofa, die Wärmflasche fest an ihren Bauch gedrückt und den Rest des Körpers in Embryohaltung darum geschlungen, beide Decken über den Kopf gezogen und die Hände vorm Gesicht, damit ihr Atem die Finger wärmen kann.

Irgendwann driftet sie in den fiebrigen Schlaf, der jedes Mal kommt, wenn sie Schüttelfrost hat.

Sie steht vor Kathas Grab, aber da ist ein großes Loch, als ob sich jemand herausgekämpft hat, was in ihr genauso viel Hoffnung wie Angst auslöst. Sie humpelt über den Friedhof, folgt den erdigen Spuren von nackten Füßen. Sie schreit nach Katha, und als sie endlich den Schemen einer Figur sieht, bricht sie zur Seite weg, der Gips sprengt von ihrem Bein, und blutige, blanke Knochen stehen hervor, die von Blaulicht angestrahlt werden. Kurz darauf liegt sie auf einer Trage, zeigt noch in Kathas Richtung, aber dann ist sie schon in einem viel zu hellen, sterilen Raum. Doug Ross, Meredith Grey und Shaun Murphy sind da und fragen sie nicht nach ihrer Meinung, sie binden das Bein ab und amputieren, aber die Schmerzen bleiben, bis Kinga aufschreckt und in die Morgensonne starrt.

Das Fenster ist verdreckt, aber die Strahlen sind warm, Kinga ist verschwitzt, aber sie zittert nicht mehr. Heizung runter, Fenster auf und die Wärmflasche so hinlegen, dass sie im Zweifel rankommt. Sie atmet erschöpft aus und schließt die Augen, hört David in der Küche und dann, wie er die Haustür zuzieht.

\

Als David wieder nach Hause kommt, dämmert es, und Kinga kann nicht sagen, wie sie den Tag verbracht hat. Voller Schmerzen vor dem Fernseher, ein paar humpelnde Gänge zum Klo und in die Küche, manchmal hat sie eine Sendung zum Lachen gebracht, aber viel zu viel erinnert sie an Katha. Um das ausgezogene Sofa stehen ein paar Teller mit angetrockneten Resten, zwei halb leere Teekannen und ein paar vollgerotzte Klopapierblätter. Sie reagiert nicht, als David in die Wohnung ruft, hört ihn direkt in die Küche gehen, das Klicken des Gasherds und irgendwas, das in der Pfanne brutzelt. Sie schließt nur kurz die Augen, erschöpft von der Erschöpfung, müde vom zu langen Liegen, resigniert, weil sie immer noch hier ist und sich immer weniger zuhause fühlt, dann steht David mit zwei Tellern vor ihr.

Sie schiebt sich hoch und rutscht zur Seite, damit er sich neben sie setzen kann.

„Nudeln mit Bohnen und Mais?"

„Angebratene Maultaschen."

„Ja, das hätte ich als Zweites geraten. Ich bin dir wirklich dankbar, dass du für mich kochst, aber es wäre großartig, wenn es mal was anderes gäbe."

„Ungefähr alle, die ich kenne, haben angeboten, dass sie uns was kochen. Aber dann müsste ich mit ihnen reden. Und ich will nicht mehr der Witwer sein."

Sie muss kichern, auf die Art, auf die man kichert, wenn vor Verzweiflung nichts anderes möglich ist. Die Erschöpfung der letzten Nacht und der letzten Wochen und dieses Lebens, das sie jetzt führen muss, schlägt über ihr zusammen, drückt ihr die Luft aus dem Körper und das Grinsen aus dem Gesicht.

„David, ich werd verrückt hier drin."

Er stochert in seinem Essen.

„Ja, das ist scheiße und tut mir leid. Wollen wir einen kleinen Spaziergang versuchen?"

„Ich hab heute Nacht geträumt, dass ich zu viel unterwegs war und mein Bein amputiert werden musste."

David sieht sie mit großen Augen an.

„Eine Vorahnung."

Sie hat eigentlich keine Kraft mehr dazu, aber ihm zuliebe lächelt sie.

„Eher nicht. George Clooney war da, noch jung. Und die aus ‚Grey's Anatomy'. Und der eine Doktor mit Autismus. Und Katha ist aus ihrem Grab gekrochen."

David hört erst belustigt zu und dann nicht mehr.

„Das hört sich nach einem krassen Traum an."

„Hatte Schüttelfrost."

„Der ist wieder da? Ich dachte, du hättest den nicht mehr."

Schmerzhafte Blitzlichter der Erinnerung, wie sie mit zehn in ihrem kahlen Zimmer lag, Hose und Pullover über den Schlafanzug gezogen und die Decke um sich gewickelt, wimmernd, aber so leise, dass ihr Vater sie bloß nicht hörte.

Sie zuckt mit den Schultern.

„Eine Weile hatte ich das wirklich nur, wenn ich krank war. Aber eine Weile lang war ja auch alles gut."

Sie schweigen, aber Kinga weiß, dass sie beide ihre Version von ‚nicht mehr gut' durchspielen. David legt seine Hand an ihren Ellenbogen.

„Weck mich, wenn das wieder passiert. Von mir aus schrei durch die Wohnung."

„Geht doch eh von alleine weg."

„Heißt aber nicht, dass du da alleine durchmusst."

„Danke. Und gleichfalls."

„Wenn du nicht gewesen wärst, gäbs wahrscheinlich immer noch keine Beerdigung."

„Doch, aber das wäre auf keinen Fall schön geworden. Für niemanden."

Sie spießt ein Stück Maultasche auf und schiebt sie sich in den Mund. Er macht es genauso, und irgendwie haben sie den Moment verpasst, an dem jemand den Fernseher hätte einschalten können, was bedeutet, dass sie sich jetzt mit ihren Gedanken und Erinnerungen auseinandersetzen müssen. Und ihrem Wissen.

David atmet ein.

„Ich kann dich beruhigen, sie liegt noch da.“

Kinga sieht das Grab aus ihrem Traum vor sich, das Loch, wie in einem der alten Zombiefilme von Romero. Und jetzt fällt ihr auch auf, dass das Grab gar nicht aussah wie das echte, einen verwitterten Grabstein hatte und einen verrosteten Zaun. Aber im Traum wusste sie, dass das Kathas Grab war. Und auf irgendeiner irrationalen Ebene ist sie erleichtert.

„Das freut mich.“

Das kommt trockener heraus, als Kinga es fühlt, und David lacht kurz auf.

„Am Anfang saß ich vor diesem Hügel und kam mir komisch vor, wenn ich mit ihr gesprochen habe. Dachte die ganze Zeit, was, wenn mir jemand zusieht? Aber irgendwie hat sich das geändert. Ist normaler geworden. Und ganz oft hab ich das Gefühl, ich wüsste, was sie antworten würde. Jahrelang hab ich gesehen, wie sie auf das Leben reagiert, und jetzt ist es manchmal so, als ob sie das immer noch macht. In mir drin.“ David kratzt die Reste auf seinem Teller zusammen. „Vielleicht werden wir auf eine komische Art doch zusammen alt.“

Kinga spürt, wie ihr Magen flau wird, als würde alles Ungesagte darin verrotten.

„Ich glaube, wir müssen beide über sie hinwegkommen.“

„Oder zumindest eine Form von Leben finden, in der sie uns begleiten kann.“

Kinga schweigt und kämpft gegen das Zittern an, hört die Stille nach dem Unfall, Kathas Wimmern, sieht ihren Blick, flehend, voller Angst. Und Kinga könnte schwören, dass da ganz am Ende Enttäuschung war.

24

David schlägt die Augen auf, rückt, ohne drüber nachzudenken, zurück auf seine Seite des Betts, fährt mit den Fingern über den Stoff ihres Schlafshirts und sieht aus dem Augenwinkel das Foto ihrer Hochzeit, wie sie in dem roten Golf sitzen, hinter ihnen eine Kolonne von alten Autos.

Katha trug Weiß, aber sie wollte, dass sie in dem Kleid die ganze Nacht tanzen und den Golf fahren konnte. Als er den Kopf zum Fenster dreht, sieht er den Apfelbaum, den Onkel Marek ihnen zur Hochzeit geschenkt hat. Die Vermieterin stellte sich erst quer, meinte, dass der Baum viel zu schnell wachsen würde und dann kein Licht mehr ins Zimmer fallen. ‚Und Sie werden bis dahin sowieso ausgezogen sein, das wäre doch schade, wenn der Baum dann hier wäre.' Aber Katha konnte sie dann doch überreden.

Der Baum hat noch nie Früchte getragen.

David schlägt die Decke zurück und steht auf, schlüpft in seine Klamotten, springt ins Bad und ist schon aus der Tür, als ihm Kinga einfällt, ihre Verzweiflung. Er zieht das Handy aus der Tasche, öffnet Signal.

„Hey Kinga, ich muss weg. Irgendwohin, wo ich noch nie mit Katha war. Irgendwas sehen, das keine Erinnerung auslöst. Ich werde gerade verrückt, weil alles, alles, alles mich an sie erinnert. Leider auch du. Ich bin ein bisschen spazieren. Den Kopf frei kriegen. Bin später wieder da."

Er betrachtet die Sekunden, wie die Aufnahme weiterläuft, dann löscht er sie, startet eine neue.

„Hey Kinga, ich wünsch dir einen guten Morgen. Ich bin ein bisschen spazieren. Muss für mich sein. Soll ich noch was einkaufen? Hast du einen Wunsch? Ich hoffe, du hast gut geschlafen."

Er schickt sie ab, steckt das Handy in die Hosentasche und geht los, ist aber keine drei Schritte weit, bis er umdreht. Ganz aktiv nicht in die Richtung des Friedhofs.

Aber an der nächsten Kreuzung ist der kleine Laden, der die Tassen verkauft, die Katha so liebt. Ohne Henkel, mit breitem Boden und mit Brüsten. Jede Tasse ein wenig anders. Bis heute findet David es komisch, diese Tassen zu verwenden, aber Katha fands toll. Zwei Straßen weiter ist der Hinterhof mit der offenen Werkstatt, wo Katha hinging, wenn der Golf ein Problem hatte. Also andauernd. David hofft, dass die Jungs nicht da sind, huscht schnell an der Einfahrt vorbei. Dann erreicht er die letzte Häuserreihe und geht über die Heinestraße, hinter der das Stück Wald beginnt, das in den Kessel führt. Vier junge Mädchen flitzen mit ihren Mountainbikes an ihm vorbei, die Helme hängen an den Lenkern, und sie bleiben an der Startrampe der Downhill-Strecke stehen. Auf ihren Waden und dem Rücken ziehen Schlammspritzer eine Spur, und die Erste zieht ihr Vorderrad im richtigen Moment nach oben, um die Stufe zur Rampe zu nehmen.

„Hast du den großen Sprung erwischt?"

Das Mädchen ganz hinten checkt ihr Telefon und nickt, hält es den anderen hin, sie klatschen sich begeistert ab. David muss grinsen. Katha und er haben sich oft über Kinder unterhalten. Nicht darüber, ob, sondern wie es wird, wenn sie da sind. Sie haben Namen ausprobiert, Noa, Nikita, Luka. Und sich vorgestellt, wie ihr Kind mit Mama am Auto schraubt oder vielleicht im Gegensatz zu den Eltern einen Sinn für Tanzen hat. Oder Malen. Oder Mathe.

David blinzelt die Tränen weg, steckt die Hände in die Taschen und biegt abrupt rechts ab, einen schmalen Weg runter, den er noch nie gesehen hat und den sie noch nie gegangen sind. Drei Minuten später steht er vor einer Rampe aus Holz, die um die Kurve geht, fast hundertachtzig Grad und vielleicht zwei Meter hoch, dahinter ist ein grünes Netz gespannt. David hat keine Ahnung, was das Ding hier im Wald macht, aber als er das Mädchen schreien hört, springt er zur Seite. Sie rast an ihm vorbei, den Blick konzentriert nach vorne gerichtet, schießt in die Kurve, rattert über das Holz und legt sich zur Seite. Erst als sie knapp unter ihm wieder herauskommt, wirft sie ihm einen schnellen Blick zu.

„Das ist echt gefährlich! Da kommen noch drei!"

Dann schanzt sie über eine Bodenwelle und ist verschwunden. David macht ein paar Schritte in den Wald, bevor die Nächste vorbeigeschossen kommt, und er muss sich eine Weile quer durchs Gebüsch schlagen, bis er wieder auf einen Pfad trifft. Breit genug für ein Auto, aber die Fahrrinnen sind bewachsen, und Büsche und Äste hängen von beiden Seiten so weit in die Spur, dass schon eine ganze Weile niemand mehr hier gefahren sein kann.

David folgt dem Weg am Hang entlang, Dornen bleiben an seiner Hose hängen, er muss sich unter einem Ast durchbücken, dann geht er um eine kleine Anhöhe und bleibt überrascht stehen. Der Weg öffnet sich zu einer Freifläche, die im Halbkreis von Sitzbänken umrundet wird. Die beiden schmalen Treppen sind verfallen und überwuchert, viele Planken, aus denen die Bänke bestehen, sind vermodert oder gebrochen, mehrere Bäume sind zwischen ihnen gewachsen. Er steht auf der Bühne eines alten Naturtheaters.

Für einen Moment flackert es vor seinem inneren Auge, und er sieht, wie es hier vor ein paar Jahrzehnten gewesen sein könnte, als der Berg frisch abgetragen war, die Bänke aus hellem Holz, neben der Bühne vielleicht ein Stand mit Getränken und einfachem Essen. Er spürt die wohlwollende Energie einer Dorfgemeinschaft, die sich kennt und die gemeinsam hergekommen ist. Sie sitzen zusammen und unterhalten sich, Kinder rennen zwischen den Reihen, eine kleine Gruppe an Musikern bereitet sich vor. Dann spürt er das kühle Metall seiner Trompete, er bewegt die Finger, drückt die Ventile, schließt die Augen, presst die Lippen zusammen und imitiert mit seiner Stimme den Sound, wie Marie es versucht hat.

Er spielt – irgendwas in ihm wehrt sich dagegen, es spielen zu nennen, aber was ist es sonst? Tönen? – erst die Melodie von ‚Jurassic Park', wechselt zur Titelmusik von ‚Herr der Ringe', dann kommt ein Song von *Simon & Garfunkel*, aber ihm fällt der Name nicht ein, und ein gefühltes Konzert später lässt er den letzten Ton ausklingen. Er zuckt zusammen, als er das Klatschen von vier Paar Händen hört, und reißt die Augen auf.

Auf der obersten Bankreihe sitzt eine Familie, beschmierte Brote und Tee aus Kannen vor ihnen auf dem Holz. Die beiden Kinder können nicht älter als vier sein, Zwillinge oder wirklich schnell hintereinander geboren. Ihre Beine baumeln von den Bänken, und sie klatschen am lautesten. David spürt, wie er rot wird, dann nimmt er seine Hände hinter den Rücken und verbeugt sich leicht.

„Entschuldigung, wir wollten Sie nicht erschrecken, deshalb haben wir Sie weitermachen lassen."

„Das war voll gut! Wie machst du das?"

Einer der beiden, vielleicht doch ein bisschen älter, klettert von der Bank und kommt auf ihn zu, schneller, als David sich getraut hätte, die Treppen zu nehmen. Als er unten ankommt und bremsen will, stolpert er über seine Füße, sieht David an und breitet die Arme aus, damit David ihn fangen kann. David hechtet nach vorne, und der Schwung des Kleinen drückt ihm die Luft aus der Lunge, dann setzt er ihn ab. Der Junge lacht auf und winkt seinen Eltern zu, die für Davids Geschmack ein wenig zu locker reagieren.

„Wie machst du das?“

Also setzt sich David mit ihm auf eine Bank in der untersten Reihe und zeigt ihm den hohen Ton, den er singen muss, und wie er die Luft sanft an der Seite der Lippen herausgleiten lassen kann. Der Kleine probiert, solange die Eltern ihre Brote essen und sein Bruder zwischen den alten Bänken hin und her rennt und mit einem imaginären Freund Fangen spielt.

Er stolziert über die grüne Fläche und hält seine Finger vor den Mund, hält seine Lufttrompete und spielt den einen Ton, den er jetzt kann, in einem Takt, den nur er fühlt, bis seine Eltern ihn wieder nach oben rufen. Der Kleine wirft die Trompete ins Gras, als seine Mutter nach unten zeigt, zu David.

„Mario, bedank dich! Und sammel deinen Bruder ein.“

Mario dreht sich um und rennt wieder den Weg runter, springt im richtigen Moment ab und lässt sich von David fangen. Als er vor David steht, streckt er die Hand aus und schüttelt sie energisch.

„Danke sehr! Luigi, komm schon!“

Dann rennt er wieder den Berg hoch.

Seine Mutter sieht David an, formt ein Danke. David nickt und lächelt. Klar.

Und dann steht er wieder alleine da, und der Wald ist still, so still, als ob nie etwas gewesen ist. So still, dass David wirklich zweifelt, ob der Kleine nur Tagtraum gewesen und er selbst immer alleine. Ob sein ganzes bisheriges Leben nur Traum und David immer nur alleine.

Aber dann trompetet ein kleiner Mund, der nur einen Ton kann, von irgendwo hinter der Kuppe, der Bruder lacht.

Und auch David muss grinsen.

25

Sie hört, wie er das Haus verlässt, dann leuchtet ihr Handy auf, Sprachnachricht von David. Kinga stöhnt auf, heute hätte sie ihn gebrauchen können, und irgendwie wäre es auch schön gewesen, ihn dabeizuhaben, wenn der Gips abkommt. Aber die Vorstellung, dass sie nach mehr als vier Wochen endlich wieder ohne sein wird, flutet ihren Körper mit Vorfreude und Adrenalin, sodass sie es auch ohne David ins Bad schafft und danach mit den Krücken ins Taxi steigt. Sie legt das Bein quer über die Rückbank, hält sich am Griff fest und atmet bei jeder Kurve so laut ein, dass der Fahrer irgendwann besorgt in den Rückspiegel schaut und langsamer fährt. Wäre sie gesprächiger, hätte sie sich dafür bedankt.

Sie grinst durchgehend, als der Techniker mit der Säge den alten Gips aufschneidet, das Bein hinaufwandert und darunter verschrumpelte, helle und stinkende Haut zum Vorschein kommt. Sie ignoriert den Schmerz und sogar die Ahnung, dass er noch viel zu stark ist. Aber dann tippt die Ärztin auf die Röntgenbilder und schüttelt den Kopf.

„Ich hatte mir das damals schon gedacht. Ihr Trümmerbruch ist so komplex, der hatte noch nicht die Zeit, die er braucht."

Sie redet weiter, weitere vier Wochen mit Gips, und dann schauen wir uns das nochmal an, aber Kinga schwebt außerhalb ihres Körpers, der immer wieder zuckt, als das Bein erneut eingegipst wird. Sie schaut sich zu, wie sie automatisch nickt, Danke und Tschüss sagt und wieder in das Taxi steigt, zurück in Davids Wohnung und zurück auf die Couch. Erst dort rutscht ihr Geist zurück in ihren Körper, als ob das alles nur ein Traum gewesen und sie nie wieder ohne Krücken.

Und vielleicht das Schlimmste ist, dass David irgendwann nach Hause kommt, mit frischem Wind im Kopf, und er kocht ihnen was, und sie setzen sich gemeinsam auf die Couch und gucken irgendeine Serie, und er fragt, wie es ihr geht, aber bemerkt gar nicht, dass der Gips frisch ist.

26

Neben all dem schlechten Gewissen und der Angst vor der Konfrontation, der sie jetzt nicht mehr aus dem Weg gehen konnte, fragte sie sich einen absurden Gedanken lang, ob sie umdrehen konnte. Dann war es für Kinga wie früher, und sie freute sich, Katha zu sehen. Aber als sie die Tasche sinken ließ, die Arme ausbreitete und einen Schritt auf Katha zumachte, hob diese abwehrend die Arme, schüttelte den Kopf und wich zurück, soweit die Treppe es zuließ.

„Sorry, das kann ich gerade nicht."

Kinga nickte und ließ die Arme sinken, weil ihr Kopf das verstehen konnte. Aber ihr Herz schmerzte dabei. Katha schob den Karton und die Flaschen beiseite und stand auf, um Kinga zur Tür zu lassen. Also griff sie nach ihrer Tasche, drückte sich an Katha vorbei, und irgendwas in ihr achtete darauf, sie nicht zu berühren. Als ob das gegen eine Regel verstieß, die Katha aufgestellt hatte. Sie ließ die Tür offen, hängte ihren Schlüssel an den Haken neben der kleinen Korkwand und ging bis zum Schlafzimmer am Ende des kurzen Flurs, um die Tasche abzustellen. Dann drehte sie sich um und beobachtete Katha, wie sie die Wohnung betrat, langsam, als wäre sie zum ersten Mal hier. Dabei hatte sie auch in dieser Wohnung beim Streichen und Einziehen geholfen, ein Polaroid von David, Kinga und ihr, aufgenommen am Tag des Einzugs, hing noch an der Korkwand. Aber wenn sich Kinga richtig erinnerte, dann war sie seit knapp zwei Jahren tatsächlich nicht mehr hier gewesen. Katha betrachtete die wenigen Fotos, die dazugekommen waren.

„Unten steht ein Smart Roadster Coupé in Gelb. Genau der, den du immer wolltest."

David war immer genervt davon, aber Kinga und Katha hatten ständig über die Autos geredet, die sie sahen, und darüber, welche sie gern hätten. Zur Hochzeit kaufte Katha sich das rote Golf Cabrio, von dem sie fast zehn Jahre lang geschwärmt hatte. Damals hätte Kinga noch gedacht, dass sie sich ihr Lieblingsauto niemals würde leisten können. Sie nickte, eine Mischung aus Unglauben und Stolz.

„Ist meiner. Hab ich mir letztes Jahr gekauft. Zur Beförderung."

Katha warf ihr einen Seitenblick zu.

„Gratulation zur Beförderung. Und zum Auto."

Kinga nickte und verschwieg die neue Beförderung von vor knapp drei Stunden. Der Blick und die Stimme. Sie wusste, dass Katha verletzt war. Aber was sollte sie tun? Was konnte sie jetzt tun? Katha zeigte auf das letzte Foto in der Reihe. Kinga und Max, beide strahlten, Max trug sie, und sie streckte eine Hand Richtung Kamera.

„Wer ist das?"

Kalter Nebel umschloss Kinga, der sich erst als Gänsehaut auf ihren Nacken und dann im engen Griff um ihr Herz legte. Sie wusste, sie würde Katha wehtun. Aber lügen würde es nur noch schlimmer machen.

„Das ist Max. Meine Ex. An dem Tag hat sie gefragt, ob ich sie heiraten möchte."

Im Nachhinein konnte sie nicht glauben, dass es so weit gekommen war. Aber Max hatte es neun Monate mit ihr ausgehalten, länger als alle anderen bisher. Und es gab die großartigen, warmen, intimen und erfüllenden Momente, an die Kinga sich geklammert hatte. Voller Hoffnung hatte sie gedacht, wenn sie nicht nach unten sah, könnte sie vielleicht über den Abgrund laufen.

„Du bist verlobt?!"

Katha blickte sie so überrascht an, dass Kinga lächeln musste, für einen kurzen Moment. Dann sah sie die Verletzung in Kathas Gesicht, und ihr Magen zog sich zusammen. Sie schüttelte den Kopf.

„Nicht mehr. Keine zwei Wochen später haben wir uns getrennt."

Katha schüttelte den Kopf, warf die Hände in die Luft.

„Wie kann das sein, dass du verlobt warst und ich nichts davon wusste?"

Eine Frau mit einem Husky-Mischling hatte das Foto gemacht, hatte ihr das Smartphone zurückgegeben, gratuliert und war weitergegangen. Kinga schaute ihr nach, und irgendwas in ihrem Lächeln und im Gang erinnerte sie an Katha. Sie sah das Foto an, und mit zwei Klicks hätte sie es Katha schicken können. Stattdessen starrte sie wieder einmal so lange auf den Bildschirm, bis er dunkel wurde.

Sie redete sich ein, dass sie das später machen würde und erzählen, wie es dazu gekommen war. Aber jetzt, nachdem Max schon lange nicht mehr Teil ihres Lebens war und mittlerweile Mutter eines kleinen Sohns, konnte sie sich eingestehen, dass sie schon damals da waren, die Dinge, die in ihr schrillende Alarmglocken hätten auslösen müssen. Und in der hinteren linken Ecke ihrer Seele wusste sie, dass Katha sie sofort gewarnt hätte. Da war sie aber schon mit einem Fuß in der Luft, über dem Abgrund.

Kinga rieb sich den Ellenbogen, streichelte eine alte Wunde, die körperlich nie zu sehen war.

„Ich hätte dich angerufen, wenn es zur Hochzeit gekommen wäre."

Katha schnaubte.

„Ich hab dich direkt nach meinem ersten Mal angerufen."

Kinga zuckte mit den Schultern.

„Max war ein Arschloch. Du hättest mich vor ihr gewarnt."

„Was dich nicht abgehalten hätte. Aber wenigstens hätte ich davon gewusst."

Katha ging ins Schlafzimmer, stellte den Karton und die Flaschen auf den Couchtisch und ließ sich auf das Sofa fallen, zog die Tagesdecke über sich. Kinga setzte sich an das andere Ende und hatte eine Hand schon an einer Flasche, um sie aus der Papierverpackung zu reißen, dann stockte sie und sah Katha an. Weil sie das Gefühl hatte, dass nicht mal mehr das selbstverständlich war.

„Darf ich?"

Katha nickte, wobei ihr Gesicht aussah wie ‚ist doch eh egal, also mach'. Kinga öffnete die Flasche und hob sie Katha entgegen, aber sie reagierte nicht.

Kinga nahm einen Schluck, dann runzelte sie die Stirn.

„Woher wusstest du eigentlich, dass ich hier sein würde?"

„Wusste ich nicht. Ich sitze seit vorgestern da."

Für einen Moment sah Kinga sie vor sich, wie sie auf der Treppe die halbe Nacht verbrachte, gegen die Wand gelehnt, den Kopf abwechselnd vorne auf den Knien und in zu weitem Winkel nach hinten auf der nächsten Stufe abgelegt, frierend, bis die Hoffnung eben doch starb und sie sich auf den Weg nach Hause machte, nur um am nächsten Abend wieder hier zu sitzen. Dann realisierte sie, dass Katha einen Witz gemacht hatte. Aber allein das Bild. Und das Wissen, dass Katha nach all den Anrufen, den Nachrichten und den Fotos immer noch die Energie aufbrachte, herzukommen, zerriss sie innerlich. Irgendwas davon musste Katha in Kingas Gesicht gesehen haben, sie schüttelte mit einem schwachen Lächeln den Kopf.

„Musti hat mir gesagt, dass du heute zuhause sein wirst. Nachdem du bei ihm zum Essen warst. Von ihm weiß ich auch von der Beförderung. Gratulation."

„Scheiße, Katha, es tut mir leid."

„Was genau? Dass du für Musti und seine Familie Zeit findest, aber mir noch nicht mal auf eine Nachricht antworten kannst? Oder dass so viel Zeug in deinem Leben passiert und ich nichts davon weiß?"

Kinga sackte immer weiter zusammen.

„Alles."

Sie setzte die Flasche an den Mund und nahm zwei große Schlucke, bis ihr auffiel, dass das Holunderblüte war, was sie schon immer richtig eklig gefunden hatte. Egal jetzt. Sie schluckte, schob die Flasche zwischen ihre Schenkel. Fuhr mit dem Daumen den Rand ab und konnte den Blick nicht davon abwenden.

„Ich hab letztes Jahr an meinem Geburtstag meine Eltern angerufen. Weil ich so alt geworden bin, wie meine Mutter es war, als sie mich bekommen hat. Das war kurz nach meiner letzten Nachricht an dich. Und deiner Antwort."

Katha zog die Augenbrauen nach oben.

„Du meinst deine Entschuldigung und meine Bitte, sowas nicht mehr zu tun, woraufhin du dich nie wieder gemeldet hast?"

Kinga schloss die Augen, legte die Finger an die Nasenwurzel. Versuchte, einen ganz alten Schmerz wegzumassieren.

„Das Telefon hat ewig geklingelt, aber niemand ist ran, auch kein Anrufbeantworter. Also habe ich aufgelegt, und kurz darauf klingelte mein Handy. Private Nummer, mein Vater ist dran und fragt, wer ich bin. Als ich ihm sage, ‚Ich bin's', macht er ‚Ah', aber ich höre ihm an, dass er keine Ahnung hat, wer ich bin. Er schweigt, also frage ich ‚Ist Mama da?'. Er seufzt, dann schreit er ihren Namen. Sie fragt, was los ist, und er sagt, ‚Telefon. Die, die dich Mama nennt.'"

Der Ärger in Kathas Gesicht war weg. Sie hatte sich eine Hand vor den Mund gelegt, sah Kinga mit großen Augen an.

Kinga zuckte mit den Schultern.

„Am liebsten hätte ich einfach wieder aufgelegt. Aber jetzt hab ich mich nach Jahren endlich gemeldet und bin so weit gekommen, jetzt ziehe ich das durch, denke ich. Er legt das Telefon irgendwohin, und es dauert ewig, dann ist sie dran und fragt, was ich will. Ich sag ihr, dass ich an sie denken musste und mich deshalb melde. Und sie sagt, ‚Okay'. Und dann vergehen vielleicht zwei Sekunden, er ruft irgendwas im Hintergrund, und sie sagt, ‚Geht weiter mit Bares für Rares. Ich muss da wieder hin.' Und ich schwör dir, sie hat erleichtert geklungen. Als wär sie froh gewesen um die Ausrede. Also sag ich ‚Okay. Pass auf dich auf', und sie sagt ‚Jaja' und legt auf."

Ihre Finger hatten sich um den Hals der Flasche verknotet, und Kinga betrachtete sie, als wären es nicht ihre. Dann spürte sie Kathas Hand auf ihrem Bein und sah auf, schaute in ihr offenes Gesicht und wusste es, bevor sie es sagte.

„Das tut mir so leid."

„Und dann kam von dir schon der zweite Anruf, den ich wieder verpasst hab, und dann das Bild von David und dir und die Geburtstagswünsche, und ich wollte wirklich antworten. Aber ich konnte nicht."

Kinga zeigte zwischen ihnen hin und her.

„Weil, eigentlich weiß ich ja, dass da was ist."

Sie dachte Liebe und traute sich nicht, es auszusprechen.

„Aber gleichzeitig hab ich diese irrationale Angst, dass ich mich melde, nur um zu erfahren, dass es auch dir egal ist. Dass ich allen egal bin."

Den letzten Satz konnte sie nur noch schluchzend sagen, und das Ende verschwand in Kathas Schulter. Sie hatte Kinga zu sich gezogen, umgriff sie fest und hüllte sie gemeinsam in die Decke. Bekämpfte die Kälte, die sich in Kinga ausgebreitet hatte, seit sie als Kind tagelang allein in ihrem Zimmer war, ohne mit irgendjemandem sprechen zu können. Jetzt ließ Kinga die Tränen laufen, atmete stoßweise, drückte sich an Katha.

Als sie sich beruhigt hatte, wischte sie sich mit dem Ärmel ihres Pullovers übers Gesicht und rückte so weit von Katha ab, dass sie sie hätte angucken können, wenn sie nicht ihrem Blick ausgewichen wäre.

„Ich bin nach der Beförderung vorher aus dem Büro und hatte das Handy in der Hand und wollte dich anrufen, wirklich. Nur dass da stand, dass du mich zwölfmal angerufen hast, seit wir das letzte Mal geredet haben. Zwölf Mal. Und dann konnte ich nicht. Ich komme durch keinen Tag, ohne an dich zu denken. Aber ich schaff es trotzdem nicht, mich bei dir zu melden. Weil irgendwas in mir erwartet, dass es dich nicht interessiert."

Katha schüttelte den Kopf, ließ ihn nach hinten fallen und atmete so tief ein, dass Kinga einen langen Monolog erwartete. Stattdessen aber atmete Katha einfach wieder aus, setzte sich aufrecht hin und sah Kinga an, ganz sie, mit ihrem offenen, ernsten Gesicht.

„Egal, was ist, egal, wie lange es her ist. Kinga, ich liebe dich. Ich freue mich immer, von dir zu hören. Bei mir brauchst du keine Angst haben."

Sie saßen noch eine Weile auf dem Sofa, eng ineinander verschlungen. Kinga atmete den vertrauten Duft ihrer besten Freundin, eine Mischung aus Zitrus und warmer, salziger Haut, die in der Sonne lag, und wollte sie am liebsten nie wieder loslassen.

Irgendwann döste sie ein und schreckte auf, als Katha im Schlaf zuckte und dann aufwachte, weil Kinga sich bewegte. Sie sahen sich an und lachten beide los. Kinga löste sich und stand auf, ihr linkes Bein war eingeschlafen, und sie verzog das Gesicht, weil das Kribbeln so nah an Schmerzen war.

„Ich will jetzt nicht schlafen. Mach ich Tee?"

Katha zuckte mit den Schultern.

„Tee oder Spezi."

„Ist keine mehr da. Ich komm gleich wieder."

Sie schüttelte ihr Bein aus und humpelte in die Küche, Katha folgte ihr, und sie redeten. Über das Blubbern des Wasserkochers hinweg, bis der Tee gezogen hatte, Kinga holte das Sieb aus der Kanne und presste den Saft einer Zitrone in den Schwarztee. Sie zogen wieder ins Wohnzimmer um und redeten weiter. Aßen den Rest der Pizza und ein paar Scheiben Brot und eine Packung Chips und redeten, lachten, schwiegen. Bis ihnen die Augen zufielen und sie ins Bett wechselten.

Kinga konnte nicht sagen, wann sie das letzte Mal neben Katha eingeschlafen war. Noch nicht mal richtig, wann sie überhaupt neben einem anderen Menschen eingeschlafen war. Max vielleicht. Aber wer brauchte schon Max, wenn da Katha liegen konnte.

27

Franz lacht so laut und herzlich, dass Marie aufwacht und Angst hat, etwas zu verpassen. Sie stöhnt, streckt Arme und Beine von sich, schmeißt die Decke zur Seite und steigt aus dem Bett. Schlüpft in die Jogginghose, denkt kurz über einen BH nach und geht dann doch einfach im Shirt die Treppe runter.

Das Haus riecht nach Kaffee und Pfannkuchen, Franz hat Lofi Jazz aufgelegt. Marie will gerade die Tür zur Küche aufschieben, als sie das heisere Lachen ihres Vaters hört und stockt.

Sie schleicht nochmal hoch, wirft sich doch einen Pulli über und geht in die Küche. Free the nipple und so, aber ihr Papa würde einen Kommentar machen, und sie will die Zeit mit ihm nicht mit Diskussionen verbringen.

Nick steht am Herd und gibt eine neue Kelle Teig in die Pfanne, Franz lehnt am Fensterrahmen neben der alten Eckbank und lässt einen Pfannkuchen in den offenen Mund wandern, Norah sitzt am Tisch mit einer Tasse in der Hand, und in der Ecke ist Papa, die Hände zufrieden vor dem Teller gefaltet, der Mund voller Schokolade und die Augen geschlossen. Norah ruft ihren Namen, aber Marie kann nur ihren Vater angucken, der die Augen aufmacht und sie sieht, sie erkennt und die Arme hebt.

Wie lange es her ist, dass diese Arme sie tragen konnten.

„Mariechen! Du bist auch da! Wie schön! Wir haben uns schon so lange nicht gesehen!“

Sie beugt sich über Norah, spürt seine Hände an ihrem Rücken und eine Kraft, die sie nicht erwartet hat. Sie verliert das Gleichgewicht und kippt nach vorne, hört Norah aufstöhnen, als Marie auf sie fällt, spürt den Tisch, der sich in ihre Seite drückt. Aber das ist nicht wichtig, alles egal, weil Papas Kopf an ihrem liegt, die Wärme seines Atems an ihrem Nacken, das heisere Lächeln an ihrem Ohr.

Sie dreht den Kopf und küsst ihn auf die Wange, spürt den Knochen unter der Haut und die Stoppeln seines Barts. Als Kind hat sie sich immer weggedreht, wenn seine Stoppeln über ihre Wange gekratzt haben, und es gleichzeitig geliebt. Jetzt sind die Haare weiß und dünn und weich, ein Flaum, wie auf dem Kopf eines Babys. Marie denkt Wiedergeburt und Hoffnung und natürlich an ihre Mutter, atmet tief ein und richtet sich auf, strubbelt Norah durch die kurzen Haare.

„Hallo Papa, ich freu mich auch, dich zu sehen."

„Wie lange bleibst du?"

„Ein paar Tage."

„Das ist schön. Kennst du die beiden schon? Sie verstehen uns nicht, we have to talk in English now. Leider kann ich nicht so viel. Sorry for my English."

Norah winkt ab.

„Alles gut. Wir sprechen auch Deutsch, ein bisschen."

„Yeah, that's about it."*

Nick schiebt den Pfannkuchen auf einen Teller und hält ihn Marie hin. Marie drückt seine Schulter und sich dann an Franz vorbei auf die Bank.

„Seid ihr schon lange wach?"

Franz nickt Richtung Herd.

„Nick war als Erstes unten. Die beiden sind richtig heiß auf Musik heute Abend."

Norah nickt nachdrücklich.

„Franz is really looking forward. And this trumpet guy."**

Marie sieht ihren Bruder fragend an. Franz zeigt auf Papa.

* Das ist aber auch schon alles.

** Franz hat richtig Bock. Und der Typ mit der Trompete auch.

„Die beiden haben sich heute Morgen kennengelernt. Er stand unterm Fenster. Ich hab ihm gesagt, er soll die Trompete mitbringen."

„Okay."

Marie widmet sich wieder ihrem Pfannkuchen, aber die Vorstellung, dass David hinterm Haus war, vielleicht sogar, weil er sie gesucht hat, und dass er heute Abend wieder mit ihnen Musik macht, lässt sie grinsen. Sie sieht, wie Franz sie dabei beobachtet.

„Cool. Ich freu mich."

„Wir alle."

28

Es ist einer der Morgen, an denen David früh aus dem Haus ist und Kinga aufs Klo humpelt und danach wieder vollkommen erschöpft ins Bett kriecht. Aber diesmal hört sie kurz darauf den Schlüssel im Schloss, irgendwas rumpelt gegen den Rahmen. Kinga hebt den Kopf, versucht, irgendwas zu sehen, durch den schmalen Spalt der angelehnten Tür.

„David? Alles in Ordnung?"

„Moment!"

David stöhnt auf, als er irgendwas im Flur anhebt und ins Esszimmer trägt. Dann schwingt die Wohnzimmertür auf, David kommt strahlend rein, wie ein Sechsjähriger, der nach Weihnachten seine Geschenke vorführen will, und vor sich her schiebt er einen Rollstuhl. Ein schwarzes Modell, der Lack ist stumpf und zerkratzt, zwischen den Speichen hängen Reste von Spinnweben. Kinga runzelt die Stirn und sieht David an, dass er eine Reaktion erwartet.

„Ein Rollstuhl."

David klopft auf das Polster, wischt den Staub ab.

„Ich finde, du musst mal wieder raus. Und ich hab mir überlegt, wie wir das mit deinem Bein hinkriegen."

Kinga setzt sich auf und reibt sich die Erschöpfung aus den Augen. Ihr Kopf blockiert bei der Vorstellung, im Rollstuhl zu sitzen. Weil sie nicht der Mensch sein will, der im Rollstuhl sitzt. Der den Blicken anderer ausgesetzt ist. Angewiesen ist. Hilfe braucht.

Das Kind, das sie war, musste sich auch ohne Hilfe durch dieses Leben bringen. Und das Kind, das in ihr ist, will das immer noch. Sie zwingt sich, nicht den Kopf zu schütteln, muss gegen sich selbst ankämpfen, gegen das Bild der starken und selbstbestimmten Frau, als die sie sich sieht.

Sie schafft es nicht, sich ernsthaft selbst zu fragen, ob es in Ordnung wäre, jetzt mit dem Rollstuhl rauszufahren. Weil sie die Frage noch nicht mal fertig gedacht hat, bevor sie sich selbst über die innere Stimme fährt. Dann bemerkt sie Davids Blick, wie er sie beobachtet und ahnt, was in ihr passiert.

„Musti hat ihn besorgt. Er sagt, du kannst ihn behalten, aber dann mussten wir beide schmunzeln, weil wir wissen, dass du das Teil so schnell wie möglich wieder loswerden wirst."

Das Lachen bricht aus Kinga, und David grinst genauso. Sie schüttelt den Kopf und atmet aus. Sieht die nächsten Momente vor sich. Wie sie sich weigert, wie David gute Argumente bringt, die sie auf der logischen Ebene auch wirklich versteht, nur emotional nicht an sich ranlassen kann. Wie sie die Arme verschränkt und David vielleicht sogar lockerlässt, zumindest für heute, aber spätestens morgen werden sie das Gespräch nochmal führen, so lange, bis David sie irgendwann mit dem warmen, geduldigen Blick anguckt, der sie letztendlich immer überzeugt. All das sieht sie, wie ein abgegriffenes Drehbuch, nach dem sie schon ein paar Mal gespielt haben. Sie hört ihre Diskussion, spürt ihren Trotz und seinen sanften Druck, der nur aus Fürsorge entsteht, und sie spürt das innere Lächeln hinter ihrem genervten Seufzer, wenn sie nachgibt. Weil der Teil ihrer Seele, der nicht von schlechten Erfahrungen und traumatischer Kindheit angeknackst ist, schon von vornherein wusste, dass das eine gute Idee ist.

Sie reibt sich noch einmal über die Augen, und in ihr schließt sich das Drehbuch, als sie einen ganzen Teil überspringt und direkt zum Seufzer kommt.

„Ach komm. Was soll's. Ich zieh mich kurz an."

Kinga weiß, dass Frau Leisert stolz auf sie wäre. Ihre Eltern hat sie vielleicht aufgegeben, aber an ihrer Therapeutin hält sie fest. David sieht sie überrascht an, weil auch er mit dem Drehbuch gerechnet hat. Dann fängt er sich und nickt.

„Wir können dich auch einfach in eine Decke stecken und dir eine Mütze aufziehen."

Sie zieht die Augenbrauen hoch und streckt ihm dann zwei Mittelfinger entgegen.

Beim Anziehen muss sie vor Schmerz die Zähne zusammenbeißen, dass es knirscht, und sie spürt den Widerstand ihres Körpers, als sie sich in den Rollstuhl sinken lässt. Aber dann öffnet David die Tür, sie legt ihre Hände an das kühle Metall des Greifrings und schiebt sich langsam nach vorne. Sie erwartet, dass David ihr helfen will, noch mehr helfen will, als er es eh schon tut, und nimmt sich vor, ihn nicht anzuschnauzen, aber er steht einfach neben der Tür und sieht ihr zu, eine Mischung aus Neugier und Stolz, aber auch ein bisschen Sorge. Sie bleibt neben ihm stehen, atmet ein und atmet aus.

„Danke."

David schüttelt den Kopf, und sie weiß, dass auch er mehr denkt, als er sagt.

„Fahr schon."

Sie muss noch ein Gefühl für den Rollstuhl bekommen. Die Schwelle in den Hausgang schafft sie mit Anlauf, und bei der halben Stufe hinter der Haustür muss David ihr helfen, aber sobald die großen Reifen die Knochensteine berühren, lässt er wieder los. Sie rollt die drei Meter bis zum Gehweg, und als sie die Hecke hinter sich gelassen hat, schlägt ihr der Wind stärker entgegen, als sie erwartet. Sie atmet erschrocken ein, dann stockt sie, lacht kurz auf, saugt regelrecht Luft ein. Rausgehen ist wie Fenster auf, nur krasser, sagen sie. Aber niemand sagt dir, wie viel krasser es wirklich ist, wenn dein Drinnen wochenlang war, das Fenster oft nur auf Kipp und du fast immer liegend, weil alles andere so sehr schmerzt.

Kinga atmet ein, bis sie ihre Rippen spüren kann, als wären auch sie voller Spinnweben gewesen. Sie rollt ein paar Meter weiter und legt eine Hand auf die Haube ihres Autos. Das sie in einem anderen Leben hier abgestellt hat. Wird sie es jemals wieder ohne irgendeine Art von Angst fahren können? Plötzlich steht David neben ihr.

„Alles okay?“

Sie weiß, wie er die Frage meint, aber sie runzelt die Stirn, nimmt die Hand vom Smart und klopft auf den Gips.

„Wie könnte es? Aber es ist besser als alles in den letzten Wochen.“

„Sehr gut. Komm mit.“

Er schlendert los, dreht sich nach ein paar Schritten um und grinst sie an, auffordernd.

„Mal sehen, ob du mithalten kannst.“

Sie sieht ihn überrascht an, und bevor sie sich bewusst dafür entscheiden kann, spürt sie den Ehrgeiz, greift nach den Ringen und schiebt sich an. David kichert und läuft los, aber er wirft immer wieder einen Blick zurück und dreht nach der ersten Kreuzung um, als er sieht, wie sie sich am Bürgersteig abmüht. Er will nach dem Rollstuhl greifen, aber sie wehrt ihn ab.

„Vergiss es. Ich will das alleine machen. Geh schon!“

Als Kinga um die Ecke kommt, sieht sie David bei Abu und Norman. An die Wand neben das Straßenverkaufsfenster gelehnt, wartet er gelassen auf sie, aber seine Augen sind ein bisschen besorgt. Sie bleibt neben ihm stehen und atmet erschöpft aus.

„Geht’s?“

Sie spürt ihr Shirt, wie es an der Haut klebt. Ihre Arme brennen, und ihre Hände fühlen sich an, als ob sie morgen Blasen haben wird. Aber sie hebt eine für ein High Five.

„Das nächste Mal bekomm ich Vorsprung."

David schaut erleichtert und schlägt ein, dann taucht Abu im Fenster auf, zwei Yufka in der Hand. Kinga weiß nicht, wann sie ihn das letzte Mal gesehen hat. Seine kurzgeschorenen Schläfen sind grau geworden und die Brillengläser dicker. Aber es ist das gleiche Lächeln, das er schon vor fünfzehn Jahren hatte.

„Kinga! Wie schön, dich zu sehen. Wie geht's dir?"

Dann rutscht sein Blick zum Rollstuhl und dem ausgestreckten Bein, und er macht ein zerknirschtes Gesicht.

„Entschuldigung. Ich hab's vergessen. Das tut mir so leid mit Katha."

„Wir vergessen es auch manchmal."

David nimmt ihm die beiden Rollen ab und zuckt mit den Schultern.

„Was bekommst du?"

Abu verschwindet in seinem Laden und kommt mit zwei Bechern Schwarztee wieder.

„Lasst es euch schmecken."

Weil die Yufka in ihrem Schoß liegen und sie die Becher hält, hat sie entnervt nachgegeben und lässt sich schieben. Nach ein paar Minuten sieht sie David über die linke Schulter an.

„Das ist viel anstrengender, als ich dachte. Ich bin ehrlich gesagt ganz froh, dass du schiebst."

„Klar. Aber ich glaube, der Sand bei den Schaukeln wird ein Problem."

„Hauptsache, Spielplatz."

Er bugsiert den Rollstuhl durch das Gatter am Eingang und fährt Kinga bis zur Bank, setzt sich neben sie und nimmt sich seinen Yufka. Knisternde Alufolie, triefendes Papier, rote, fast violette Soße, die Kinga den Arm hinabläuft. So warm, dass sie sie nicht spürt. Sie zieht die Folie herunter, spürt die verschiedenen Konsistenzen von Teig und Salat und Seitan. Eine Chiliflocke bleibt zwischen den Zähnen stecken, die Schärfe zieht sich durch ihre Mundhöhle.

Der Himmel sieht aus, als könnte es jeden Moment tröpfeln, der Schweiß auf ihrer Stirn kühlt langsam ab, der Wind fährt ihr in den Nacken unter das Shirt. Sie sollte eigentlich die Jacke wieder zumachen, weil sie auf keinen Fall nochmal eine Nacht mit Schüttelfrost erleben will. Aber irgendwas an dieser Stimmung, an dem Wetter, an der Kälte füllt ihr Herz mit einer tiefen Zufriedenheit. Sie schiebt sich das letzte Stück zwischen die Zähne und wischt sich mit dem sauberen Zipfel der Serviette Hände und Mund ab. David sitzt vornübergebeugt, die Soße tropft auf die rissige Erde vor der Bank, und er ist so sehr mit dem Essen beschäftigt, dass er ihren Blick nicht bemerkt. Sie beugt sich rüber und schubst ihn in dem Moment, als er wieder abbeißen will. Soße läuft über die Stoppeln, er muss sich mal wieder rasieren, und er sieht empört auf, aber sie grinst ihn an, und was soll er dann anderes tun, als mitzumachen? Sie nickt in Richtung Drehscheibe.

„Ich glaub, Schaukel ist eine dumme Idee, aber was hältst du von der Scheibe?"

„Da ist auch überall Sand."

„Kriegen wir hin."

Kinga schiebt sich nach vorne, bis die Räder steckenbleiben, und drückt sich aus dem Stuhl. Noch bevor sie steht, schmerzt das Bein. Kinga schwankt, zweifelt an dem Vorhaben, und vielleicht sollte sie sich einfach wieder in den Stuhl fallen lassen, aber dann ist David neben ihr, seine Hand an ihrem Rücken. Sie legt den Arm um seine Schultern, und gemeinsam gehen sie bis zur Drehscheibe, langsam, und bei jedem zweiten Schritt stützt sie sich auf seine Schulter. David versucht noch, eine Stelle von Sand zu befreien, aber Kinga lässt sich auf die Fläche sinken, fällt auf den Rücken und atmet erleichtert aus. Dann setzt sich die Welt in Bewegung, einzelne Sandkörner kratzen in den Kugellagern, und nach einer halben Umdrehung spürt Kinga für einen Moment Leichtigkeit, bevor sie wieder auf die Platte gedrückt wird. Davids Kopf fliegt vorbei, dann klettert er mit auf die Plattform, und drei Umdrehungen später pendeln sie aus.

„Nochmal?"

„Ne, ich glaub, dann wird mir schlecht."

David verschränkt die Arme hinter seinem Kopf und seufzt zufrieden. Sie beobachtet ihn aus dem Augenwinkel. Es macht was mit ihr, wenn er sich wohlfühlt.

„Wir haben das schon viel zu lange nicht gemacht."

„Stimmt."

Er dreht den Kopf.

„Wir haben uns ein bisschen aus den Augen verloren, als Katha kam, oder?"

Kinga spürt den Schmerz ihrer Abwesenheit, eine kühle Leerstelle, wenn sie daran denkt, dass es keine neuen Erlebnisse mit Katha geben wird.

„Ich vermisse sie. Ich konnte mit ihr reden, wie ich es sonst mit niemandem konnte. Und du warst ja auch immer irgendwie dabei. Also, fast immer. Aber ja, du hast recht. Wir beide sind auseinandergedriftet. Sorry. Aber ich hab es ja nicht mal geschafft, mich bei meiner besten Freundin zu melden."

Kinga atmet tief ein, versucht, die Tränen zurückzuhalten, sich nichts anmerken zu lassen. Dann spürt sie Davids Arm, wie er sie zu sich zieht, und ihr Kopf rutscht an seine Schulter.

Ein paar Jugendliche kommen auf den Spielplatz, Kinga will den Kopf nicht heben, aber sie hört sie, lautes Lachen, jemand ruft was, und gleich darauf geht die Boombox an. Kinga sieht sich von außen, wie sie dort liegen, wie ein verliebtes Pärchen, k, ü, s, s, e, n sich, nur dass sie dafür zu alt sind. Aber den Jungs scheint das vollkommen egal zu sein, sie stürmen die beiden Holztürme und die Hängebrücke, selbst nach Jahren erkennt Kinga das Geräusch, polternde Schritte auf dem Holz und die klirrenden Ketten. Irgendwas daran beruhigt sie.

Sie wischt die Nässe auf ihren Wangen an Davids Jacke ab, rutscht ein bisschen von ihm weg.

„Ich hab das Gefühl, dass ich ein bisschen Katha in mir hab. Manchmal, wenn ich lache, fühlt sich mein Gesicht an, wie ich Kathas Lachen in Erinnerung habe. Hört sich das komisch an?"

David lässt sich ein bisschen Zeit, dann schüttelt er langsam den Kopf.

„Sie hat manchmal die Gabel über den Tisch laufen lassen, die Zinken als Füße, wie ein kleines, steifes Männchen. Vor ein paar Tagen hab ich das auch gemacht."

„Und wenn sie wirklich gelacht hat, hat sie die Augen immer aufgerissen. Das hab ich schon vor Jahren übernommen."

Und sie hat immer dieses schlitternde Geräusch gemacht, wenn sie mit dem Golf um eine Kurve gefahren ist, als wäre alles ein Computerspiel. Aber bevor Kinga das aussprechen kann, wird aus dem Schlittern der Schlag, mit dem der Golf gegen den Baum kracht, berstendes Glas, brechendes Holz, quietschendes Metall, alles so laut und gleichzeitig, dass es sich wie ein großer Knall anhört, und dann die Stille, die Kinga immer noch in den Ohren liegt. Und wieder der letzte Blick von Katha.

Schuld kriecht an Kinga hinauf. Sie spürt Davids Bewegungen an ihrem erstarrten Körper.

„Ist ein schöner Gedanke, dass sie irgendwie noch da ist."

Kinga schüttelt sich die Kälte aus dem Körper und richtet sich ächzend auf, so gut das auf der Drehplatte und mit dem eingegipsten Bein geht. David schaut ihr erst zu, dann setzt er sich ihr gegenüber, im Schneidersitz. Sie freut sich darauf, wenn sie das auch wieder kann.

„Wir reden nie drüber, dass Katha und ich in den letzten Jahren nicht mehr so eng waren."

Kinga hat in ihrem Leben niemanden so nah an sich rangelassen wie dieses Mädchen, das damals auf diesem Spielplatz zum ersten Mal vor ihr stand, voller Neugier und Freude, die Kinga komplett eingenommen hat. Katha wusste alles von ihr. Und ihr war klar, dass Katha ein paar Sachen auch David erzählt hat, deshalb musste sie das nicht machen. Aus einem anderen Blickwinkel könnte man sagen, Katha hatte sich zwischen sie gedrängt. Aber diesen Gedanken lässt Kinga nicht zu. Trotzdem bleibt, dass das hier eine Situation ist, die sie schon lange nicht mehr hatten, und sie beide spüren das.

Ihre Finger tasten nach dem Gips, fahren am Rand entlang, spüren kleine Stücke, die sich lösen. David macht ein bestätigendes Geräusch. Als Kinga aufsieht, starrt er auf seine Hände.

„Anfangs war sie genervt, als du dich nicht gemeldet hast. Hat mir dann ihr Handy gezeigt, ‚guck mal, alle Nachrichten von mir, alle Anrufe.'"

Kinga kennt die Nachrichten, die Anrufe und das drängende Gefühl, das sie erstarren lässt, mit jeder Vibration, jedem Aufleuchten mehr.

„Irgendwann hat sie sich dann Sorgen gemacht. Also haben wir Musti besucht. Das war schön. Wie groß seine Kinder geworden sind. Und irgendwann hat Katha nach dir gefragt. Sie wollte das ganz locker machen, wie nebenbei. Aber ich hab gemerkt, wie angespannt sie war. Musti auch, und ihm war es echt unangenehm, dass du ihm wenigstens manchmal antwortest. Er hat das dann heruntergespielt, aber was konnte er schon sagen. Erstmal ging's dir gut. Was ja irgendwie das Wichtige war. Immer noch ist."

David sieht endlich auf und schaut Kinga mit einer Wärme an, von der sie nicht glaubt, dass sie sie verdient hat.

„Nach dem Besuch bei Musti war sie eine Zeitlang wütend auf dich und enttäuscht. Sie hätte dir das nie gesagt, aber in den schlimmsten Momenten hat sie mich angesehen und gesagt, ‚Manchmal wünsche ich mir, dass sie tot wäre. Dann wäre da wenigstens nicht mehr diese Hoffnung, dass wir doch wieder mehr miteinander zu tun haben.'"

Kinga sieht David ungläubig an, aber der winkt ab.

„Ich weiß, viel zu krass. Wusste sie auch. Und dann ist es umgeschlagen, weil sie plötzlich diesen fixen Gedanken hatte, der sie nicht mehr losgelassen hat. Was, wenn es etwas mit ihr zu tun hatte? Wenn sie irgendwas gemacht oder gesagt hatte, das dich verletzt hat? Ich hab wirklich lange auf sie eingeredet, aber dieser Gedanke hat sich immer tiefer in sie reingefressen. Dass sie schuld war. Dabei hatte sie nicht einmal eine Idee, was es gewesen sein könnte. Also hat sie alles hinterfragt. Saß auf unserem Sofa und ist durch eure Nachrichten gegangen, wollte herausfinden, was sie gemacht hat. Und dann hat sie versucht, sich an alle Gespräche zu erinnern. Ich saß neben ihr und wollte sie ablenken, aber das alles hat sich wie ein düsterer Filter über unseren Alltag und alle Erinnerungen mit dir gelegt. Ich konnte nichts machen."

Da liegt ein Bedauern in seiner Stimme, das Kinga überrascht.

„Du bist ja auch meine Freundin, auch wenn wir schon lange nicht mehr ganz so eng waren, zumindest nicht direkt. Ich hatte immer wieder mein Handy in der Hand, wollte fragen, wie es dir geht, ob alles in Ordnung ist. Aber irgendwie wäre das hinter Kathas Rücken gewesen. Und ich hatte auch ein bisschen Angst, dass du mir tatsächlich antwortest. Hab das schon vor mir gesehen, wie wir abends auf dem Sofa sitzen und irgendwas angucken, mein Handy aufleuchtet und da dein Name steht. Das hätte sie kaputtgemacht."

Sein Blick hat sich irgendwo auf der Scheibe verloren, er schiebt vereinzelte Sandkörner beiseite, zeichnet Kreise auf dem Holz, das vor vielen Jahren mal rot lackiert war, davon sind aber nur einzelne Stellen übrig.

Kinga legt eine Hand auf sein Knie, sein angewinkeltes Knie, über das er sich keine Gedanken machen muss.

„In solchen Momenten hatte ich Angst, dass es auch unsere Ehe kaputtmacht."

Kinga runzelt die Stirn und drückt sein Knie, innerlich erstarrt sie, wenn auch nur kurz. David bemerkt das nicht.

„Sie hat mir deine Nachricht gezeigt, und dann saßen wir beide weinend da. Vollkommen erleichtert. Nur war Katha dann halt richtig pissig, als du die gleiche Scheiße direkt danach wieder abgezogen hast. Ihre Worte, sorry. Aber ich konnte es nachvollziehen. Und dann hat Musti uns von der Beförderung erzählt. Das hat sie echt fertiggemacht. Sie wollte dich blocken und einfach nichts mehr mit dir zu tun haben. Sie war so enttäuscht und traurig, und ich konnte nur warten, bis die Wut ein bisschen abgeebbt ist. Um ihr dann sanft zu sagen, dass sie vielleicht dieses eine letzte Mal einen Schritt auf dich zu machen muss. Ein letztes Mal über ihren Schatten springen. Ich wollte, dass sie dir trotzdem gratuliert, weil ich mir dachte, dass sie sich sonst irgendwann vorwerfen wird, dass sie das nicht getan hat. Das hab ich ihr gesagt. Und sie nickt, steht auf und geht in den Flur. Ich frage, wo sie hinwill. Und sie sagt, zu dir. Wenn das schon das letzte Mal ist, dann will sie das persönlich machen."

Kinga sieht Katha vor sich, das Treppenhaus dunkel, ihr Gesicht vom Smartphone beleuchtet.

David spricht weiter, abwesend, als wären seine Worte nicht an sie gerichtet.

„Als sie dann am nächsten Tag wiedergekommen ist, stand ich schon mit Frusteis im Flur, aber sie hat mich angestrahlt. Das war nicht das letzte Mal, hat sie gesagt. Und ich hab gefragt, dann ist jetzt alles wieder gut? Sie hat zögernd den Kopf geschüttelt. Nene, das nicht. Aber es könnte ein neuer Anfang werden. Also kein Frusteis? Ne, hat sie gesagt, aber ein Freudeneis. Dann hat sie sich das Eis genommen und ist ins Wohnzimmer, wo wir diesen Becher Ben & Jerry's gegessen haben und sie mir erzählt hat, wie euer Gespräch gelaufen ist. Ich lag an dem Abend neben ihr im Bett und konnte nicht aufhören mit Grinsen, weil ich dachte, vielleicht wird das wirklich wieder was mit euch."

David sieht sie kurz an, zerrissen zwischen der Hoffnung von damals und dem Wissen von heute. Kinga muss an all die Nächte seit dem Unfall denken. Jede Nacht aufs Neue fällt sie in die Spirale von verpassten Möglichkeiten, alternativen Realitäten, all den Wegen, die das Leben hätte nehmen können, wenn. Und wenn nicht.

„Denkst du manchmal drüber nach, was passiert wäre, wenn Katha und ich nie losgefahren wären?"

David lacht bitter, und Kinga bekommt eine Gänsehaut, weil sie die Hoffnungslosigkeit, die darin liegt, so gut kennt.

„Klar. Hab mich gefragt, was wäre, wenn du ihr damals gesagt hättest, dass du nicht mehr mit ihr befreundet sein willst. Dann wäre Katha noch am Leben, aber ihr Herz wäre vollends gebrochen. Oder sie wäre schon an dem Abend vor Wut zu schnell gefahren. Dann hätte ich sie das letzte Mal gesehen, wie sie mit Tränen in den Augen die Wohnung verlässt, auf dem Weg zu dir."

Die Frage, was gewesen wäre, wenn Kinga sich schon früher wieder gemeldet hätte, sprechen sie beide nicht aus.

„Ich denke aber auch drüber nach, was gewesen wäre, wenn sie auf mich gehört hätte, wenn ich ihr gesagt habe, dass sie zu schnell fährt? Wenigstens einmal? Aber sie hat das immer nur weggelacht."

Kinga nickt.

„Das war das Letzte, was sie gesagt hat. Vertrau mir. Und nach dem Unfall, als sie nichts mehr sagen konnte, da sahen ihre Augen ganz traurig aus. Enttäuscht. Von mir."

David macht ein Geräusch, als steckten ihm Worte im Hals. Er reißt seine Hände auseinander und schüttelt sie. Kinga wartet auf eine Reaktion, befürchtet, dass er ihre Angst bestätigen wird. Aber er starrt in die Leere.

Die Jugendlichen sind schon wieder weg, ein kleiner Vogel hüpft über die fleckige Wiese und pickt unter einem kahlen Baum nach irgendwas. Sie tippt David an und zeigt auf den Vogel, vorsichtig, damit er nicht wegfliegt.

„Ist das ein Spatz?"

„Hab keine Ahnung von Vögeln."

Das Kichern einer Zwölfjährigen steigt in ihr auf, aber Kinga bleibt still, weil das nicht der richtige Moment ist. Sie schaut kurz zu David, sieht seinen Blick und sein Schmunzeln, dann müssen sie beide lachen, und für ein paar Sekunden sind sie wieder Teenager, und es ist, als ob diese Nähe zwischen ihnen nie weg gewesen.

Jetzt, wo die Anspannung kurz weg ist, merkt Kinga, wie sehr sie das vermisst hat. Sie lehnt sich nach vorne, und er macht es genauso, bis ihre Köpfe sich sanft berühren. Wie sehr sie ihn vermisst hat. Sie sieht den Tränen zu, die auf das sandige Stück der Drehplatte zwischen ihnen fallen. Merkt irgendwann, dass es nicht nur ihre sind. Spürt Davids unterdrücktes Schluchzen. Sie greift nach seinem Kopf, drückt ihm einen Kuss auf die Haare. Er zieht sich an sie.

„Warum passiert das? Was hat sie getan? Was haben wir getan?"

Kinga hält ihn fest und ignoriert den Blitz in ihrem Bein, reibt ihr Kinn an seinen Haaren.

„Niemand hat irgendwas getan. Es gibt keinen Grund. Manchmal ist das Leben einfach richtig scheiße, und manche Dinge hätten nie passieren dürfen."

Ein Eichhörnchen kommt erstaunlich nah an sie heran, dreht dann aber ab und klettert den nächsten Baum hoch. Zwei Kinder mit leuchtenden Schulranzen fetzen auf ihren Tretrollern am Spielplatz vorbei. Eine Mutter zwängt ihren Zweisitzer-Kinderwagen durch den Eingang und wirft einen längeren Blick zu Kinga, gestikuliert ein stummes ‚Alles in Ordnung?'. Kinga presst die Lippen zusammen und nickt ein ‚Nichts ist in Ordnung, aber wir brauchen gerade keine Hilfe, danke'. Die Frau versteht, ihre Schultern zucken ein ‚Manchmal ist das leider so, das tut mir leid', dann schiebt sie den Wagen zur Wippe und lässt die beiden Kleinen draufklettern, stellt sich neben das kleinere Mädchen und drückt die Wippe immer wieder runter, damit sie sich überhaupt bewegt, während sie in der anderen Hand das Smartphone hält.

David räuspert sich und löst sich von Kinga, holt ein Taschentuch hervor und fährt sich über Augen und Nase. Als Kinga sich mit der Jacke den Hals abwischt, muss er grinsen.

„Sorry."

Aber Kinga winkt ab. David zieht die Nase hoch und legt das nasse Taschentuch neben sich.

„Weißt du, als sie wiedergekommen ist und so fröhlich war, da hab ich mich auch für mich gefreut. Weil ich dich genauso vermisst hab und dachte, wenn ihr wieder miteinander redet, dann können wir das auch."

„Sie würde sich freuen, dass wir das jetzt machen."

„Und sie wäre auf keinen Fall enttäuscht von dir."

Kinga sieht Kathas Augen in ihrem letzten Moment. Leute sagen, man sieht den Menschen an, wenn sie tot sind, aber Kinga hat gar nichts gesehen. Katha sah aus wie vorher, und Kinga konnte nicht sagen, ob ihre Brust sich noch hob. Aber sie wusste, dass Katha gerade gestorben war.

„Da bin ich mir nicht so sicher."

„Aber ich. Sie hat dich vermisst, als du nicht da warst. Und sie hat sich sehr darauf gefreut, wieder mit dir Zeit zu verbringen. Sie hat auch irgendwann drüber nachgedacht, ob sie eine neue beste Freundin finden muss. Und sie hat auch neue Leute kennengelernt. Aber uns beiden war klar, dass es keinen Ersatz für dich gibt. Wenn du Enttäuschung gesehen hast, dann deshalb, weil ihr nicht mehr so viel Zeit verbringen konntet. Aber nicht wegen dir. Glaub mir."

Kinga nickt, aber dieses Gespräch allein wird die Wahrheit, die sich in den letzten Wochen in ihr festgebissen hat, nicht abschütteln können. David muss den Zweifel und ihre Sorgen, vielleicht sogar eine Ahnung dieser Wahrheit in ihrem Blick gesehen haben, in dem nach vorne gesunkenen Oberkörper und ihrem tiefen Ausatmen. Er stupst mit seiner Schulter gegen ihre.

„Genug Spielplatz, genug Vergangenheit. Lass uns nach Hause gehen."

Bevor sie noch irgendwas sagen kann, entfaltet er seinen Schneidersitz, rutscht an den Rand der Drehscheibe und springt in den Sand, aber keinen Schritt später zuckt er zusammen und hält sich das linke Bein, sieht sie zusammengekrümmt an.

„Mein Bein ist eingeschlafen! Alles kribbelt."

Kinga macht ein Lächeln und keinen Kommentar über ihren Gips, sieht ihm dabei zu, wie er vorsichtig durch den Sand humpelt, sich an den Griffen festhält und das Bein ausschüttelt. Er hat recht. Für einen Nachmittag waren das genügend Gefühle. Aber sie muss ihm von Kathas Plan erzählen, sich zu trennen. Muss dafür einen guten Moment finden. Muss das eigentlich schon die ganze Zeit, seit sie sich selbst daran erinnert.

Sie sammelt ihre Abfälle zusammen, macht eine Kugel aus Aluminiumfolie, fettigem Papier, Servietten und Soße, wirft sie Richtung Mülleimer. Sie schauen beide der Kugel hinterher, als ob ein Treffer nicht nur pures Glück wäre, aber wie hätten sie sich gefreut. David macht ein enttäuschtes Geräusch und humpelt hinterher. Bis er den Müll entsorgt hat, steht Kinga fast schon beim Rollstuhl. David will ihn ihr ein Stück entgegenschieben, aber sie schüttelt den Kopf, die Zähne zusammengebissen zieht sie das Bein durch den Sand.

„Schieb ihn auf das Gras. Wir kriegen den sonst nie mehr raus."

Also fährt David den Rollstuhl noch weiter nach hinten, und mit jedem Schritt atmet sie tiefer ein, um nicht aufzustöhnen, aber als sie endlich sitzt, ist sie nicht nur erleichtert, sondern auch ein kleines bisschen stolz.

David hält ihr seine Handfläche hin.

„Geil. Dreizehn Schritte durch Sand. Das wird alles wieder."

Der zynische Teil in ihr denkt an Katha und das Auto und an den Baum, dessen Rinde der Aufprall weggefetzt hat, und weiß, dass nie wieder alles wird. Gar nicht werden kann. Aber die Kinga, die immer dann zum Vorschein gekommen ist, wenn Katha bei ihr war oder David oder Mustafa, hebt ihre Hand und schlägt ein. Das Schönste daran ist die diebische Freude, die David ausstrahlt. Sie kennt den Jungen seit zwanzig Jahren, noch schüchterner als heute hat sie ihn kennengelernt, aber schon in der ersten Stunde ihrer Freundschaft hatte sie diese Freude bei ihm gesehen, und es macht ihr Herz bis heute warm, wenn sie dafür verantwortlich ist.

„Quatschkopf."

David lacht und will nach den Griffen des Rollstuhls fassen, aber sie wedelt ihn fort. Er geht voran durch den Eingang, und Kinga spürt noch die Anstrengung von vorher in ihren Armen, und das Gras macht es ihr nicht einfach, aber sie schiebt sich auf den gepflasterten Weg und schaut nochmal nach hinten. Die Frau steht immer noch an der Wippe, das Handy in der Hand, aber sie sieht ihr nach. Kinga winkt, die Frau nickt ein ‚Alles Gute', dann ruft die Kleine. Es ist Zeit, die Wippe nach unten zu drücken.

David schaut Kinga zu, wie sie sich durch die Absperrungen am Eingang schiebt und zweimal an den Stangen hängenbleibt, bis sie draußen ist, kommt dann hinterher.

„Morgen wieder?"

„Ich glaub, morgen sterb ich vor Muskelkater."

„Ich könnte dich auch schieben."

Kinga schüttelt vehement den Kopf.

„Du hilfst schon genug. Ganz ehrlich, danke, dass du mich in diesen Rollstuhl gedrängt hast."

David macht einen Schritt zurück, hebt seine Hände abwehrend.

„Ich hab dich nicht gedrängt."

„Stimmt, den Teil haben wir übersprungen. Du hättest es gemacht, und es wäre gut gewesen. Wir werden ihn wieder nehmen, aber vielleicht nicht morgen, okay?"

„Okay."

Er versucht, seine Freude nicht zu zeigen, aber keine Chance. Leicht wippend geht er neben ihr her, als ob sein

Körper sich zu einer Melodie bewegt, die nur er hört. Kinga liebt es, auch wenn er gerade ein Glück ausstrahlt, das sie noch nicht spürt. Vielleicht nie wieder spüren wird. Vielleicht muss sie ihm ein bisschen entgegenkommen, damit die Melodie bleibt.

„Jetzt, wo wir den Rollstuhl haben, wollen wir heute Abend ins Kino?"

Sie hasst den Gedanken, dass Leute sie im Rollstuhl sehen. Selbst, wenn sie sie nicht kennen, sie werden Mitleid haben oder sich fragen, was passiert ist, oder sich ärgern, weil sie nicht schnell genug durch die Gänge kommt oder den Aufzug blockiert. Wäre es andersherum, sie würde es. Auch, wenn sie sich jetzt für den Gedanken schämt, weiß sie, dass er wahr ist.

Aber wäre es nicht schön, mit David neue Erinnerungen zu schaffen? Diese Kluft, die sich in den letzten Jahren zwischen ihnen aufgetan hat, zu überbrücken?

Aber Davids Freude scheint plötzlich verschwunden, er schaut betreten drein.

„Ich werde später nochmal auf den Friedhof gehen, sorry."

„Was? Nein, ist doch gut! Mach das! Aber wir könnten ja danach trotzdem noch was machen, oder?"

David kratzt sich am Hinterkopf, so lange, bis Kinga klar wird, dass er nur Zeit schinden will.

„David, was ist los? Willst du auf dem Friedhof übernachten?"

Er schüttelt den Kopf, zögert immer noch.

„Erinnerst du dich an Franz? Der bei der Beerdigung die Orgel gespielt hat? Er hat mich eingeladen, die machen ein Konzert, und ich soll mit der Trompete kommen."

„Auf dem Friedhof? Wer macht da ein Konzert?"

„Na ja, Franz und so ein Duo aus Amerika, die gerade zu Besuch sind. Und Marie."

Kinga braucht einen Moment, dann sieht sie nicht nur die Frau mit der Latzhose vor sich, die David auf der Beerdigung den Zettel in die Hand gedrückt hat. Und ihr wird klar, wo er vor ein paar Tagen schon mit der Trompete war. Und plötzlich hat die gute Stimmung, mit der er immer wieder vom Friedhof gekommen ist, einen ekligen Beigeschmack. Dunkle Galle, die sich durch die Speiseröhre frisst und sich im ganzen Mundraum ablegt. Sie kann es schmecken, stellt sich vor, wie ihre Zähne sich färben, eine Mischung aus dunklem Gelb und Grün, insgesamt das ekligste Braun, das sie sich vorstellen kann.

„Deswegen gehst du so oft auf den Friedhof? Ein Glück, liegt Katha zufällig auch dort. Was bist du für ein Arschloch!"

David weicht auf die Straße aus und sieht sich betroffen um, ob sie jemand beobachtet.

„Natürlich geh ich wegen Katha da hin. Aber Marie und Franz, die wohnen da. Und die Musik und die Gespräche, die helfen mir."

„Die Musik und die Gespräche? Klar! Und hilft sie dir noch anders? Alter, David, Katha ist letzten Monat gestorben! Deine Frau! Meine beste Freundin!"

Sie dreht den Rollstuhl in seine Richtung, aber wenn sie jetzt auf die Straße fährt, weiß sie nicht, ob sie wieder alleine hochkommt. Sie starrt ihn an, und David macht noch einen Schritt nach hinten, bevor er eine Hand ausstreckt, aber als er ihre Augen sieht, verharrt er.

„Fass mich nicht an! Was bist du für eine Schlange? Ich dachte, wir verarbeiten das gemeinsam. Dass wir da beide durchgehen. Aber du bist schon wo ganz anders. Wie kann das denn sein, so schnell?"

Jetzt erst spürt sie die Tränen, sie zieht den Rotz nach oben und spuckt ihm vor die Füße, David holt Luft und will was sagen. Kann er vergessen.

„Ach, weißt du was? Eigentlich egal. Vielleicht sogar gut so. Ich bin so naiv. Ich mach mir ständig Gedanken, ob ich es dir sagen soll. Wie ich dir das schonend beibringen kann. Weil ich dich nicht verletzen will."

David sieht sie irritiert an, sie sieht die Frage in seinem Gesicht.

„Aber du, du bist halt wirklich schon weiter. Und das tut gerade richtig weh."

„Wovon redest du?"

Sie hat sich das so oft vorgestellt, die Worte durchgespielt, und jetzt ist es einfach egal. Sie muss sich schütteln, so enttäuscht ist sie von alldem, sie ist wütend auf ihn, aber trotzdem tut er ihr leid.

„Kurz vor dem Unfall hat sie mir gesagt, dass sie sich von dir trennen will."

Zuerst schaut er sie an, als ob er sie nicht verstanden hat. All die Fragen stürzen aus seinem Gesicht, er taumelt, hat das Nein schon geformt.

Aber dann klickt irgendwas in seinem Kopf, sie kann die Erkenntnis in seinen Zügen sehen. Seine Schultern sacken ab, er sieht aus, als müsste er sich irgendwo festhalten, und sieht Kinga an, als wäre sie Katha, legt den Kopf schief, den Mund leicht geöffnet und die Stirn in Falten gelegt.

„Wirklich?"

„Das war das Letzte, was sie gesagt hat. Dass sie mit mir reden muss, weil sie sich trennen will."

Sie verdrängt das Mitleid, das aufsteigt.

„Und weißt du was? Ich hätte sie darin unterstützt. Ich glaube, das wäre für euch das Beste gewesen."

Kinga weiß, dass sie sich gerade scheiße verhält, aber sie kann nicht anders. Sorry, Frau Leisert. David schlingt seine Arme um sich, reibt sich ab, als kämpfe er gegen eine innere Kälte.

„Ich halte mich die ganze Zeit davon ab, dich anzukacken. Ich dachte immer, dir geht's genauso dreckig wie mir, wem bringt das was, wenn ich böse bin auf dich. Und dann kommst du mit sowas?!"

Er greift sich an den Kopf, bedeckt ihn mit den Armen, starrt sie mit nassen Augen an. Sie spürt die Gänsehaut, die ihre Wut hinterlassen hat, als sie gegangen ist. Hat sie wirklich gedacht, dass sie sich besser fühlen würde? Sie greift nach den Ringen und rollt los, poltert auf die Straße, der Rollstuhl kippt nach vorne. David kommt ihr entgegen, natürlich, er kann gar nicht anders, das macht es nur noch schlimmer. Doch sobald sie unten ist, macht er zwei Schritte zurück.

„David."

Er dreht sich um, schüttelt den Kopf, während er geht.

„David!"

Aber er ignoriert sie. Sie rollt ihm hinterher, nur ein kleines Stück, bis klar wird, dass sie keine Chance hat und hier alleine zurückbleiben wird.

Die Wut kommt zurück, war nie wirklich weg. Kinga lacht verzweifelt auf.

„Ja, dann hau halt ab. Geh zu ihr. Vielleicht klappts ja dann mit dem Sex!"

Jetzt, endlich, dreht er sich um und sieht sie an. Und vielleicht hat David recht, und Kathas letzter Blick hat was anderes gesagt, aber das hier ist auf jeden Fall Enttäuschung. Er holt Luft, und sie wartet darauf, dass irgendwas passiert. Dass Chaos ausbricht. Damit kann sie umgehen, das kann sie aufräumen. Aber er geht einfach weiter.

Natürlich war sie unfair. Natürlich tut es ihr leid. Weil sie als Kind gelernt hat, dass sie selbst klarkommen muss, aber dann David da war und irgendwann Katha mitbrachte, hierher auf den Spielplatz. Für ein paar Jahre hat sie gedacht, dass sie nicht mehr allein durch die Sorgen und durch all die Ungewissheit muss, die das Leben mit sich bringt.

Aber die Vorstellung, dass er schon wieder durch sein Leben wippt und Musik macht, während sie immer noch in ihrem Schmerz sitzt und es ohne diesen Stuhl nicht mal aus dem Haus schafft, kann sie nicht ertragen.

Und plötzlich ist sie wieder das Kind, das alleine im Zimmer ist, durch das gekippte Fenster andere draußen lachen und rennen hört und weiß, dass sie nicht dazugehört.

29

David tritt durch das Friedhofstor und schlägt es mit aller Kraft zu, nur dämpft das Scharnier, sodass es unbefriedigend sanft ins Schloss fällt. Er bleibt stehen, schließt die Augen und versucht, runterzukommen. Die Ruhe hier, die schattige Kühle unter den Bäumen und das Vogelgezwitscher durch die Nase ein- und all die Wut und das Chaos, die Stimmen in seinem Kopf, die Hitze auf den Wangen durch den Mund auszuatmen. Als er die Augen wieder öffnet, kocht es nicht mehr, aber es brodelt knapp unter der Oberfläche seines Seins.

Links steht die Aussegnungshalle, in der Mitte das Haus, und rechts liegt Katha.

Als Kinga von der Trennung erzählt hat, war David sich erst sicher, dass sie das nur sagt, um ihn zu verletzen. Aber dann, noch auf der Straße, als ob die Klippe eines Eisbergs Risse bekommt und ins Meer kippt, erinnerte er sich plötzlich an immer mehr Momente, die er komplett verdrängt hatte. Die bisher von Trauer überlagert waren. Die Momente, in denen Katha genervt war von seinen Sorgen. Daran, wie sie manchmal den Kopf weggedreht hat, wenn er sie küssen wollte. Und natürlich an die ganze Sache mit dem Sex.

Seit sie tot war, hatten all die guten Dinge an Katha und die schönen Augenblicke mit ihr geleuchtet, hatten von ihrer Energie und ihrem Lachen und ihrer tollen Art erzählt. Als ob der Tod ihm nochmal eine rosarote Brille aufgezogen hat, und Kinga sie runtergerissen.

Er drückt den Griff des Trompetenkoffers fester und geht zu Kathas Grab. Nickt dem älteren Mann zu, der ihm mit einem Rollator entgegenkommt, sieht auf der Bank, die die letzten Sonnenstrahlen abbekommt, Alex sitzen, den Typen, der auch bei Samuel war. Er liest, seine dunklen Haare fallen ihm ins Gesicht, die Kippe im Mundwinkel glüht immer wieder auf.

Kathas Grab ist jetzt so flach wie die anderen, aber er hat es noch nicht geschafft, es irgendwie zu bepflanzen. Denkt immer nur daran, wenn er hier ist. Deshalb war es die ganze Zeit trostlos leer. Jetzt steckt ein einzelner Ast in der Erde, nah am Kreuz, grüne Blätter und kleine hellrosa Blüten, aber David hat keine Ahnung, was das für ein Baum ist. Er geht in die Knie, stützt sich auf den Koffer.

„Sie sagt die Wahrheit, oder?"

Er schaut auf Kathas Namen am Kreuz, und plötzlich glimmt neben der Trauer und dem Vermissen etwas Neues auf. Schon der zwölfjährige David konnte nicht glauben, dass eine Frau wie Katha mit ihm redete. Sie hatte etwas an sich, von Anfang an. Selbst, als sie die Sprache noch nicht konnte, schaffte sie es, auf ihre selbstbewusste und charmante Art mit Menschen in Kontakt zu treten. Über all die Jahre beobachtete David sie regelmäßig und dachte immer wieder, wenn ich sie nicht schon kennen würde, wäre das der Mensch, den ich gerne kennenlernen wollte. Was eine Mischung aus Stolz und Unglauben hervorrief. Dieses Gefühl, nicht genug zu sein, ist trotz all der Jahre und dem Zusammenziehen und der Hochzeit nie ganz verschwunden. Und mit jedem Streit, mit jedem spöttischen Blick und missglückten Versuch im Bett wurde er darin bestärkt. Jetzt ist er sich sicher, dass er schon damals recht hatte.

„Ich wünschte, du hättest es angesprochen. Jetzt muss ich das mit mir ausmachen."

Das ist vielleicht das Schlimmste daran. Das Gefühl für Katha verloren zu haben. Was sie gedacht hat, wen sie gemocht hätte und wie sie sich verhalten hätte.

David seufzt und tippt mit den Fingerspitzen auf den Koffer.

„Hättest du dich gefreut, dass ich wieder Musik mache?"

Er stockt und sieht in den Himmel, was in den Augen schmerzt, weil es so hell ist. Er erwartet nicht wirklich ein Zeichen.

„David!"

Franz steht in den Türen der Aussegnungshalle. Heute ist seine Fliege so blau wie der Himmel, die Hosenträger spannen um seinen Oberkörper, und die Art, wie er dasteht, lässt ihn zufrieden wirken. David fragt sich, wie lange er noch neidisch sein wird auf alle, die es scheinbar leichter haben. Franz bedeutet ihm, herzukommen. David steht auf, wirft einen letzten Blick auf das Grab.

„Ist das dein Zeichen? Ein riesiger Kerl, der sich freut, mich zu sehen?"

Falls Katha ihm wirklich gerade von irgendwoher zusieht, dann findet sie das wahnsinnig lustig. Das war ihr Humor. Da ist er sich sicher. Darüber muss er lächeln, aber gleichzeitig spürt er die Gänsehaut und dieses schale Gefühl, seine Frau doch nicht so gut gekannt zu haben.

Franz steht mit ausgebreiteten Armen da, bis David bei ihm ist, und zögert dann kurz.

„Ist es in Ordnung, wenn ich dich umarme?"

„Ich wurde heute noch nicht umarmt."

Franz macht den Schritt auf ihn zu, legt seine Arme um David und drückt ihn an sich. Im ersten Moment spürt David einen inneren Widerstand, denn eigentlich kennt er den Mann ja gar nicht. Aber dann lässt er los. Versinkt in der Brust, wird vollkommen von der Wärme des Körpers umfasst und kann sich nicht erinnern, wann er das letzte Mal jemanden umarmt hat, der so viel größer ist als er. Ob er das jemals getan hat. Eigentlich auch nicht ganz korrekt. David umarmt nicht, er wird umarmt. Gehalten von großen Pranken und dem Kerl, der dazugehört.

Als Franz ihn loslassen will, verharrt David noch in der Position, und Franz legt seine Arme wieder um ihn. Der Bart an seinen Schläfen, an seinen Fingern die Hosenträger und das Leinenhemd, die weiche Haut darunter ist wirklich warm. Franz atmet langsamer als er, und nach ein paar Atemzügen spürt er endlich die Ruhe, die er vorher gesucht hat. Dann irgendwann löst er seinen Kopf von Franz' Brust und macht einen Schritt nach hinten. Franz sieht ihn an, wache Augen, sanfter Blick.

„Geht's?"

„War viel heute."

Franz nickt, und David versteht, dass er solche Tage selbst schon erlebt hat.

„Das wird es leider immer wieder sein. Aber es kommt halt auch immer mehr anderes dazu. Im besten Fall wächst das Leben drumherum."

Er legt David die Hand auf die Schulter und führt ihn in die Halle. Auf dem Podest neben der Orgel baut die junge Frau aus dem Duo gerade das Schlagzeug auf. David hat ihren Namen vergessen.

„Norah! Say hi to David."*

Sie sieht auf und streckt ihm die Hand hin, wartet, bis David bei ihr ist und einschlägt. Marie und der Typ aus der Band kommen aus der kleinen Tür rechts, schleppen jeweils einen Stuhl und stellen sie so in den Raum, dass Orgel, Schlagzeug und die Stühle einen Kreis bilden.

„Kein Publikum?"

Marie schmunzelt.

„Ist ein geheimer Gig. Nur für uns. Aber schön, dass du groß denkst. Brauchst du auch einen Stuhl?"

David dreht sich einmal im Kreis, sein Blick bleibt an der ersten Bankreihe hängen, wo er vor ein paar Wochen

* Norah, David ist da.

gesessen ist, als sein Kopf vollkommen damit beschäftigt war, die Wahrheit nicht an sich ranzulassen. Abdrücke seiner Fingernägel im Holz. Sein rechter Daumen fährt über die Innenseite der linken Hand, betastet die Narbe.

„Ne, danke. Ich werde viel stehen. Und sind ja genügend Sitzmöglichkeiten da."

„Gut. Dann wärm dich mal auf."

Sie klatscht ihn ab, und ein kleiner Teil in David ist enttäuscht, dass sie ihn nicht genauso umarmt wie ihr Bruder. Im Gehen dreht sie sich nochmal um.

„Schön, dass du da bist. Ich freu mich."

Nicht ganz eine Umarmung, aber David muss schmunzeln. Er stellt den Koffer ab, klappt ihn auf und fällt in seine alte Routine.

Zuerst den kleinen Ständer aufbauen, dann die Trompete herausnehmen und die Ventile drücken, alle drei müssen sauber laufen. Während er das Mundstück aus der kleinen Aussparung nimmt und von hinten durchschaut, um zu prüfen, ob es dreckig ist, lässt er die Lippen flattern und spannt sie an, macht einen ersten Ton, noch ohne Instrument. Dann steckt er das Mundstück auf und bläst Luft durch, damit die Trompete sich aufwärmt. Norah rutscht auf den Hocker hinter den Becken, Franz bückt sich zum Stromschalter. David hört das warme Summen der Orgel. Der Typ aus der Band balanciert sein Handy auf dem Schenkel und stimmt den Bass, und David fällt wieder ein, dass er Nick heißt. Nick und Norah. Die Namen erinnern ihn an etwas, das er nicht greifen kann. Marie zupft ein paar Töne, Norah spielt einen Takt, dann steht Nick nochmal auf, geht zurück in den Raum und kommt mit einem schmalen, grauen Gerät zurück, das er auf einen kleinen Tisch neben sich stellt und ansteckt. Das Display leuchtet auf.

Später in der Nacht, nach dem Konzert, aber bevor er mit Norah auf dem Dach liegt, taucht er siebenundzwanzig Minuten in Nicks Welt ein, lässt sich den OP-1 erklären und von seiner Begeisterung anstecken. Er wird sich nicht weiter mit Synthesizern beschäftigen und auch den Namen dieses Geräts bald wieder vergessen, aber für diese gute halbe Stunde kann er Nicks Faszination verstehen, fragt nach und probiert selbst ein bisschen. Weil Musik ist Musik ist Musik, muss nicht sein Instrument sein, das Gefühl der Freude ist das gleiche.

Franz übernimmt die Melodiefolge, die Marie vorgibt, legt Harmonien drauf und nickt David zu. Er presst die Lippen aufeinander, spielt seinen ersten Ton. Und dann fließt alles zusammen.

Teile des Abends verbringen sie in Improvisationen, Synthie-Sound-Sphären, die sie mit den anderen Instrumenten füllen. Immer wieder entwickelt sich ein Song daraus, immer wieder spielt jemand eine Hook, die sie alle erkennen und dann einsteigen. David geht durch die Halle, sitzt in verschiedenen Reihen und probiert aus, wie der Klang sich verändert.

Als er bei ‚That Don't Impress Me Much' mitsingt, winkt Marie ihn zu sich, schiebt ihm das Mikro zu, aber das traut er sich nicht. Nach dem letzten Refrain driften sie wieder in eine Improvisation, bis irgendwann der nächste Song da ist. Nick und Norah spielen auch ein paar ihrer Lieder, und für David ist es, als ob jemand ein Mosaik aus Musik macht und er sieht, wo die Trompete hingehört. Also spielt er, was bisher frei geblieben ist, füllt die Leerstellen aus. Anfangs schüchtern und vorsichtig, aber er sieht die Blicke zwischen Nick und Norah, sieht ihre Überraschung und die Freude, wenn seine Töne einen Song erweitern. Irgendwann werden die Beats von Norah schneller, Marie und Nick wippen mit dem Oberkörper, und David tänzelt durch die Halle. Manchmal freut er sich so sehr, dass er nicht spielen kann. Was in Ordnung ist, seine Lippen brauchen die Pausen. Und sowieso spürt er all die Jahre, die er nicht gespielt hat. Er muss noch viel üben, um wirklich wieder gut zu sein. Aber für das hier scheint es erstmal zu reichen.

Der Takt wird wieder langsamer, David spielt neben Marie direkt ins Mikrofon, auf das Nick einen Hall gelegt hat, die Töne fließen aus der Trompete, und er weiß oft nicht, was er spielen wird, bis er es tut. Manchmal geht jemand aufs Klo oder holt sich was zu trinken, aber irgendwer spielt immer. Bis nach vielleicht drei Stunden als letzter Ton das warme Brummen der Orgel zu hören ist und dann Stille, als Franz auf den Schalter drückt. Ein paar Momente schwingt alles noch nach, dann bricht Norah in Lachen aus, und die anderen steigen ein.

David steht neben Franz und lässt sich wieder von ihm drücken, aber er braucht noch einen Moment für sich. Seine ganze Haut kribbelt, seine Lippen pochen vor Anstrengung, seine Finger sind warm. Er setzt sich auf den Hocker vor der Orgel und beobachtet die anderen, wie sie sich umarmen und aufeinander einreden. Ein Teil von ihm lehnt sich innerlich zufrieden zurück. Nick hält ihm die Faust hin, David schlägt seine dagegen.

„Nicely done, dude. I love the trumpet. I wish you could join us on the tour."*

Norah kommt dazu, packt David an den Schultern und schüttelt ihn.

„Man, that was awesome! I love what you're doing to our music!"**

* Richtig schön, Alter. Ich liebe die Trompete. Du solltest mit uns auf Tour gehen.

** Das war großartig! Und wie gut das zu unseren Songs passt!

Nick zeigt auf seine Schwester, nickt heftig mit dem Kopf.

„I just invited him to join us on the tour."*

Norah beugt sich von hinten über Davids Schulter, sieht ihn erwartungsvoll an. Sie ist ihm wirklich nah, er sieht den Schweiß auf ihrer Stirn, spürt ihre pulsierende Wärme, hat die Reste eines Deos in der Nase, und seine Hormone können nicht damit umgehen. Sein Körper reagiert. Er verzieht das Gesicht, seine Wangen werden warm, und er rutscht ein wenig auf dem Hocker herum, damit die Hose sich anders hinlegt.

„Sorry, I love playing with you, but I can't go away. I have to stay here."**

Er denkt Arbeit und Katha und sowieso, will sich erklären, auch, wie leid es ihm tut, aber Norah drückt seine Schulter, schüttelt sanft den Kopf.

„All good. But promise me that you will play with us again. At least one more time."***

Franz und Marie sind dazugekommen, haben nur die Hälfte des Gespräches mitbekommen, aber nicken fast automatisch, klar, kommt vorbei, wann immer ihr wollt. Norah gibt allen die Hand, als ob sie gerade den Business Deal des Jahres abgeschlossen haben.

„And then let's try and find a place where we can play in front of some people."****

Das Kribbeln auf Davids Haut ist gerade ein bisschen abgeflaut, aber die Vorstellung, vor Menschen zu spielen, sie zum Tanzen zu bringen, mit ein Grund zu sein, wes-

* Ich hab ihn gerade eingeladen, mit uns auf Tour zu gehen.

** Ich liebe es, mit euch Musik zu machen, aber ich kann leider nicht weg. Ich muss hierbleiben, tut mir leid.

*** Alles gut. Aber versprich mir, dass wir wenigstens noch einmal miteinander Musik machen.

**** Und dann gucken wir mal, ob wir irgendwo spielen könnten, wo auch Publikum sein darf.

halb sie eine gute Zeit haben, vielleicht eine Nacht erleben, an die sie sich erinnern werden. Er spürt die Gänsehaut auf seinen Armen.

Marie hebt den Finger.

„There's this café, der Türrahmen. I know the guys who run it. I could ask them if we could play there."*

Franz legt sich eine Hand auf die Brust.

„Thank you for this experience. I really loved it."**

Alle stimmen ihm zu, Nick drückt ein paar Knöpfe auf dem Synthie, und es läuft sanfte Hintergrundmusik, Marie und Norah diskutieren über irgendwas ganz begeistert, und David sitzt immer noch auf dem Hocker vor der Orgel, schaut sich in der Aussegnungshalle um. Sieht sich auf der Kante des Podestes sitzen, als er mit Marie zum ersten Mal hier Musik gemacht hat. Sieht sich Trompete spielen, erst vor ein paar Minuten. Sieht sich aus der Halle laufen, direkt hinter dem Sarg. All die Bilder, die Trauer und die Freude und der Unglauben, Geräusche und Melodien legen sich übereinander, und er sitzt noch eine Weile da, bis er sich die Tränen aus seinen Augen geblinzelt hat. Dann steht er auf und geht zu Nick, lässt sich den OP-1 erklären und anstecken von der Begeisterung.

Irgendwann packt Marie sie beide am Arm und zieht sie hinter sich her, gemeinsam mit Franz und Norah gehen sie durch den Seitenraum zu einer Treppe, die aufs Dach führt. Kurz darauf liegen sie nebeneinander, Musik dringt gedämpft durch die Öffnung, die Straßenlaternen sind weit genug weg, und über ihnen leuchtet der Himmel. Franz hat Höhenangst und ist ziemlich schnell wieder unten, auf dem Platz vor der Halle tanzt er mit Nick etwas, das entfernt nach Tango aussieht und überhaupt nicht zur

* Es gibt dieses Café, der Türrahmen. Ich kenne die Leute, denen das gehört, und könnte die fragen.

** Danke für diese Erfahrung. Ich hab's geliebt.

Musik passt. David sitzt zwischen Marie und Norah, und sie reden und gucken und schweigen, und alle müssen immer wieder lachen. Dann ist auch Marie weg.

David spürt eine Hand an seiner, Norahs Finger sind warm und rau, Schwielen an den Knöcheln. Ihr Gesicht glänzt, die dunklen Locken fallen ihr bis über die Schultern, es ist noch ein Rest Röte auf ihren Wangen. Norahs Blick flackert, als sie seine Lippen betrachtet, bevor sie ihm in die Augen sieht und David nicht weiß, wann ihn das letzte Mal jemand so angesehen hat.

Sie lehnt ihren Kopf nach vorne, die geöffneten Lippen nah an seinem Ohr, und die Welt dreht sich langsamer, die Geräusche verstummen, alles bleibt stehen. David hatte nicht viele dieser Momente bisher, vielleicht das erste Treffen mit Kinga und der Tag, an dem er Katha zum ersten Mal gesehen hat. Aber ihm ist vollkommen klar, dass er entscheiden kann, wie diese Nacht weitergeht. Er müsste nur den Kopf ein wenig drehen, Norah ein wenig näherkommen, die Wärme ihres Atems nicht mehr auf der Wange, sondern an seinen Lippen. Würde er jetzt fragen, ob er sie küssen darf, würde sie sanft nicken.

Sein Kopf verharrt, er kann spüren, wie der Moment gleich vorbei sein wird, die Geräusche wieder einsetzen und die Welt in eine andere Richtung kippen. Norah lächelt sanft, ein leichtes Bedauern liegt in ihren Augen. Und dann fragt er doch.

„Is it okay if I kiss you?“*

Statt einer Antwort rutscht sie zu ihm und legt ihre Lippen auf seine. Er hat sie noch nie rauchen sehen, aber sie schmeckt herb, leicht nach Tabak, und sie küsst ihn fest. Ihre Zunge fährt an seinen Lippen entlang, und als David seine Hand an ihren Nacken legt, spürt er ihr Lächeln.

* Darf ich dich küssen?

Immer wieder fragt er, ob er darf, und immer wieder nickt sie. Seine Hände liegen unter ihrem Pullover, fahren den Rand ihres BHs entlang. Ihre Finger streifen über seinen Oberkörper und die Schenkel, tasten dann nach seinem Penis, der sich hart gegen die Hose drückt. Sie beide atmen tiefer, bis sie ihre Lippen löst und ihn ansieht, ihr Blick glasig, und jetzt fragt sie, ob das in Ordnung ist. David weiß nicht genau, was sie meint, aber er nickt, ja zu allem.

Sie greift nach seiner Hand und zieht ihn zur Treppe, führt ihn hinten aus der Halle, lässt ihn nicht los, bis sie vor einem Transporter stehen. Die Schlösser klacken, die Blinker leuchten einmal auf, dann liegt David auf der Matratze, und Norah kramt im Haufen an Klamotten daneben, bis sie ein Kondom gefunden hat und es obenauf legt. David sieht ihr zu, wie sie sich den Pullover über den Kopf zieht, das Shirt rutscht nach oben, im gelben Schein der Straßenlaterne glänzt ihre Haut dunkel.

David greift nach seinem eigenen Shirt, aber der Teil, der gerade seine Frau verloren hat, stockt. Kann sich nicht bewegen. Weiß nicht, ob er das will. Ob er es wollen darf. Aber dann ist da wieder diese Mischung aus Wut und Trotz und Erregung. Er lässt sein Shirt los und greift nach ihrem, lass mich machen. Und sie grinst, hebt die Arme, lässt ihn das Shirt nach oben schieben. Als der Stoff halb über dem Gesicht ist, ihre Augen verdeckt, den Mund aber schon nicht mehr, küsst er sie wieder. Und sie küsst ihn zurück, ihre Lippen fordern mehr.

Er schiebt sie sanft auf die Matratze, sie lässt sich fallen, und als sie wieder sehen kann, grinst sie ihn an, hi, und küsst ihn nochmal. Seine Finger liegen an ihren Wangen, zeichnen die Kontur ihrer Augenbrauen, ihrer Nase, ihrer Lippen nach, tasten, als müsse er sichergehen, dass das gerade wirklich passiert. Weil es so lange nicht passiert ist. Weil er wochenlang vor diesem schwarzen, scharfkantig gezackten Monolith stand und keine Ahnung hatte, wie es jemals weitergehen sollte. Und weil Kinga heute auch die Welt, wie sie war, eingerissen hat, sodass er nicht mal in dem Universum, in dem Katha überlebt hätte, eine Zukunft sieht. Aber jetzt liegt da dieser Mensch unter ihm, sieht ihn an und will ihn offensichtlich genau hier haben.

Trauer und Wut und Dankbarkeit ziehen sich an der Wirbelsäule entlang, drücken ihm Tränen in die Augen. Er kann nichts dagegen tun, erschaudert einmal, und ihr Blick klart auf, wird besorgt. Er würde es gern erklären, den Monolith und ihr Geschenk, einen Weg zu sehen, ein Leben dahinter. Aber er kann nicht. Weil er keine Worte dafür hat. In egal welcher Sprache. Also schüttelt er nur den Kopf und küsst sie nochmal, und sie packt seinen Kopf, ihre Hüfte schiebt sich seiner entgegen.

David küsst die Kuhle ihres Halses, schmeckt den salzigen Schweiß ihres Konzertes, hebt kurz den Kopf, damit er den BH zwischen ihr und sich nach oben schieben kann, dann küsst er sich nach unten.

Er hat kaum Erfahrung, nur eine Ahnung aus Filmen und Pornos und dem Kopfkino, das ihn seit Jahrzehnten begleitet, und für einen Moment will er diese Unsicherheit überspielen und einfach machen. Aber vielleicht ist das der Vorteil daran, nicht mehr Anfang zwanzig zu sein.

Sie merkt, dass er nicht weitermacht, und öffnet die Augen.

„I'm not used to this. So please guide me. Tell me what is good and what not."*

Sie zieht eine Augenbraue hoch, schmunzelt, dann drückt sie seine Lippen wieder auf ihre Brüste. Und dann tiefer.

* Ich hab kaum Erfahrung hier. Also, bitte hilf mir. Sag mir, was dir gefällt und was nicht.

Ihr herannahender Orgasmus zieht sich wie eine Welle durch ihren Körper, ihr Kopf ist nach hinten geworfen, sie drückt seine Hand stärker auf ihre Brust, und die Finger an seinem Kopf zerren an den Haaren. Dann spannen sich ihre Schenkel an seinen Wangen, aber er lässt seine Zunge weiter kreisen, solange sie diese Welle reitet. Dann stöhnt sie auf, entspannt sich und lässt seinen Kopf los.

Sie zuckt zusammen, jedes Mal, wenn er sie sanft leckt.

Eine Weile spielen ihre Finger mit seinen Haaren, während er auf ihrem Schenkel liegt, dann greift sie nach seiner Schulter und holt ihn zu sich nach oben, zieht ihm Shirt und Hose und Shorts aus und wirft ihn mit einer Drehung auf das Bett. Sie küsst ihn, wie er sie geküsst hat, ihre Büste streifen seinen Penis, sie umfasst ihn, und dann spürt er ihren warmen Mund. Er schaudert, was sie zum Lachen bringt. Offensichtlich macht es ihr genauso viel Spaß, ihn zu erregen, wie andersherum.

Er hat nicht mitbekommen, wann sie die Packung geöffnet hat, aber er spürt das dünne Latex und ihre Finger, die das Kondom abrollen. Er versteift sich kurz, wird unsicher, sie sieht ihn fragend an.

„Are you sure?"*

Wieder die Augenbraue, wieder das Schmunzeln. Norah setzt sich auf ihn, lässt ihn in sich gleiten. David schließt die Augen, kann sich nicht bewegen, zu viele Erinnerungen, zu viel Scham, zu viel Schmerz. Aber dann überrollt ihn die Erregung, und er sieht Norah zu, die das Tempo bestimmt, bis seine Hüften sich ihren automatisch entgegenschieben. Norah legt sich ihre Hand zwischen die Beine, und sie werden gemeinsam schneller, die Konstruktion unter ihnen knarzt, und David kann den Gedanken nicht verdrängen, was, wenn die anderen sie hören? Aber

* Bist du sicher?

dann kommt Norah zum zweiten Mal, David hat seine Hände an ihren Hüften, spürt ihre Bewegungen und ihren Orgasmus, und sein Kopf ist so lange ohne Sorgen, dass auch er kommt.

Sie löst sich von ihm, er rutscht aus ihr heraus. Sie wickelt das Kondom in ein Taschentuch, dann zieht sie die Decke über sie beide und kuschelt sich an ihn.

Wahrscheinlich sind es die Umstände, aber schon in diesem Moment und jedes Mal, wenn er sich zu der Erinnerung an diese Nacht einen runterholt, fragt David sich, ob er jemals so einen intensiven Orgasmus gehabt hat.

Aber als das erste Hochgefühl verflogen ist, sieht er Katha vor sich, und sein Inneres schmerzt, als ob er sie betrogen hätte.

30

Sie waren noch ewig im Bett gelegen und hatten lange gefrühstückt, aber irgendwann zog Katha ihr Smartphone aus der Tasche, sah auf das Display, die Uhrzeit, die Nachrichten, die sich darunter sammelten.

„Ich muss los."

Kinga nickte, obwohl das Kind in ihr sich an Katha klammern wollte und sie nie wieder gehen lassen. Sie folgte Katha in den Flur, verschränkte die Arme, damit sie bei ihr blieben, und sah zu, wie Katha sich den Mantel anzog. Sie warf einen Blick ins Wohnzimmer, auf die Reste des Abends. Leere Flaschen, der Pizzakarton und Fetzen ihrer Gespräche. Zumindest in Kingas Kopf.

„Ist das okay, wenn ich die Flaschen dalasse?"

Kinga würde sie noch ein paar Tage stehen lassen und immer leise lächeln, wenn sie daran vorbeiging. Katha zog den Reißverschluss zu und drehte sich in der Wohnungstür um.

„Das war schön."

„Stimmt."

„Lass uns daran arbeiten, dass das bald wieder passiert. Gemeinsam."

Kinga wollte das auch. Sie sah Katha und sich, die erwachsenen Versionen, die Nächte wie die letzte verbrachten, die im Auto saßen und redeten. Die Urlaube machten und auch einfach nur im Wohnzimmer auf der Couch saßen. Gemeinsam. Eine Utopie, die sie sich wünschte, aber an die sie nicht glaubte. Weil der alte Zweifel immer noch da war und es wieder Nachrichten geben würde, die sie überforderten und lähmten. Sie spürte den Druck auf ihrer Brust, verzog das Gesicht.

„Ich will dir nichts versprechen, von dem ich nicht weiß, ob ich es halten kann."

Katha zuckte kurz zusammen.

„Ist halt doch nicht das Ende eines Films. Da hättest du gestrahlt und gesagt, ‚natürlich'. Und dann Abspann."

Kinga zuckte mit den Schultern.

„Bin ganz froh, dass da noch kein Abspann ist."

Katha ließ den Kopf sinken und sah sie plötzlich so traurig an, dass Kinga sie sofort wieder umarmen wollte. Aber irgendwas in Kathas Körperhaltung hielt sie zurück.

„Unsere Leben sind so verzahnt, dass ich fast jeden Tag irgendwann an dich denke oder von dir erzähle. Und wenn mich jemand fragt, dann ist da ganz viel Liebe. Und alles, was wir über all die Zeit gemeinsam aufgebaut haben. Aber gleichzeitig liegt da dieser Schatten aus den letzten Jahren drüber."

Katha warf einen kurzen Blick zur Korkwand, zu all den ungeteilten Erinnerungen, und Kinga würde alle Bilder von der Wand reißen, sobald Katha weg war.

„Du wirst wahrscheinlich immer meine beste Freundin bleiben, auch, wenn wir wirklich nicht mehr miteinander reden. Nur fühlt sich diese Freundschaft gerade sehr eingestaubt an. Das macht mich traurig."

Und dann stand sie da und sah Kinga mit ihrem offenen Blick an, keinerlei Härte, keine Mauer, und hinter den Falten von dreißig Jahren Leben spürte Kinga das zwölfjährige Mädchen, das damals im Kinderzimmer neben ihr auf dem Bett saß, gerade angekommen in diesem neuen Land, noch ganz ohne Worte, voller Sehnsucht nach ihren Freundinnen und der Geborgenheit einer Heimat.

Als sie sich kennengelernt hatten, war Katha stark gewesen und laut und frech. Die Katha eben, in die David sich direkt verliebt hatte. Keine drei Wochen später aber, als David mal nicht dabei war, hatte sie Kinga alles erzählt, in holperndem Deutsch und stockendem Polnisch. Von diesem tiefen Gefühl von Verlust, aber auch vom schlechten

Gewissen ihrer Mutter gegenüber, die mit einem Koffer hier angekommen war und mit der kargen Hoffnung, Katha mehr zu ermöglichen. Sie hatte das schon damals verstanden, aber nicht gefühlt. Damals hatte Kinga Katha festgehalten, sie waren nebeneinander eingeschlafen, waren immer wieder nachts aufgewacht und hatten sich noch mehr erzählt, ganz ohne Sicherheitsabstand oder Angst davor, sich verletzlich zu machen.

Jetzt spürte Kinga diese Umarmung, spürte ihr Inneres, wie es gegen die Grenzen ihres Körpers drückte, um Katha näherzukommen, aber sie konnte sich nicht bewegen. Bis Kathas Augen flatterten und Kinga spüren konnte, wie sich die Luft zwischen ihnen verdichtete.

Katha ließ die Zunge schnalzen und holte ihr Telefon aus der Tasche.

„Wann bist du wieder da? Wann hast du mal ein bisschen Zeit?"

Kinga zog ihres hervor, öffnete den Kalender.

„Das erste März-Wochenende. Da bin ich hier und frei."

Katha lachte ungläubig auf und nickte dann.

„Das ist ganz schön lange hin. Aber gut. Block dir das. Wir werden das Wochenende gemeinsam verbringen."

„Okay?"

„Ja. Der Abend hat nicht gereicht. Ich will dir noch ein paar Sachen erzählen. Will wissen, was du dazu denkst."

Kinga nickte, und der Gedanke, dass ihre Meinung wichtig war, auch außerhalb der Arbeit, fühlte sich schön an.

„Und ich will ein paar Sachen von dir hören. Max zum Beispiel."

„Okay. Reden wir nochmal, was wir da machen?"

Katha schüttelte den Kopf.

„Sei da, das reicht. Ich klär alles und hol dich ab. Wir beide. Ich fahre. Das wird großartig."

31

Marie hängt den Schlüssel ans Brett, lässt die Tür zufallen, steigt über die Schuhe, die sich im Eingangsbereich sammeln, und setzt sich auf die Stufen, um aus den Stiefeln zu kommen.

Dann taucht Franz in der Tür zur Küche auf, das Telefon in der Hand, und sieht leicht verdattert aus.

Marie hält inne.

„Was los? Was ist?"

„Die Klinik."

Franz zeigt mit dem Telefon den Flur entlang, und Marie ist klar, dass sie über Papa reden.

„Da ist ein Rehaplatz frei geworden. Die drei genehmigten Wochen."

„Okay? Das ist doch gut, oder? Er wartet schon ewig auf sowas."

„Es wäre ab Montag."

Marie starrt ihren Bruder an. Es wäre toll, wenn Papa ein bisschen rauskommt. Aber die Vorstellung, dass er nicht mehr hier ist. Dass sie nachts nicht mehr leise die Treppe hoch und runter muss. Nicht jedes Mal einen Blick durch die angelehnte Tür auf ihn werfen. Kein heiseres Lachen, keine viel zu dürren Hände um ihren Oberkörper.

Sie bemerkt, dass sie die Luft angehalten hat.

„Aber das geht nicht, ich hab da schon Aufträge in der Woche."

„Ich könnte mitfahren."

„Was ist mit den Beerdigungen, wer macht da Musik?"

„Ich klär das mit Eckstein. Der findet schon jemanden."

Marie schüttelt den Kopf, Franz geht keuchend in die Knie und setzt sich neben sie auf den Boden.

„Hey, das ist doch was Gutes. Oder?"

„Aber fühlt sich wirklich komisch an, der Gedanke, dass er nicht mehr da ist.“

Franz kratzt sich mit dem Telefon am Kopf, und Marie spürt, wie er einen ganzen Monolog nicht ausspricht, weil sie ihn beide viel zu oft gehört haben.

„Wir kommen wieder, Marie. Er kommt wieder. Und es wäre wirklich gut für ihn.“

Natürlich stimmt es, was Franz sagt. Aber für Marie fühlt es sich an wie der Probelauf der Zeit, in der ihr Vater wirklich weg sein wird. Was sie sich gar nicht vorstellen will. Auch, weil das bedeutet, dass sie gehen sollte. Was sie sich, wenn sie ehrlich ist, auch nicht vorstellen kann. Marie lässt die Haare in ihr Gesicht fallen.

„Du hast schon recht. Dann sag da zu.“

Franz stemmt sich hoch und geht den Flur entlang, an Papas Tür bleibt er stehen.

„Wollten wir nicht eh am Wochenende nochmal ein Konzert machen? Dann soll Papa da mit dabei sein.“

„Das wäre schön.“

„Fragst du Bene, ob wir im *Türrahmen* spielen können?“

„Mach ich.“

Sie antwortet geistesabwesend. Franz weiß, was sie denkt, er kommt nochmal zu ihr, geht wieder in die Hocke.

„Ich weiß, dass du Angst um ihn hast. Ich hab das auch. Und bitte hass mich nicht dafür, aber es wäre gut für dich, wenn er nicht mehr da ist.“

Marie starrt ihn an.

„Arschloch.“

„Du weißt, was ich meine.“

Klar weiß sie, was er meint.

„Trotzdem ein scheiß Satz.“

Er nimmt ihren Kopf in die Hände und küsst sie auf den Scheitel.

„Ich liebe dich, Kleine. Und ich wünsche mir, dass du flügge wirst.“

Sie zeigt ihm den Mittelfinger, er streckt ihr die Zunge raus und klopft einmal bei Papa, bevor er die Tür hinter sich schließt.

Maries Magen bleibt flau.

32

In der Nacht ist David um Viertel vor vier nach Hause gekommen, hat die Tür sanft zurück ins Schloss gedrückt und ist durch den Flur geschlichen, wie ein Jugendlicher, der die Eltern nicht wecken will. Aber Kinga war sowieso wach.

Jetzt liegt er noch im Bett, als sie sich anzieht und wieder in den Rollstuhl steigt. Sie rollt bis zur Haustür, hüpft auf dem gesunden Bein die halbe Stufe runter und zerrt den Rollstuhl hinterher. Ihre Augen schauen zwischen der tief sitzenden Mütze und der nach oben gezogenen Jacke hervor, aber während sie fast fünf Wochen auf der Couch lag, hat die Welt sich weitergedreht, und es ist gar nicht mehr so kalt. Sie schiebt sich die Straße entlang und kämpft sich über Bürgersteige, an Schlaglöchern und Baustellen vorbei, die schon viel zu lange die Wege versperren, bis sie in der Fußgängerzone stehenbleibt, kurz hinter dem letzten Schatten der Bäume, das Gesicht in die Sonne dreht, die Jacke aufmacht und die Mütze abzieht. Sie fährt sich durch die Haare, die am Kopf kleben und sich anfühlen, als wäre die letzte Dusche so lange her, dass sie sich nicht erinnern kann.

Kinga schließt die Augen, atmet ein und aus. Atmet ein, atmet aus. Einatmen. Ausatmen.

„Entschuldigung, ist alles in Ordnung?“

Als sie die Augen wieder aufschlägt, sieht Kinga die alte Dame, die neben ihr steht, selbst über einen Rollator gebeugt. Sie trägt einen dunkelbraunen Mantel, ihre Hände stecken in Lederhandschuhen, und unter der blauen Mütze quellen ihre weißen Haare hervor. Auch sie ist zu warm angezogen für das Wetter. Kinga mustert den Lippenstift und das Rouge, die nachgezeichneten Augenbrauen, die goldenen Ohrringe und die übergroße Brille, asymmetrische Brillengläser in einem violetten Rahmen. Sie legt eine Hand auf Kingas und zittert dabei, Kinga kann nicht sagen, ob vor Anstrengung oder einer inneren Kälte.

„Ich wollte nur die Sonne genießen. Mir geht's gut."

Die Frau greift wieder nach ihrem Rollator und dreht ihn so, dass sie sich neben Kinga setzen kann. Sie seufzt erleichtert und drückt ihren Rücken durch, zieht den Kragen ihres Mantels gerade, rückt die Mütze zurecht.

„Ist es in Ordnung, wenn ich mich kurz zu Ihnen setze?"

„Jetzt nein zu sagen, wäre ziemlich frech, oder?"

Die Augen der Frau werden groß, dann hält sie sich die Hand vor den Mund, aber ihr Lachen strahlt aus jeder Falte, und Kinga muss grinsen.

Für einen Moment sitzen sie in der Sonne, ein Lieferwagen poltert über den Platz, der Brunnen plätschert vor sich hin. Zwei Väter schieben ihre Kinderwagen nebeneinanderher, ein Mädchen fährt mit ihrem Tretroller Kreise um sie herum. Vor der leeren Bank unter den Bäumen picken zwei Krähen Reste auf. Das tiefe Wummern einer Baustelle ein paar Straßen weiter weht immer wieder zu ihnen.

„Ist der Rollstuhl dauerhaft?"

„Nur, bis das Bein wieder in Ordnung ist."

„Das freut mich für Sie. Der Günther, mein Mann, er war Arzt. Er hat immer gesagt, ‚Pegah, Schatz, versuche, so lange wie möglich selbst zu laufen. Nichts hält dich länger am Leben.'"

Sie setzt sich noch ein bisschen aufrechter hin und zeigt an sich herab.

Kinga nickt anerkennend.

„Da hat er wohl recht gehabt."

Die alte Dame zieht die Augenbrauen hoch, noch höher, als sie sowieso gezeichnet sind.

„Ja, er war ein kluger Mann, mein Günther. Hat oft recht gehabt."

„Ist er gestorben?"

Die alte Dame starrt in die Ferne.

„Schon vor fast fünfundzwanzig Jahren. Er war sehr klug, aber leider auch feige. Günther wusste schon lange, dass er Krebs hat. Aber er hat jede Untersuchung so lange herausgezögert, bis es zu spät war. Er wollte sich einfach nicht helfen lassen." Sie verschränkt ihre Finger. „Wie können wir gleichzeitig so klug und empathisch und vorausschauend sein und dann eben wieder nicht?"

Jetzt legt Kinga ihre Hand auf die der alten Dame. Fühlt sich komisch an, weil sie das sonst nie macht, aber jetzt ist es das Einzige, das ihr neben den Worten einfällt.

„Das tut mir sehr leid. Ich hab vor ein paar Wochen meine beste Freundin verloren."

Die alte Dame zieht eine Hand unter Kingas hervor und tätschelt sie.

„Mein Beileid."

In Kingas Kopf kreischt und explodiert es, und sie spürt, wie sie sich verkrampft.

„Autounfall. Es ging einigermaßen schnell. Vielleicht ist so ein Tod der einfachere."

Die Dame wirft ihr einen Seitenblick zu und schmunzelt auf die Art, die überhaupt nicht lustig ist, aber die Ironie der Welt und des Lebens zur Kenntnis nimmt.

„Ach, bei uns ging es auch schnell. Günther hat sich das Leben genommen, als die Diagnose da war. Am selben Abend noch. Unsere Tochter war zu Besuch, wollte für ihren Vater da sein. Er sagte ihr gute Nacht und verabschiedete sich bei mir, sagte, er müsse noch etwas aus der Praxis holen. Und kam dann nie wieder nach Hause. Seine Assistentin hat ihn am nächsten Morgen gefunden. Er hat sich mit einem Zettel dafür bei ihr entschuldigt.

Auch bei mir und bei Eleni, aber sie hat den Brief nie gelesen. Sie ist bis heute wütend auf ihn. War noch nie an seinem Grab."

„Und Sie? Sind Sie wütend?"

Die alte Dame runzelt die Stirn, ihre Augen wandern nach links oben, dorthin, wo Erinnerungen und Gefühle liegen, dann schüttelt sie den Kopf.

„Eine Zeitlang, selbstverständlich. Ich fühlte mich im Stich gelassen. Aber ich konnte sie auch verstehen, diese Angst vor einem schweren Leben. Vor der Krankheit. Natürlich hat er mir trotzdem gefehlt. Er fehlt mir bis heute. Aber bitte nicht falsch verstehen, ich meine das nicht auf die egoistische Art. Die war anfangs da. Wo ich ihn gebraucht hätte. Das ist schon lange vorbei. Jetzt denke ich einfach oft an ihn und glaube, es hätte ihn gefreut, hier zu sein. Mit mir in der Sonne zu sitzen. Sie zu treffen. Wahrscheinlich bleibt das der schönste Moment meines Tages."

Die Dame sieht Kinga lächelnd an und tätschelt wieder ihre Hand, bevor Kinga was sagen kann.

„Passen Sie auf sich auf, meine Liebe. Ich hoffe, Sie brauchen das Ding bald nicht mehr."

Sie drückt sich nach oben, keucht, als sie endlich steht. Sie nickt Kinga nochmal zu, dann schiebt sie sich weiter, und erst jetzt sieht Kinga die Jogginghose unter dem Mantel und die weißen Crocs, die über den Boden schlurfen. In dieser Richtung liegt der Friedhof, und kurz denkt sie, vielleicht ist heute der Tag, an dem sie es endlich an Kathas Grab schafft. Die alte Dame bedankt sich bei dem kleinen Jungen, der ihr die Tür aufhält, und betritt das Café an der Ecke, Kinga verliert sie aus den Augen. Aber allein die Vorstellung, vor diesem Grab zu stehen, Kathas Namen zu lesen, diese allerletzte Bestätigung, das nimmt ihr alle Energie. Sie seufzt und dreht den Rollstuhl.

Kinga braucht ewig durch die Stadt, ihre Arme schmerzen. Erst jetzt, wo sie die Strecken, die sie seit Jahren einfach geht, plötzlich mit einem Rollstuhl fahren muss, fällt ihr auf, wie viel weiter die Wege sind, wenn du nicht die Treppe nehmen kannst, sondern den Umweg über den Aufzug oder die langgezogene Brücke nehmen musst.

Sie wartet, bis der Busfahrer zu ihr nach hinten gekommen ist und die Rampe aufgeklappt hat, und währenddessen spürt sie die genervte Stimmung all der Leute um sie herum, weil der Bus sowieso schon wieder Verspätung hat. Sie schwört sich, auf dem Rückweg nicht den Bus zu nehmen, und weiß, dass das ein Luxus ist, den viele andere sich nicht leisten können.

Als sie vor ihrem Haus steht, hat sie Tränen in den Augen. Eine Mischung aus Wiedersehensfreude, Erleichterung und Angst, weil sie es noch ins Dachgeschoss schaffen muss. Sie rollt links neben die Haustür, kramt nach ihrem Schlüssel und greift nach dem Handlauf, der schon immer da gewesen sein muss, aber der ihr erst jetzt so richtig auffällt.

Sanft mit dem linken Fuß auftreten, mit dem rechten Fuß eine Stufe nach oben, dann das linke Bein hinterherziehen. Stufe, Atemzug, Zähne zusammenbeißen. Das macht sie dreimal, dann steht sie vor der Haustür. Erst jetzt beginnen die Stockwerke.

Sobald die Tür hinter ihr zugefallen ist und sie die erste halbe Treppe bis zum Erdgeschoss geschafft hat, ist ihr egal, ob sie jemand sieht und was die Leute von ihr denken. Sie schält sich aus der Jacke, dreht sich um, setzt sich auf die Treppe und arbeitet sich mit dem gesunden Fuß und ihren Händen nach oben.

Natürlich sitzt Kathas Geist auf den Stufen. Dort bleibt Kinga einen Moment länger, bevor sie an ihrer Tür versucht, den Schlüssel ins Schloss zu bekommen, ohne aufstehen zu müssen.

Sie robbt über die Schwelle, schiebt die Tür mit dem gesunden Fuß zu und lässt sich nach hinten fallen. Sie ist zuhause. In ihrer eigenen Wohnung, zum ersten Mal seit Monaten. Wo niemand nach ihr sieht, wo sie nicht alles an Katha erinnert, wo sie weinen kann, so laut sie will, weil sie die Nachbarn eh nicht kennt.

Irgendwann schafft sie es, sich aufzusetzen, dann rutscht sie durch die Zimmer. Die Oberflächen sind leicht eingestaubt, im Wäschekorb ist noch Schmutzwäsche, die Spülmaschine mit dem dreckigen Geschirr darin riecht, und fast alle Pflanzen sind tot. Auch der Ginkgo, den David und Katha ihr geschenkt haben, damals, als sie zum ersten Mal in eine eigene Wohnung gezogen ist.

Kinga lehnt an der Heizung im Wohnzimmer und hält den Topf mit dem Stängel in den Händen. Die Erde ist komplett trocken, der Topf viel zu leicht. Wenn selbst die Pflanze nicht überlebt, wie soll sie das dann schaffen? Kinga ist vollkommen erschöpft und verschwitzt, ihre Hände und Arme schmerzen, das Bein unter dem Gips pocht, und das hier ist noch nicht mal richtiges Chaos, aber jetzt gerade kann sie sich nicht vorstellen, jemals wieder die Energie zu haben, wenigstens hier Ordnung zu machen. Wie soll sie erst wieder laufen lernen, zu arbeiten anfangen, neue Menschen kennenlernen? Ihr Kopf sackt nach hinten, und sie kann die Tränen nicht zurückhalten.

Irgendwann ist da nichts mehr, was rauskann, Kinga fühlt sich leer, aber irgendwie auch nicht besser. Nur so extrem ausgelaugt, dass sie am liebsten einfach hier einschlafen würde. Sie kriecht ins Schlafzimmer und kämpft sich aufs Bett, ungeduscht und mit Straßenklamotten, und wer weiß schon, wie viel Uhr es ist, und sowieso egal. Wenigstens einmal hier schlafen, bevor sie sich morgen wieder auf den Weg zu David macht. Trotz all der Widerstände und der Schuld, trotz all den Dingen, denen sie gern aus dem Weg gehen würde, ist ihr leider klar, dass sie hier nicht bleiben kann.

33

Mittlerweile sitzt David gern bei Katha. Er hat sich an die Ruhe gewöhnt, und die Vorstellung, irgendwann wieder in die Agentur zu müssen, zurück in einen Alltag, der früher sein Leben war, ist gerade ganz fremd.

Er muss gar nicht immer mit Katha reden, er kann einfach da sein. Die Decke neben ihrem Grab ausgebreitet, den Kopf in den Himmel gedreht, die Augen geschlossen, bis ihm plötzlich jemand in der Sonne steht.

„He, Sie da! Was machen Sie da? Sollten Sie nicht Ihr Leben genießen?"

David macht die Augen auf und blinzelt gegen das Licht, schlägt nach Marie, aber sie weicht grinsend zurück.

„Ist das hier nicht genug Leben genießen?"

Sie setzt sich neben ihn auf die Decke.

„Na ja, außerhalb dieser Mauern ist viel mehr Leben. Deine Frau hätte nicht gewollt, dass du hier rumsitzt. Stimmt's, Katharina?"

„Niemand sagt Katharina."

„Hätte sie gewollt, dass du hier sitzt?"

„Hab ich immer gemacht, was sie wollte? Und wirst du nicht irgendwann müde, diesen Witz zu machen? Nervt bisschen."

„Ist kein Witz. Niemand sollte zu lange auf einem Friedhof bleiben."

David runzelt die Stirn und hebt einen Finger, aber bevor er etwas sagen kann, greift Marie nach dem Buch neben ihm, ‚Empusion' von Olga Tokarczuk.

„Nie gehört von. Wie ist es?"

„Hab noch nicht angefangen. Katha hat es geliebt. Wir haben so ein ganzes Regal zuhause. Also, ich hab das zuhause. Da hat sie die Bücher gesammelt, die ich unbedingt lesen muss."

„Was du bisher nicht gemacht hast."

David zuckt mit den Schultern, sieht Katha, wie sie im Wohnzimmer liest. Sie sitzt auf dem Sofa, quer, damit sie die Beine ausstrecken kann, die Stirn gerunzelt, und sie klopft sich gegen den Wangenknochen. Jedes Mal, wenn er vorbeikommt, bleibt er kurz stehen. Manchmal sieht sie auf und scheucht ihn fort. Wenn sie beim Abendessen vom aktuellen Buch erzählt hat, konnte er ewig zuhören. So viel schöner, als selbst zu lesen.

Dann flackert das Bild, und Kinga liegt auf dem Sofa, liegt auf dem Sofa, liegt auf dem Sofa, bis sie im Rollstuhl sitzt und ihn anschreit.

Aber während er Kathas Tod nicht ändern konnte und darauf reagieren musste, darf er sich jetzt Zeit lassen. Er schüttelt den Kopf, und das Bild zerfällt, dann sieht er zu Marie.

„Spielen wir heute Abend?"

„Ja, aber wir müssen wieder ohne Publikum spielen. Also, nur mit Papa. Und vielleicht Alex, weil der sowieso immer hier rumlungert."

Alex sitzt auch heute auf der anderen Seite des Friedhofs in der Sonne, raucht und liest ein Buch. Er raucht viel und liest viel und redet eher wenig, aber wie Marie sagt, er ist fast immer da.

„Wo war er letztes Mal?"

Marie grinst.

„Er hat von draußen zugehört. Wollte unsere Kreise nicht stören." Sie malt Anführungszeichen in die Luft und sieht aus, als ob sie auch nicht wüsste. „Aber ich hab gesagt, heute Abend soll er sich einfach reinsetzen, wir freuen uns. Ist halt schade, dass wir nicht vor mehr Leuten spielen können. Ich hab bei Samuel und Marinella schon alle eingeladen, aber dann hat Bene gesagt, dass im Türrahmen heute Quiz-Abend ist. Na ja, immer noch besser als Tatort schauen."

Sie hebt einen Daumen, auf die entmutigte Art, wie man es tut, wenn man es nur zu dreiundzwanzig Prozent so meint.

David hat sich darauf gefreut, endlich vor Publikum zu spielen, hat sogar davon geträumt. Die ganze Woche schon schleicht er durch die Wohnung, versucht, Kinga aus dem Weg zu gehen, atmet auf, wenn er draußen ist. Dieses Konzert, Norah, die Musik, aber auch die Leute, die er damit erreichen kann, all das trägt ihn. Das ist sein Licht am Ende der Nächte, in denen nicht nur Katha fehlt, sondern auch Kinga plötzlich nicht mehr in seinem Leben ist und er sich auf eine so endgültige Art alleine fühlt, dass er sich nicht mehr vorstellen kann, wie sich das ändern soll.

Aber Musik.

Der Gedanke, dass heute Abend kein Publikum dabei sein wird, dimmt dieses Licht. Was jetzt, in der Sonne, zwischen Katha und Marie, in Ordnung ist. Aber was ist heute Nacht?

„Wir bräuchten also einen Ort, an dem wir ein bisschen lauter sein könnten. Aber wir kriegen nie so schnell noch eine Genehmigung für irgendwas."

„Na ja, solange wir nirgendwo einbrechen und es nicht gerade auf einem Friedhof ist, ist das mit der Genehmigung nicht ganz so wichtig. Im Zweifelsfall löst die Polizei es auf. Aber bis dahin haben wir schon eine ganze Weile gespielt."

Davids Kopf ist voller Knoten und Sorgen und möglichen Problemen, die auf sie zukommen könnten. All die Dinge, von denen ihm sein ganzes Leben lang gesagt wurde, dass man sie nicht macht. Und dieses vage Gefühl, allein mit seiner Anwesenheit andere Menschen zu stören, weshalb er immer so wenig wie möglich auffallen will. Schon die Idee, dass die Polizei kommt, lässt sein Herz pochen, auf die ungute Art. Aber die Vorstellung eines richtigen Konzerts heute Abend ist stärker. Zumindest ein kleines bisschen.

„Ich hätte da einen Ort. Von hier spazieren wir vielleicht eine halbe Stunde. Abgelegen. Öffentlich. Viel Platz. Aber nicht ganz leicht zu erreichen."

„Komm ich mit unserem Wagen hin?"

David legt den Kopf zur Seite, hat den Weg vor sich, versucht abzuschätzen, wie breit er war.

„Weiß ich nicht. Aber wäre einen Versuch wert, oder?"

Marie sieht ihn mit großen Augen an, fast, als sehe sie ihn gerade zum ersten Mal.

„David, da ist gerade etwas an dir, das neu ist. Aber ich mag's!"

„Willst du wissen, wo es ist? Die Location?"

Marie steht auf, schüttelt den Kopf, grinst immer noch.

„Nee, ist doch spannender so. Ich sag mal Alex und Marinella und Samuel Bescheid. Dann treffen wir uns heute Abend wieder hier."

Sie geht rückwärts Richtung Haus, macht mit ihren Fingern eine Pistole und zielt auf David, ein Auge zugekniffen. Eine Geste, die er schon richtig lange nicht mehr gesehen hat und die sich seltsam unwirklich anfühlt. Aber statt abzudrücken, zieht Marie ihre Hand zurück und dreht sich um, was ihn irgendwie nur noch ratloser zurücklässt. Er sieht zum Grab.

„Ist das eine Seite an mir, die du auch nicht kennst? Wie gefällt sie dir? Hätte sie gereicht, dass du geblieben wärst?"

In David flackert eine Erinnerung auf, Kathas genervtes Gesicht, als sie nachts nackt in den See springen wollte, er sich aber nicht getraut hat. Und als sie spontan einen dieser Überraschungsflüge buchen wollte, um mit ihm das Wochenende in einer anderen Stadt zu verbringen, aber er so lange Widerstand leistete, bis es zu spät war.

Wo sie Lust auf neue Wege hatte, fand er Gründe dagegen. Aber die Momente, in denen sie ihn überzeugte, haben die schönsten Erinnerungen geschaffen.

„Das ist das Traurige daran. All die Seiten von mir, die nur da waren, wenn du da warst, wird niemand mehr jemals sehen."

Es sei denn, sagt Kathas Geist in seinem Kopf, ich bin ab jetzt immer bei dir. Sie lächelt, und er lächelt und wischt sich die Tränen weg, schickt ihr einen Luftkuss und rafft die Decke zusammen.

„Ich gehe noch ein bisschen spazieren. Bis später, Liebe."

\

Der Rolli ist da, also ist auch Kinga in der Wohnung. Er steht im Flur, es hat nur ein paar Tage gebraucht, bis das irgendwie normal geworden ist. In einem anderen Leben hätte dort vielleicht ein Kinderwagen gestanden, Noa, Nikita, Luka. David wischt sich über die Augen, damit dieser Gedanke nicht weitergeht. Er klopft sanft gegen die angelehnte Wohnzimmertür, und Kinga macht ein Geräusch, das kein Nein ist. Der Fernseher läuft, ein Polizist lässt die Verdächtigen einen Song von den *Backstreet Boys* singen, und erst nach der Szene, bei der sie lachen muss, drückt Kinga auf Pause und sieht ihn schweigend an.

David nickt Richtung Fernseher.

„Was guckst du?"

„Ist doch egal."

Sie hat die Fernbedienung in der Hand, den Daumen auf der Play-Taste, ihre Augenbrauen wandern nach oben, sie wartet darauf, dass er sagt, was er sagen will. In einer Ecke seiner Brust braut sich trotzige Wut zusammen, weil sie sich eigentlich bei ihm entschuldigen sollte für das letzte Gespräch, sie aber so tut, als müsse er es tun. Aber trotzdem.

„Wir spielen heute wieder ein Konzert. Ich wollte dich einladen. Vielleicht hast du Lust, mich zu begleiten."

„Mit der Gärtnerin?"

„Sie und ihr Bruder sind dabei. Und dieses Duo aus Amerika. Der Weg ist ein bisschen steil, aber ich schieb dich gern. Natürlich auch voll okay, wenn nicht. Ich wollte zumindest gefragt haben."

Seine Hand an der Türklinke spannt sich an, wappnet sich, alles, was sie ihm entgegenwerfen könnte, zu ignorieren und die Tür leise zu schließen.

Kinga sieht ihn abschätzig an.

„Ignorierst du den Streit, den wir hatten?"

David schnaubt und sieht sich im Wohnzimmer um.

„Alles hier erinnert mich an Katha. Und jetzt auch daran, dass sie mich verlassen wollte. Wie kann ich das ignorieren? Natürlich bin ich sauer. Und verletzt. Aber wir kennen uns lang genug. Und ich will dich auch in Zukunft in meinem Leben haben. Deshalb frage ich."

Den Rest, die Vorwürfe und die Verletzung hält er zurück, aber er muss sie gar nicht aussprechen, sie beide merken, wie fragil die Stille zwischen ihnen ist. Seine Hand an der Klinke ist kurz davor, die Tür hinter ihm zuknallen zu lassen.

Kinga sieht ihn mit nach hinten gebeugtem Kopf an, schließt kurz die Augen.

„Danke für das Angebot. Ich war vorher unterwegs und bin ganz schön müde. Und ich bin immer noch nicht der große Fan von Konzerten."

David nickt, klar, und weiß ich ja, und schüttelt gleichzeitig den Kopf, kein Problem.

„Alles gut. Wie gesagt, wollte nur gefragt haben. Dann schönen Abend dir."

Die Serie läuft weiter, und David hat gerade die Klinke losgelassen, die Tür leicht angelehnt, als der Fernseher wieder verstummt.

„David?"

Er schiebt nochmal den Kopf rein.

„Ja?"

„Viel Spaß."

Sie deutet ein Lächeln an, meint es ernst.

Er bedankt sich und steht danach im Flur, kann nicht so richtig sagen, woher das kommt, aber der kleine trotzige Teil seiner Brust ist jetzt der, der sich am meisten darüber freut.

\

Als David wieder auf den Friedhof kommt, stockt er. Die Gruppe vor der Aussegnungshalle ist nicht in Schwarz gekleidet, die Stimmung ist ausgelassen, manche haben sogar Flaschen in der Hand. Trotzdem erinnert es ihn für einen Moment zu sehr an die Menschen, die zur Beerdigung da waren. Er zwingt sich, die Hand am Griff des Trompetenkoffers ein wenig zu lockern.

Am Rand der Gruppe steht das kleine Auto, das Harmonium auf die Ladefläche gezurrt. Die anderen Instrumente liegen daneben, und auf dem Beifahrersitz sitzt der Vater von Marie und Franz. Er ist in eine dicke Jacke eingepackt, die Mütze hängt ihm bis in die buschigen Augenbrauen, und als er in seine Richtung guckt, hebt David die Hand. Das Gesicht hellt sich auf, und der alte Mann winkt zurück, aber David sieht ihm an, dass er ihn nicht erkennt.

„Ist Ihnen warm genug?"

Er sieht an sich herunter, betastet die Jacke, als wäre sie ihm fremd, dann nickt er.

„Ich habe keine Ahnung, wohin wir gehen. Mein Sohn hat gesagt, es ist eine Überraschung."

Dann wandert sein Blick an David vorbei, und was bei David noch Freundlichkeit war, wird zu echter Freude.

„Mariechen! Du bist da! Das ist ja toll! Bleibst du diesmal ein bisschen länger?"

Sie geht an David vorbei, stellt sich auf die Trittstufe und drückt ihren Papa, keine kurze Begrüßung, sie hält ihn mehrere Momente.

„Hallo Papa, ich kann mir das hier doch nicht entgehen lassen. Hey David!"

Sie umarmt auch ihn, anders als ihren Vater, was irgendwie auch klar ist, aber neben dem Teil in ihm, der immer noch jeden Morgen aufwacht und neu verarbeiten muss, dass diese Welt ohne Katha und das Leben ist, das er sich mit ihr vorgestellt hat, strebt ein anderer Teil in ihm nach der Hoffnung, dass da überhaupt noch Leben sein kann. Dass hinter diesem riesigen schwarzen Block wieder Licht kommt, irgendeine Art von Weiter. Und Leben bedeutet Kontakt, Berührung, Interaktion. Marie ist eine Form davon. Norah eine andere, aber sie hat er noch nicht gesehen. Deshalb ist er sanft enttäuscht, dass Marie ihn nicht länger festgehalten hat. Aber dann bleibt ihre Hand an seinem Rücken liegen, und sie sieht ihn direkt an.

„Ich bin sehr gespannt, wo du uns hinführst."

Und der Teil in ihm, der gerade noch ein bisschen traurig war, hüpft im Kreis wie ein junger Hund, der sich auf den Ball freut.

„Ich auch! Hoffentlich wird das kein Reinfall."

Marie schüttelt heftig den Kopf.

„Das wird schon. Sollen wir los?"

Sie sind vielleicht dreißig Leute, ein paar der Gesichter hat David in der Wohnung des Professors gesehen, Anjuli winkt ihm zu, als er sie neben Alex laufen sieht. Marinella und Samuel sind auch dabei. Marie und Nick gehen mit David vorne, ganz am Ende fährt Franz den Wagen, und da ist endlich auch Norah, sie sitzt auf der Ladefläche und winkt Leuten zu, die ihnen hinterherschauen.

David führt die Gruppe durch den Wald, hinter ihm Gespräche und immer wieder Gelächter, und für einen Moment ist er sich in der Dämmerung nicht sicher, ob er sich verlaufen hat. Seine Jacke bleibt an den Dornen eines Busches hängen, und er dreht sich einmal im Kreis, um sich zu befreien, dann bückt er sich unter dem Ast durch, biegt um die Ecke und betritt die Bühne.

Nick und Marie bleiben in der Mitte stehen und sehen sich um, alle anderen genauso. David stellt sich an den Rand und beobachtet sie, kann sich das Grinsen nicht verkneifen, als Norah mit ausgebreiteten Armen auf ihn zukommt. Er hat sich immer wieder vorgestellt, wie es wird, wenn sie sich sehen, und jede Version seiner Fantasie war irgendwie hölzern und gestelzt, die peinliche Version eines Teenie-Films. Aber Norah umarmt ihn voller Wärme und Intimität, dann drückt sie ihm einen Kuss auf die Wange. David fragt sich, woher sie die Selbstverständlichkeit nimmt, und er liebt es. Nick klopft ihm auf die Schulter und drückt seinen Kopf kurz an Davids, was ihn an Katha erinnert, kurz den Schmerz zurückbringt.

Dann gehen Norah und Nick zum Wagen, bauen die Instrumente auf. David bleibt noch einen Moment und sieht den Leuten zu, wie sie sich in den Rängen verteilen. Sie sind gut gelaunt, manche haben Decken dabei und drapieren sie über den Bänken, sie unterhalten sich, stoßen mit ihren Getränken an. Und David hat ein Déjà-vu.

All das kommt ihm zu bekannt vor, als hätte er es schon mal erlebt, was nicht sein kann, weil er bis vor kurzem diesen Ort selbst nicht kannte. Bis ihm klar wird, dass sein Traum, seine Vorstellung dieses Theaters als Konzertort vor seinen Augen real wird. Er zuckt zusammen, als Franz seinen Namen ruft, dann geht er zu den anderen, hilft beim Aufbau. Für ihr Konzert.

Davids Rücken kribbelt, als die Freude aufsteigt.

Er hat die Trompete in der Hand, Franz pumpt Luft durch das Harmonium, Marie und Nick haben ihre Instrumente und die Mikros an einen kleinen Verstärker angeschlossen. Als Nick die Lautstärke aufdreht, summt er ein bisschen. Nick geht ein paar Schritte nach oben, und Marie spricht in das Mikrofon, eins, zwo, Test, Test, und David weiß, dass sie in einer anderen Wirklichkeit regelmäßig miteinander Musik machen, so bekannt und gut fühlt sich das gerade an. Nick kommt wieder runter, spielt eine kleine Bassmelodie, nimmt sich sein Mikro.

„Good evening everybody! We are Nick and Norah and the Graveyard Birds.“*

Die Leute lachen und applaudieren, David sieht Marie erstaunt an, aber sie hört das auch gerade zum ersten Mal, grinst und zuckt mit den Schultern. Dann zeigt Nick auf David, ein paar Kameralichter wandern zu ihm, und jetzt, mit der Trompete in der Hand, mag er die Aufmerksamkeit, das Wohlwollen, die warmen Gesichter.

„Please give a big hand to David, who not only plays the trumpet tonight, but also found this great location.“**

David schüttelt den Kopf, das ist wirklich nicht nötig, Leute, und mitten in den Applaus zählt Norah ein, und das Konzert beginnt.

Eigentlich wartet David nur darauf, dass die Polizei um die Ecke kommt, oder ein Förster. Oder dass die Leute ein-

* Guten Abend alle zusammen! Wir sind Nick und Norah und die Friedhofsvögel.

** Bitte einen großen Applaus für David, der nicht nur heute Abend die Trompete spielt, sondern auch diese großartige Location gefunden hat.

fach gehen, weil sie es nicht gut finden. Den Verstärkern der Akku ausgeht. Der Regen einsetzt und sie abbrechen müssen. Aber nichts davon passiert.

Es hat sich vor einer Woche nicht so angefühlt, aber jetzt wird David klar, dass das Konzert in der Halle nur die Generalprobe für diesen Abend war. Er erkennt die Songs in den ersten Takten und kann sauber einsetzen. Was letzte Woche noch Experiment war, fühlt sich jetzt geplant an, er hat seine Soli, spielt zweite Stimmen, und bei manchen Songs singt er leise vor sich hin.

Nach vielleicht anderthalb Stunden hat Nick die Leute in drei Gruppen eingeteilt und lässt sie für einen Song den Chor übernehmen. Alle singen sie, die Lichter der Handytaschenlampen wippen im Takt, manche haben sogar Feuerzeuge dabei.

Vorne neben der ersten Reihe sitzt der Papa von Marie und Franz, in seinen Augen glitzern die Lichter, und er strahlt die ganze Band an, besonders aber Franz und Marie. Und ganz am Ende, als sie den letzten Song gespielt haben und die Leute Zugabe rufen, hat David erst die Idee und weiß nicht, ob das übergriffig ist, aber in einem fremden Gesicht erkennt er Kathas Augen, und sie nickt ihm zu. Also geht er zum Rollstuhl und schiebt ihn zu Franz, der kurz irritiert guckt und dann David so dankbar ansieht, dass er sich abwenden muss, damit nicht die Tränen kommen. Die guten.

Als ob jemand die Lautstärke rausnimmt, werden alle leise, die Lichter sammeln sich am Harmonium, Franz pumpt Luft in die Pfeifen, bis der alte Mann seine zitternden Finger auf die Tasten legt und eine leise Melodie spielt, die David irgendwoher kennt. Norah setzt mit dem Schlagzeug ein, spielt einen sanften Takt. Franz dreht sich zu Nick, streckt die Hand nach dem Mikro aus. Dann hält er es seinem Vater vors Gesicht, und er singt ‚La Mer', diesen alten Chanson, der sich für David anfühlt wie die Erinnerung an einen Urlaub in Frankreich, den er nie gemacht hat, der aber trotzdem zu seinen schönsten gehört.

Die Stimme zittert und ist schwach, aber sie alle fühlen es, das Echo dieses Liedes, wie er es früher gesungen haben muss. David weiß nicht, wie viele ihn kennen, aber sie verstehen, was dem alten Mann das Lied bedeutet, sie alle spüren die Lücke, die diese Liebe hinterlassen hat. Er stockt kurz, sucht seine Tochter und nickt ihr strahlend zu. Marie zieht ihr Mikro an sich, und gemeinsam singen sie die zweite Strophe. Dann dreht der alte Mann seinen Kopf zu Franz.

„Ich habe den Text vergessen."

Marie kann nur auflachen, aber David hört die Tränen darin.

„Ich auch!"

Anjuli tippt auf ihrem Handy, während sie auf Marie zugeht. Sie teilen sich das Mikro und singen gemeinsam weiter, das Gesicht vom Display erleuchtet. Ihr Vater summt dazu und schaut irgendwann David an, auffordernd. Also setzt er die Trompete an.

Immer mehr Leute holen ihre Handys raus und singen mit, immer lauter und so lange, bis allen klar wird, dass sie am Schluss angekommen sind. Sie halten den letzten Ton eine ganze Weile, für einen Moment ist es danach still, dann klatschen die Leute, und David weiß, das ist der Abschiedsapplaus.

Nick gibt seiner Schwester ein High Five, Franz nimmt seinen Vater in den Arm, der strahlt, aber irgendwie auch nicht ganz zu wissen scheint, was gerade passiert ist. Nur Marie sitzt eingesunken auf ihrem Platz, Anjuli neben ihr hält sie fest. David setzt die Trompete ab und nähert sich ihr, sie bemerkt ihn und streckt eine Hand aus, David nimmt sie und drückt Marie an sich.

Anjuli steht auf, Nick lässt irgendwas über die Boxen laufen, die Leute helfen Franz und Norah mit dem Harmonium und dem Schlagzeug, alle reden sie und lachen, und mittendrin kniet David.

Er hält die Position eigentlich schon nicht mehr aus, aber er kann Marie jetzt nicht loslassen.

34

„Hej Kinga, ich kann doch nicht kommen."

Katha schrie in die nachträglich eingebaute Freisprechanlage in ihrem Golf und war trotzdem kaum zu verstehen. Als ob sie mitten in einem Sturm saß. Zwischen diesem und dem nächsten Satz, in der halben Sekunde mit aufheulendem Motor, rutschte Kinga das Lächeln aus dem Gesicht. Die Enttäuschung war so groß, dass sie sich eingestehen musste, wie sehr sie sich gefreut hatte. Und die kleine Stimme in ihr, die nie ganz still wurde, lachte sie aus. Weil sie eben doch auch Katha nicht wichtig genug war.

Kinga schloss die Augen, atmete ein und wollte abwinken, schon okay, aber Katha redete weiter.

„Hier hat alles viel länger gedauert, und ich muss noch packen. Komm du doch zu uns, und wir fahren von hier aus los."

Wie in ein Vakuum strömte die Freude zurück, und Kinga konnte für einen Moment nicht antworten.

„Kinga? Komm schon, wird eh schon später, als ich dachte."

Kinga nickte, das sah niemand, aber es fühlte sich gut an.

„Klar. Kein Problem. Ich mach mich auf den Weg."

„Was? Ich versteh dich kaum!"

„Ich komme!"

Die Leitung war für einen Moment still, ungewohnte Leere nach dem Lärm. Kinga nahm das Telefon vom Ohr, betrachtete das Display, die vier Balken Empfang und die Sekunden, die weiterzählten.

„Katha?"

Dann knackte es, und alles war wieder da.

Rauschen, Motor, Wind, Katha.

35

Marie hält die Tür zum Schlafzimmer auf, Papa schwebt auf Franz' Armen an ihr vorbei und sinkt ins Bett, wo er mit dem schönsten Grinsen erschöpft einschläft. Franz deckt ihn zu und packt ihn ein, wie Kinder eingepackt werden, küsst ihn sanft auf die lichten Haare und verlässt das Zimmer.

Marie schafft es nicht, sich zu lösen.

Sie zieht sich den Stuhl neben das Bett, legt ihre Hand in seine, aber jedes Mal, wenn er sich bewegt, rutscht sie raus. Sie bleibt die ganze Nacht auf dem Stuhl, schreckt immer wieder auf, wenn er sich schmatzend umdreht. Sie riecht an seinem Kopf, spürt die dünne Haut an seinen Armen, sieht sich sein eingefallenes Gesicht so lange wie möglich an und hofft, dass sich alles in ihr Gedächtnis brennt. Sie weiß, dass er noch nicht stirbt, aber nachdem Mama damals weg war, hatte sie zu schnell danach das Gefühl, ihr Gesicht zu vergessen, ihren Duft nicht mehr in der Nase zu haben, sich nicht an ihre Stimme erinnern zu können. Jetzt versucht sie, all ihre Sinne auf Papa zu konzentrieren und nicht einzuschlafen.

Irgendwann wacht sie auf, Franz weckt Papa gerade und zieht ihn an. Marie bleibt sitzen und schaut ihm zu, begleitet sie nach draußen und sieht dem Taxi nach, dann räumt sie auf, was sie gestern nach dem Konzert stehengelassen haben.

Sie hebt das Grab für den nächsten Morgen aus und legt die Bretter über die Kanten, setzt sich drauf, lässt die Beine im Loch baumeln und weint um ihren Vater.

36

Der kleine Tisch in der Küche ist nicht der beste Platz in der Wohnung, aber durch eine Lücke in den Häusern scheint die Sonne rein, wärmt Kingas Gesicht und legt die Ahnung eines Lächelns auf ihre Lippen.

Dann geht die Tür auf, und David steht da, stockt, als er sie sieht. Sie hat ihn spät in der Nacht gehört, als er heimgekommen ist, und heute Morgen stand die Trompete im Flur, sie musste sich um sie herum schieben.

Kinga fühlt sich wie eine krude Mischung aus Mutter und eifersüchtiger Freundin, macht sich einerseits Sorgen um ihn und ärgert sich andererseits, dass er Spaß gehabt haben könnte.

Bis auf seine Einladung gestern Abend haben sie seit einer Woche nicht miteinander geredet, und Kinga weiß, dass er oft gewartet hat, bis sie sich durch den Flur gekämpft hat, bevor er aufs Klo gegangen ist. Er hebt unsicher die Hand.

„Katha saß immer da, im Frühling. Weil es der beste Ort ist, um die Sonne abzubekommen. Dachte kurz, du bist sie."

Kinga zuckt mit den Schultern.

„Nee. Bin nur ich."

David verzieht das Gesicht, schüttelt den Kopf.

„Du warst damals die Erste, die für mich da war. Bist es bis heute. Ohne dich wäre mein Leben schlechter verlaufen."

Er füllt ein Glas mit Wasser und setzt sich ihr gegenüber. Kinga ist überrumpelt von seinen Worten und der Zuneigung, die in ihnen steckt. Das passt nicht zu ihrer Wut, ihrem Streit und ihrer Erfahrung, dass sie sich allein durch diese Welt schlagen muss.

David scheint davon nichts mitzubekommen. Er lehnt sich nach vorne, damit die Sonne auch sein Gesicht trifft, und schließt die Augen. Dann atmet er tief aus und lehnt sich zurück, trinkt einen Schluck.

„Es gibt so ein Amphitheater im Wald, da haben wir das Konzert gespielt. Das war wirklich schön."

Kinga war schon früher nur David zuliebe bei seinen Konzerten. Am schlimmsten waren die in der Kirche. Weil sie dann auch noch den Rest ertragen musste. Aber es hat sie immer gefreut, ihn strahlen zu sehen. Dafür hat es sich gelohnt. Er war nach den Konzerten innerlich aufgeräumt. Im Reinen mit sich selbst. Ein bisschen wie jetzt, und sie kann nicht sagen, ob sie sich für ihn freut, dass er das schon wieder kann. Oder ob sie ihn beneidet, weil er schon weiter ist.

David betrachtet das Glas, dreht es langsam.

„Ich hätte mich gefreut, wenn du da gewesen wärest. Vielleicht kannst du ja das nächste Mal mitkommen."

„Ich hab mit Martha telefoniert. Ich soll dich grüßen. Erinnerst du dich? Das ist die Mutter deiner toten Frau."

Sie hat es ausgesprochen und bereut es sofort. Für einen Moment muss sie an ihren Vater denken. Der hat solche Dinge gesagt und gemeint, und sie spürt die Scham, die ihr ins Gesicht steigt, dass sie sich auf sein Niveau herablässt. Aber gleichzeitig ist da eine kleine nagende Flamme, die sich über Davids erschrockenes Gesicht freut. Wenn sie schon hier sitzt und leidet, wieso soll er dann Spaß haben? David beugt sich zu ihr und will nach ihren Händen greifen, aber sie zieht sie weg.

Er schnaubt, wirft die Hände in die Luft.

„Ja, dann eben nicht." Er rutscht auf dem Stuhl nach hinten und verschränkt die Arme. „Willst du mir jetzt wirklich ein schlechtes Gewissen machen? Wenn Katha nicht gestorben wäre, wäre Martha wahrscheinlich nicht mehr meine Schwiegermutter. Und du fändest das gut."

Sie schüttelt den Kopf, versucht, zu überspielen, dass er recht hat.

„Ist doch kein Grund, sich nicht zu melden."

David schaut sie mit großen Augen an, dann lacht er ungläubig auf.

„Das sagst du? Gerade du?"

Kinga sieht auf, überrascht von der Härte in seiner Stimme. Jetzt rutscht sie selbst nach hinten, stößt gegen den Schrank.

„Bei mir ist das was anderes. Ich hab meine Gründe dafür und geh deshalb auch zur Therapie."

„Jaja, dreckige Kindheit. Das tut mir wirklich leid, und das weißt du auch. Aber das ist nur eine Erklärung, darf keine Ausrede sein."

Seine Stimme ist rau, als ob das, was er sagt, aus der ungehobelten, rohen Ecke seiner Seele kommt. Sie weiß nicht, wann sie ihn so hat reden hören. Ob das jemals passiert ist.

„Immer, wenn Katha wütend geworden ist, hab ich dagegengehalten. Hab dich verteidigt. Weil das doch niemandem was bringt. Und ich dich ja genauso wenig verlieren wollte. Aber ganz ehrlich, das war schon richtig scheiße, wie du Katha sitzen lassen hast. Und wie du das auch bei mir schon gemacht hast. Wie du das irgendwie immer noch machst."

Kinga will etwas sagen. Will sich auch aufregen und wütend sein.

Aber David schließt kurz die Augen, seine Stirn legt sich in Falten, als ob sich dahinter Gedanken und Gefühle im Schnelldurchlauf abspielen, dann öffnet er die Augen wieder, ext das Glas, steht auf, stellt es in die Spüle und geht aus der Küche.

Bis sie sich nach oben und in den Flur gekämpft hat, hat er schon Schuhe und Jacke angezogen. Er verlässt das Haus, will die Tür hinter sich zuziehen, aber sie hält sie fest. Er sieht auf.

„Wirklich, ich versteh's. Ich kenne deine Eltern, sind Arschlöcher. Und ich hab es geliebt, Teil deiner Ersatzfamilie zu sein. Da zu sein. Aber ich finde dein Verhalten trotzdem scheiße."

Kinga atmet tief ein. Sie weiß das. Aber sie kann nicht anders. Hofft geradezu darauf, dass David ausflippt, laut wird, sie anschreit. Sie hätte es verdient. Und vielleicht hätten sie sich dann vertragen können und gemeinsam einen Weg finden. In diesem neuen Leben.

„Ich habe gerade meine beste Freundin verloren. Und scheinbar auch meinen ältesten Freund."

Seine Hand schlägt gegen die Wand neben ihr, so laut und plötzlich, dass sie zusammenzuckt.

„Ich doch auch!"

Noch ein Schlag, sein Gesicht ist rot, und Kinga humpelt zurück in die Küche.

„Ich hab auch alles verloren! Du bist nicht die Einzige, der es scheiße geht!"

„Und wie kann es dann sein, dass du jetzt schon wieder Spaß hast?"

Er starrt sie an, mit offenem Mund und hängenden Schultern. Dann runzelt er die Stirn und schüttelt den Kopf. Macht den Schritt nach draußen und schlägt die Tür hinter sich zu. Der Knall hallt in ihrem Kopf, und die Scham breitet sich über die Brust im ganzen Körper aus, pocht stärker als der Schmerz im linken Bein. Weil sie vielleicht das Feuer gelegt hat, aber doch nur, damit sie gemeinsam da durchkönnen und neu anfangen. Die Vorstellung, dass er geht und sie hierlässt, schnürt ihr die Luft ab.

Sie macht die Tür auf und hastet auf die Straße, das Gesicht vor Schmerzen verzerrt. Er ist schon vier Häuser weiter, mit hochgezogenen Schultern und schnellen

Schritten. Sie will ihm noch irgendwas hinterherrufen, aber was könnte sie jetzt noch sagen?

Sie humpelt ins Haus zurück, und als sie die Tür hinter sich zuwerfen will, knallt die Kante gegen den Gips. Kinga schreit auf, bricht im Flur zusammen. Lässt den Tränen freien Lauf, liegt auf dem Boden und heult, weil einfach alles scheiße ist. Vor allem sie selbst.

37

Er sieht erst den Bagger und dann auch Marie, in einer Ecke, in der er sich nie aufhält. Als er an die Kreuzung kommt, an der der Weg zu Kathas Grab abgeht, bleibt er kurz stehen und überlegt, ob er zuerst zu Katha muss. Oder soll. Sie haben selten gestritten. Vielleicht hätten sie das öfter tun sollen. Vielleicht muss er das nachholen. Aber nicht jetzt.

Er geht weiter, balanciert über das Brett bis zu Marie und setzt sich neben sie. Sie guckt kurz zur Seite und starrt dann weiter in das Loch.

„Deine Hose wird dreckig."

„Vor ein paar Wochen hätte ich mir deshalb noch Sorgen gemacht. Ist es okay, wenn wir eine Weile nicht reden?"

„Klar."

David atmet ein, legt den Kopf in den Nacken und stellt sich vor, wie die Halswirbel sich neu anordnen. Knapp hinter sich sieht er den Arm des kleinen Baggers, er hat den verbrannten öligen Geruch eines alten Motors in der Nase, vermischt mit feuchter, frisch aufgerissener Erde und Blumen. Die Sonne flirrt durch die Blätter, und je länger sie hier schweigend sitzen, desto näher kommen die Vögel, hüpfen über das Gras und landen auf dem frischen Erdhaufen, picken herum.

Ein Kind löst sich von seinem Vater, der vor einem älteren Grab steht, rennt den Pfad entlang und stößt fast mit einem älteren Paar zusammen, reißt die Arme hoch und läuft wieder zurück in die andere Richtung. David muss schmunzeln, und Marie schaut auf, sieht das Kind in der bunten Latzhose und wirft einen Blick auf ihre eigene.

„In ein paar Jahren wird es meinen Job machen. Kann dann hier jeden Tag in der Latzhose rumrennen."

„Wäre irgendwie schön, wenn mehr Kinder hier wären."

Marie schaut dem Kind hinterher und atmet tief ein, David kann sehen, wie sie sich nach oben holt, aus einer tiefen Traurigkeit zurückkommt.

„Könnte gut sein, dass das bald passiert. Fast alle Friedhöfe haben zu viel Platz. Immer mehr Menschen entscheiden sich fürs Einäschern, und so ein Urnengrab ist viel kleiner."

Sie zeigt in das Loch vor ihnen.

„Das hier ist mittlerweile eine Ausnahme. Was bedeutet, dass der Platz anders genutzt werden muss. In Karlsruhe gibt's auf dem Hauptfriedhof einen Spielplatz. In Wien Gemüsebeete auf alten Gräbern. Und Bücherschränke."

David hebt den Kopf, sucht nach Alex, den er fast immer hier auf dem Friedhof sitzen sieht, mit einem Buch in der Hand.

„Eigentlich eine ganz schöne Vorstellung. Ich kann mir denken, dass nicht alle damit glücklich sind."

„Die sterben irgendwann, und dann gibts nur noch Menschen, die es nicht anders kennen."

David schnaubt und schüttelt grinsend den Kopf, Marie wirft ihm einen listigen Seitenblick zu, und zu sehen, dass sie nicht mehr ganz so traurig ist, freut ihn. Sie nickt Richtung Friedhof.

„Die beiden da, bei denen das Kind vorher war."

Die Größere der beiden geht am Stock, die Kleinere hat sich eingehakt und legt immer wieder den Kopf gegen die Schulter. Sie schlendern an den Gräbern vorbei und bleiben immer wieder stehen, zeigen auf Namen und reden miteinander. Viel zu weit weg, als dass sie sie verstehen können, aber David sieht die Bewegung der Münder.

„Sie haben sich hier auf dem Friedhof kennengelernt. Ihre Männer sind im Abstand von wenigen Monaten gestorben."

Sein Magen zieht sich zusammen, weil Ehe und Tod und Katha, und in seinem Ohr klingen Kingas Worte nach.

„Das ist sehr schön. Haben sie nochmal geheiratet?“

„Ne, kassieren schön die Witwenrente. Und die anderen Frauen, deren Männer noch leben, sind ganz schön neidisch auf die Reisen, die die beiden machen.“

David lacht überrascht auf, Marie stößt mit ihrer Schulter gegen seine, sieht ihn an wie vorher, und er versteht, dass es nicht nur ihn glücklich macht, wenn sie besser drauf ist. Der Knoten in seinem Magen geht zwar nicht weg, aber er lockert sich, und David setzt sich auf. Er legt die Hände in den Schoß, schaut in den Himmel.

„Ich bin gerade von zuhause geflüchtet.“

„Vor der Stille?“

„Nein, Kinga ist ja da. Aber wir sind gerade sehr verschiedener Meinung. Und jetzt will ich dort erstmal nicht mehr sein.“

Marie sieht über den Friedhof zum Haus, vielleicht auch in den alten Teil dahinter.

„Papa und Franz sind heute Morgen gefahren, Norah und Nick auch, und ich will nicht allein im Haus sein. Willst du bei mir bleiben?“

Wenn jemand mit David geflirtet hat, hat er es entweder nicht verstanden oder viel zu spät, oder er wusste nicht, wie er damit umgehen sollte. Ein ‚Willst du mit hochkommen?‘ hat er nie erlebt und kennt es nur aus Filmen und Serien. Vielleicht ist das seine Version davon. Keine Ahnung, worauf er sich einlässt, aber zurück zu Kinga und in seine Wohnung will er nicht.

„Gern.“

Marie streckt den Rücken durch, schlägt sich auf die Schenkel.

„Cool. Ich muss noch frühstücken. Hast du schon was gegessen?“

Er schüttelt den Kopf, Marie springt auf die Beine und hält ihm die Hand hin, klappt die Finger zweimal ein. Er greift danach, sie zieht ihn hoch und geht voran. Er vermisst das Gefühl ihrer Haut an seiner. Vielleicht auch nur irgendeiner Haut an seiner.

Als sie durch die Haustür sind, bleibt Marie so abrupt stehen, dass David fast in sie läuft. Zwei Stufen, ein schmaler Gang, dunkler, grober Holzboden, links scheint die Küche zu sein, und am Ende des Flurs gehen noch zwei Zimmer ab, eine Treppe führt nach oben. Der Eingangsbereich ist voller Stiefel und Jacken, aber alles so zusammengeschoben, dass ein Gang durch den ganzen Flur führt. Rollstuhl, denkt David, und natürlich sieht er Kinga vor sich. Das Knäuel aus Wut, Enttäuschung und Trauer zieht sich wieder fester zu.

Marie dreht sich zu ihm, sie hat Tränen in den Augen, schüttelt sanft den Kopf.

„Ich glaube, ich kann gerade nichts essen. Ist es okay, wenn wir uns ein bisschen hinlegen?“

Sie stehen sich so nah, dass er ihren Atem am Hals spürt, dann tastet ihre Hand nach seiner. Was ihre Flucht ist, kann auch seine sein.

Er nickt, so langsam und gefasst er kann.

Sie steigt aus den Stiefeln, er streift sich die Schuhe ab und geht ihr nach, vorbei am Wohnzimmer, mehrere Sofas, ein Klavier und überall Bücherstapel. Dann wirft David einen Blick in das Zimmer daneben, ein steriles Krankenhausbett, die Decke ordentlich gefaltet, an die Wand gelehnt ein Keyboard.

Marie zieht ihn die Treppe hoch bis in ihr Zimmer. Da steht ein großes Bett im Erker, Fenster an drei Seiten, neben dem Bett stapeln sich noch mehr Bücher auf dem Boden, auf der Fensterbank stehen ein paar Tassen, und an der Wand daneben hängt ihre Gitarre. Sie lässt seine

Hand los und schiebt sich die Träger der Latzhose über die Schultern, steigt aus der Hose und sieht David an.

„Keine Straßenklamotten im Bett."

Er sieht ihr zu, wie sie den Pullover auszieht und sich aufs Bett fallen lässt, dann öffnet er den Gürtel, schiebt die Hose nach unten, nestelt sich aus seinem Pullover und steigt zu ihr, schlüpft unter die Decke, die sie hochhält. Dann dreht sie ihm den Rücken zu und tastet nach seiner Hand, legt sie um sich.

Als seine Haut ihre berührt und seine Nase in ihren Haaren hängt, schlagen seine Synapsen Funken. Er hat die Augen weit geöffnet, starrt durch das Fenster, sieht gerade noch ein paar Baumwipfel und weiß, dass Kathas Grab in seinem Rücken liegt. In seinen Ohren Kingas Worte, vor seinem inneren Auge die frisch abgestaubte wütende Version von Katha, und sein Körper erinnert sich an Norah. Seine Haut kribbelt, und er traut sich nicht, sich zu bewegen, atmet ganz flach, bis Marie den Kopf dreht.

„Wollen wir hier einfach eine Weile liegen? Ich will gerade nicht alleine sein."

„Ich auch nicht."

Sie legt ihren Kopf ab, und alles strömt aus David heraus. Die Wut und die Trauer, die Erregung und die Unsicherheit, irgendwie auch jede Sorge. Er lässt seinen Kopf genauso fallen, seine Finger schließen sich locker um ihre, seine Schultern entspannen sich, und vielleicht zum ersten Mal seit Wochen atmet David richtig aus.

Irgendwann schreckt er auf, weiß nicht, wo er ist und in wessen Bett, aber automatisch greift er auf die leere Seite, und da ist Wärme, da ist frischer Geruch und der sanfte Abdruck von Tränen auf dem Kissen. Das Zimmer ist leer, die Tür nur angelehnt, und von unten kommt leise Musik. David streckt sich genüsslich, dann zieht sich sein

Körper zusammen, in Embryohaltung liegt er auf dem Bett, sein Arm hängt herunter, seine Finger streicheln den Holzboden, fahren über die raue Maserung, als wäre es Kathas Sarg, und er fragt sich, ob er sich jemals wieder wohlfühlen kann, ohne direkt ein schlechtes Gewissen zu haben.

Es dauert nochmal eine halbe Stunde, dann klettert David aus dem Bett und schlüpft in die Hose. Obwohl er weiß, dass niemand anders im Haus ist, geht er die Treppe leise runter, wieder fünfzehn und voller Angst, von Eltern erwischt zu werden.

Als er in die Küche kommt, sind die Fenster beschlagen vom kochenden Nudelwasser, eine Bluetooth-Box steht auf der Arbeitsplatte. Marie steht am Fenster und schaut auf den Friedhof, sie trägt eine alte rote Trainingshose, das aufgeflockte VfB-Logo an den Beinen erkennt er nur am Umriss. David klopft gegen den Türrahmen, und sie dreht sich um, Tasse in der Hand, die Wangen immer noch nass. Oder wieder. Sie wischt sich über die Augen und zwingt sich ein Lächeln auf.

„Ich dachte mir, für Frühstück ist es zu spät, deshalb Nudeln mit Pesto.“ Sie zuckt mit den Schultern. „Ich bin keine Köchin, sorry.“

„Nichts zu entschuldigen, ich kann auch nur Maultaschen anbraten.“

„Dann wird das wohl auf Dauer nichts mit uns. Tee?“

Er nickt und setzt sich an den Tisch, zieht die Tasse zu sich. Marie gießt das Wasser ab, und bevor sie ihn abhalten kann, steht er schon wieder und nimmt Teller aus den Schränken. Kurz darauf sitzen sie sich gegenüber, schieben sich Nudeln in den Mund. Es ist das erste Mal, dass er heute isst, und er ist immer noch ein bisschen benommen vom Schlaf und der Trauer, die ihn vielleicht nie wieder loslassen wird, und er kennt die Musik nicht, aber für diesen Moment sind diese gemischten Gefühle gar nicht so schlimm.

„Du schnarchst."

David sieht überrascht auf und sitzt wieder Marie gegenüber, sie steckt ihre Gabel in die Nudeln.

„Tu ich nicht."

Sie zieht die Augenbrauen hoch.

Er schüttelt den Kopf.

„Das hat mir noch nie jemand gesagt."

„Vielleicht waren sie alle zu höflich."

„Sorry."

Marie grinst und kaut, lässt sich Zeit.

„Dann weiß ich wenigstens, dass da jemand neben mir ist. Das brauche ich gerade. Nicht so schlimm also. Zumindest erstmal nicht. Gucken wir mal, wie das in den nächsten Nächten wird."

David starrt sie an. Sie hat von Nächten geredet, und er hat seit Kathas Tod nie weiter gedacht, als es nötig war. Hat sich nicht mal eine Zukunft vorstellen können. Wie sollte es irgendetwas geben hinter dieser schwarzen Wand, die seit Kingas Anruf in seinem Leben steht? Aber jetzt, ein paar Wochen, ein bisschen Musik und neue Menschen und Dinge später, ist die Wand zwar immer noch da, aber das Leben dahinter eben auch. Zumindest in Ansätzen.

Er muss sie wirklich lange angestarrt haben, weil Marie die Stirn runzelt und ihre Unsicherheit wegzulächeln versucht.

„Oder bist du endlich bereit, den Friedhof zu verlassen und zurück in die Welt zu treten?"

Wahrscheinlich hat sie recht, denkt David. Einerseits ist das hier schon das Leben danach, aber eben noch die Variante für Anfänger. Das flache Wasser, nah genug am Land. Und mit einer Sicherheit, die er in letzter Zeit selten gespürt hat, weiß David, dass das hier gerade genau das ist, was er braucht.

„Ich bleib gern eine Weile hier.“

„Phew, ein Glück.“

Marie grinst und versucht, ihre Erleichterung hinter dem Witz zu verstecken, aber David kennt dieses Gefühl und weiß, wie echt es gerade ist. Er rückt seinen Teller zurecht, und er isst weiter, und sie isst weiter, und die Musik kennt er immer noch nicht, aber er hat die Ahnung eines guten Gefühls.

Der Tag fliegt, Marie zeigt ihm noch mehr Musik von *Tash Sultana*, sie schauen sich das Konzert vom Southside Festival auf dem Handy an, eng nebeneinander sitzend, damit sie was sehen, mittlerweile bei der dritten Kanne Tee, und als er aufsteht, um das Licht anzuschalten, schreckt sie hoch.

„Ich muss den Bagger wegfahren. Und die Erde abdecken. Komm!“

David steht noch irritiert in der Küche, da ist sie schon oben im Zimmer.

„Ich helf dir wirklich gern, aber ich habe keine Arbeitsklamotten dabei!“

Über ihm wird es still, dann geht sie in ein anderes Zimmer, und kurz darauf fliegt eine Latzhose die Treppe runter. Als sie wieder runterkommt, steht er in der Hose und hält sie auf wie einen Sack voller Geschenke.

„Willst du auch noch hier rein?“

Er hat die Träger so eng wie möglich gestellt, aber die Hose hängt an ihm, wirklich viel zu groß, und Marie sitzt auf der Treppe und kann nicht mehr mit Lachen aufhören. Als er die Hose loslässt, flappt sie herunter, was sie nur noch mehr zum Lachen bringt. Sie wischt die Tränen aus dem Gesicht und hebt die Arme.

„Mann, meine Sachen sind dir hundert Pro zu klein. Sorry, was Besseres ist nicht da.“

Er stapft ihr hinterher, die Hosenbeine schleifen über den Boden, und er fühlt sich wie ein Fünfjähriger in den Klamotten seines Vaters und muss die ganze Zeit grinsen. Er krempelt die Beine hoch und zieht seine Schuhe an, Marie hält ihm eine Arbeitsjacke hin, aber die macht es nur noch schlimmer. Sie schiebt ihn lachend aus dem Haus, gemeinsam gehen sie zum Bagger. David war nie der Klassenclown, aber er kann verstehen, warum sich Menschen in der Rolle wohlfühlen.

Sie klettert auf den Bagger und sieht ihn an.

„Willst du fahren?“

„Ne, hat mich nie interessiert.“

Marie startet den Motor, große Scheinwerfer flammen auf und erleuchten den Friedhof, die Grabsteine werfen lange Schatten. David ist ganz froh, dass der Motor so laut ist und er nichts sagen muss. Weil er sich gerade wohlgefühlt hat und Spaß hatte, bis er an Katha denken musste, an das ungelebte Leben und dieses Gefühl der Schuld. Weil er überhaupt jemals wieder Freude spüren kann, wenn sie doch nicht mehr da ist.

Marie fährt davon, biegt auf den Hauptweg ein und fährt zur Garage neben dem Haus. Für einen kurzen Moment ist es still, seine Augen gewöhnen sich an die Dunkelheit, er kann Kreuze und Grabsteine ausmachen, und eine alte Gewohnheit in ihm will das gruselig finden. Erst hört er ihre Schritte, dann schält sich ihr Schatten aus der Dunkelheit, sie geht an ihm vorbei zu einem Haufen, der neben der Erde liegt, und zieht die Plane auseinander.

„Pack mal bitte mit an.“

David greift eine Ecke, und gemeinsam bedecken sie den Erdhaufen damit. Es ist dunkel, aber David spürt das struppige falsche Gras auf der Oberseite, ein grüner Hügel neben einem Loch, er erkennt ihn wieder. Vor knapp sechs Wochen hat er dieses Gras angestarrt, sich geweigert, in das ausgehobene Grab zu gucken. Damals war da nur dieses schwarze riesige Loch, das seine Zukunft gefressen hat, und er konnte sich nicht vorstellen, dass es jemals wieder eine geben wird.

„Als ob nicht alle wüssten, was da drunter ist."

Marie lässt sich auf die Holzplanke fallen, packt Tabak und Papers aus und dreht sich eine Kippe, sieht David an, irgendwie resigniert.

„Wir wissen auch alle, dass Rauchen tötet. Aber ich kriege das ganz gut verdrängt. Und leider funktioniert die Werbung bei mir, ist für mich irgendwie Freiheit. Ein Glück gibt's kaum noch welche."

David setzt sich zu ihr, schaut zu, wie sie den Rand des Papers mit der Zungenspitze anfeuchtet.

„Ich wollte einmal cool sein und hab Zigaretten mit auf den Spielplatz gebracht, aber Kinga wollte nicht mit mir rauchen. Also hab ich es alleine probiert."

Marie zündet sich die Kippe an, David hört das Knistern, kann den Rauch sehen, wie er durch den Mund in die Lunge gleitet, sich dort ausbreitet. Ein Tropfen Tinte in einem Wasserglas.

„Und?"

Er erinnert sich an das Husten, das Brennen im Rachen und den älteren Mann, der ihn ganz komisch, fast böse angeschaut hat.

„Hat mir nicht geschmeckt. Aber trotzdem, wenn jemand sich eine dreht, dann find ich das Ritual ganz schön, na ja, sexy."

Marie lacht auf, heiser und laut, viel zu laut für einen dunklen Friedhof.

„Ganz komisch, sexy aus deinem Mund zu hören."

David macht ein unbestimmtes Geräusch und schaut sich um, aber natürlich kommt niemand. Marie sieht ihn amüsiert an und dreht ihren Kopf, um den Rauch in die andere Richtung zu blasen.

„Hast du Angst, dass uns jemand erwischt? Ich darf hier sein, ich lebe hier."

„Ja, das vergess ich manchmal. Friedhöfe sind für mich immer so ein trauriger, düsterer Ort gewesen, ohne Spaß und Freude, aber mittlerweile hab ich viel Zeit hier verbracht und gesehen, wie du und Franz hier seid und diesen Ort mit Leben füllt. Der alte David denkt immer noch manchmal, das macht man doch nicht, aber ich merke, wie ich immer okayer damit werde, dass die Grenzen nicht da sind, wo ich sie mein Leben lang verortet habe. Das ist total schön."

Marie betrachtet die Zigarette zwischen ihren Fingern. „Ich bin hierhergekommen, da war ich sieben. Am Anfang fand ich das auch komisch und gruselig, aber es wurde dann ganz schnell normal. Uns blieb ja auch nichts anderes übrig. Vielleicht hatten Franz und ich Glück, dass gerade Sommer war und wir viel hier rumgerannt sind. Es war lange hell und warm, wir kannten niemanden und haben einfach den ganzen Friedhof erkundet und sind jeden Tag rumgelungert."

Sie starrt in die Dunkelheit, David kann nicht sagen, ob sie noch weitererzählt oder in der Erinnerung hängengeblieben ist. Dann zeigt sie hinter sich.

„Wojciech, einer der Männer, die die Särge schieben, hat in der Nähe vom Haus ein Loch gegraben und es mit Sand gefüllt, damit wir darin spielen konnten. Manche Leute fanden das komisch, aber Papa wollte nicht, dass wir den Friedhof verlassen. Er hatte zu viel Angst, dass uns da draußen was passiert. Und dann haben wir ganz schnell die Leute kennengelernt, die immer wieder vorbeikommen. Dany und Lilly zum Beispiel, die wir heute Morgen gesehen haben. Aber auch ein Mann, ich glaube, aus Japan, der wirklich jeden Tag zum Grab seiner Frau gekommen ist und Räucherstäbchen angezündet hat. Alles an dem Grab war quadratisch, sogar die Büsche, und da war dieser Behälter aus Glas, auch quadratisch und mit Sand gefüllt. Da hat er die Stäbchen reingesteckt und saß auf der Bank, bis sie abgebrannt waren."

„Ich glaube, ich weiß, welches Grab das ist, aber ich hab den Mann nie gesehen."

„Irgendwann ist er nicht mehr aufgetaucht. Wir haben uns dann ewig gefragt, was los ist. Ob ihm was passiert ist oder ob er zurück nach Japan gegangen ist. Oder ob er vielleicht jemanden kennengelernt hat."

„Und?"

Marie zieht an der Kippe.

„Keine Ahnung, haben wir nie erfahren. Aber weißt du, es war nicht so, dass wir den Ort mit Leben gefüllt haben. Das Leben war schon da. Anders als da draußen, aber hier waren schon immer viel Liebe und Nähe und Lachen und Musik. Für uns wurde das schnell normal. Was es schwerer gemacht hat, andere Leute kennenzulernen. Weil die so ein Bild von Friedhof haben, das außerhalb eines normalen Lebens liegt."

„Warum sind deine Eltern eigentlich hierhergekommen?"

Marie sieht ihn kurz an, und über ihren Augen liegt ein Schatten, so dunkel, dass David sich fragt, ob er was Falsches gesagt hat. Dann drückt sie die Kippe auf dem Holz neben sich aus und holt einen silbernen Taschenaschenbecher hervor.

„Als Papa mich zum ersten Mal mit einer Kippe erwischt hat, hat er mich den gesamten Friedhof nach Stummeln absuchen lassen. Gibt nichts Schlimmeres als Kippenstummel auf Gras. Ich würd dir gern was Tolles zeigen. Hast du Lust?“

David weiß nicht, ob er Lust hat, er hat auf jeden Fall ein bisschen Angst. Was Marie als normal empfindet, ist für ihn meistens krass. Was ist dann was Tolles? Er kann selbst nicht sagen, wieso, aber er nickt trotzdem.

Marie legt ihre Hand an seinen Rücken, dann drückt sie ihn nach vorne, und bevor David richtig versteht, was gerade passiert, rutscht seine Hose über das Holz, und er kann sich nicht mehr halten, schreit auf und kommt keine Sekunde später auf dem Boden auf. Seine Beine knicken ein, und die Knie stoßen gegen die Wand, er kann sich gerade noch mit den Händen abstützen, bevor er auf dem Boden liegt.

„Alles okay?“

„Bist du verrückt? Zieh mich wieder hoch!“

„Geh zur Seite.“

„Was?“

Instinktiv macht er einen Schritt nach hinten, und kurz darauf landet Marie auf der feuchten Erde neben ihm. Auf ihren Füßen. Als ob sie das nicht zum ersten Mal macht.

Hier unten ist es wirklich dunkel, er sieht nur noch Schemen, aber er guckt sie trotzdem böse an.

„Ganz toll. Und jetzt? Wie kommen wir hier raus?“

„Darum kümmern wir uns später.“

Maries Schatten wandert nach unten und legt sich auf die Erde. David starrt in die Dunkelheit, bis er ihr Lächeln sieht.

„Komm schon, leg dich zu mir.“

Er ist so überrumpelt, so weit weg von dem Gedanken, sich neben Marie zu legen, dass er überrascht auflacht.

„Aber wir können uns nicht in ein Grab legen. Das macht man nicht!“

Marie sagt nichts, David merkt es selbst. Er spürt ihre Hand an seinem Bein, sie zieht an der Hose. Er betrachtet den Rand des Lochs, ausgefranste Erde, die glatten Kanten der Planken. Wenn er die Hand ausstreckt, kann er sie berühren. Vielleicht schafft er es sogar allein hier raus. Aber dann ist da wieder das Ziehen, und er sieht runter. Sie hat ein Bein angewinkelt, die Arme unter den Kopf gelegt und sieht ihn wartend an. Er kann es nicht ganz greifen, aber sie sieht zufrieden aus.

Er seufzt, geht in die Knie und legt sich hin, zuckt zurück, als er etwas an seinem Hinterkopf spürt.

Marie kichert.

„Sorry, das ist mein Arm. Leg deinen Kopf gern drauf ab."

Es ist eng in dem Loch, links die kühle, feuchte Erde und rechts Maries Körper. Es riecht nach Erde und Gras und Regen, und als er jetzt nach oben schaut, sieht er die dunklen Wände und ein schmales Rechteck, die Äste eines Baumes ragen in sein Blickfeld und dahinter der Himmel. Er weiß nicht, wann er zum letzten Mal so klar die Sterne gesehen hat.

„Krass."

Er hört Marie neben sich lächeln.

„Hab ich doch gesagt. Der Friedhof ist schon dunkler als die Stadt, aber hier unten ist jedes Licht abgeschnitten."

„Machst du das öfter?"

„Ach, ist ein bisschen wie auf das Dach eines leeren Hauses klettern. Hin und wieder passiert das. Wenn ich jemanden beeindrucken will."

David dreht den Kopf zu ihr, versucht, in ihrem Gesicht zu lesen, aber sie schaut nach oben, das schwache Licht spiegelt sich in ihren Augen.

Er sieht auch wieder in den Himmel. Bis er realisiert, dass er mit Katha auf einer Höhe liegt, und plötzlich hat er Kingas Worte im Ohr. Er presst die Zähne zusammen, spürt die Muskeln in seinen Wangen. Als er den Mund öffnet, um sich zu entspannen, knackst sein Kiefer, und die Worte kommen fast von alleine.

„Kinga hat mir vor ein paar Tagen gesagt, dass Katha sich von mir trennen wollte."

Kinga, die im Rollstuhl sitzt und ihn anschreit, dreckige Worte ausspuckt, die so wehtun, weil sie wahr sind.

„Und wenn ich so drüber nachdenke, könnte es wirklich sein, dass das zwischen uns vorbei war. Zumindest von ihrer Seite aus. Und das macht mich gerade richtig kaputt."

David sagt das alles ganz ruhig, aber er spürt das Chaos in sich, viel zu nah an der Oberfläche. Marie weicht ein kleines Stück zurück, damit sie ihn ansehen kann.

„Warum glaubst du das? Dass das sein könnte?"

David schwitzt plötzlich, und allein der Gedanke, mit Marie darüber zu reden, macht ihm einen roten Kopf. Aber gerade gibt es niemanden, der ihm näher ist. In jedem Sinn.

„Gab schon so ein paar Dinge, bei denen wir immer wieder aneinandergeraten sind. Verschiedene Vorstellungen vom Leben."

„Sie hat was vorgeschlagen, und du hast gesagt, das macht man nicht?"

David will die Kraft, die er hat, nicht für Witze verwenden, er will das jetzt endlich einmal aussprechen. Weil er Angst hat, dass er es sonst vielleicht nie machen wird.

„Zwischen Katha und mir hat das mit dem Sex nicht so funktioniert."

Marie sieht ihn weiter an, nickt kurz. Vielleicht muss sie sich zusammenreißen, damit sie keinen weiteren Witz macht. Oder sie hört ihm einfach zu. David kann ihr nicht weiter in die Augen gucken, betrachtet die Grasnarbe über ihnen.

„Ich meine, ich hatte mit ihr damals mein erstes Mal. Und wir haben halt gemacht, wie wir dachten, dass das geht. Aber irgendwann hat sie mir gesagt, dass sie Schmerzen hat. Jedes Mal, nachdem wir miteinander geschlafen haben."

Marie sieht nicht aus, als würde sie lachen oder einen Kommentar machen wollen. Sie schaut ihn an, die Augen ganz offen, mit großen, an die Dunkelheit gewöhnten Pupillen.

David holt Luft.

„Wir haben ja auch deshalb so schnell geheiratet, weil ihre Mama das so wollte. Ganz katholisch. Für mich war das in Ordnung, ich hab sie ja geliebt."

David stockt, die Gänsehaut ist so stark, dass er sich schütteln muss. Dann spürt er Maries Hand an der Seite seines Kopfes, sie sagt nichts, streichelt ihn nur besänftigend.

„Als sie das mit den Schmerzen gesagt hat, war ich natürlich voll schockiert, aber sie wollte auch nicht mit mir darüber reden."

Flackernde Erinnerungen, wie sie sich wegdreht oder ihm ins Wort fällt. Manchmal sind sie dabei beide nackt, und ihr Gesicht ist schon angespannt, weil es gleich wehtun wird.

„Ich habs immer wieder versucht. Hab irgendwann gegoogelt, aber das wollte sie auch nicht hören. Und wenn ich dann was anderes versucht habe, wenn ich sie oral befriedigen wollte ..."

Sie hatte nach seinen Schultern gegriffen und ihn hochgezogen, den Kopf geschüttelt und ihm den Mund zugehalten.

Marie drückt seine Hand.

„Manchmal hat sie mich dann gedrängt, dass wir es trotzdem machen. Weil sie fand, dass es dazugehört. Das wollte ich aber nicht."

Sein Kopf ist voller Bilder, kleine Stummfilme von Katha, wütend, verzweifelt, komplett verheult.

„Ihre Mutter hat immer wieder gefragt, wann wir endlich Kinder bekommen. Nie, wenn ich dabei war, immer nur Katha. Katha hat es nicht geschafft, ihr die Wahrheit zu sagen."

Wenn sie nach den Besuchen nach Hause gefahren waren, hatte Katha immer geschwiegen, den Golf aufheulen lassen und war so gerast, dass David sich am Griff festhielt. Er runzelt die Stirn.

„Das war so komisch, weil sie eigentlich immer mehr Mut hatte als ich. Sie konnte mit anderen Leuten über alles reden, sie hat mit Kinga so viele Gespräche über Sex geführt und hatte immer was zu sagen. Aber nur, solange es nicht um uns ging. Sie war ganz oft die treibende Kraft und die Erste, die etwas ausprobieren wollte. Und sie war ganz oft auch wütend auf mich, weil ich vor zu vielen Dingen Angst habe. Aber beim Sex, keine Ahnung."

Manchmal hatte sie ihn direkt aus dem Auto ins Schlafzimmer gezogen, ihn mit fordernden Lippen geküsst, und all das hatte ihn erregt, bis sie beide nackt waren und er sich auf sie legte und sie sich versteifte, die Finger ins Laken krallte, die Augen geschlossen, und ihn trotzdem aufforderte, in sie einzudringen.

Das konnte er nicht, er wollte mit ihr reden, aber sie schrie ihn an. Nicht mal das kannst du.

„Kinga wusste davon, aber keine Ahnung, ob das Scham war oder was weiß ich, die Vorstellung, da mit jemand anderem drüber zu reden, hat bei ihr Panik ausgelöst."

Wie oft er auf dem Bett saß und wusste, dass sie es nicht so meinte. Weil sie sich jedes Mal danach entschuldigte. Er konnte nichts tun, als ihr zuzuhören, wie sie im Bad weinte.

„Irgendwann hatten wir sie wenigstens so weit, dass sie mit ihrer Frauenärztin reden wollte. Aber als sie endlich den Mut aufgebracht und es angesprochen hat, winkt die ab und sagt, ‚Sie müssen einfach davor ein Glas Sekt trinken und sich entspannen, dann geht das schon.'"

Marie atmet schnaubend aus, macht ein Geräusch wie nach einem schlechten Witz.

„Die Arme."

„Danach war halt vorbei. Sie wollte nicht mehr drüber reden. Auch mit mir nicht. Ich hab mit meinem Urologen drüber gesprochen, aber das hat sie ziemlich wütend gemacht. Was hätte ich denn tun sollen?"

Die Fassungslosigkeit in Kathas Augen. Das hat er verdrängt, aber jetzt ist es wieder da, das Gefühl von damals, sie hintergangen zu haben.

„Hat sie sich deshalb trennen wollen?"

David schüttelt den Kopf, spürt Maries Arm darunter und ist ganz froh um die paar Zentimeter, die seine Haare von der Erde trennen.

„Wir sind wirklich früh zusammengekommen und haben schnell geheiratet. Eben auch wegen ihrer Mutter. Und ich war vollkommen in Ordnung damit. Aber als wir älter geworden sind, hat sie, glaube ich, gemerkt, dass das Leben noch einiges mehr sein könnte. Mehr, als ich war. Oder mir zugetraut habe."

Er denkt gern an die Nacht beim Probenwochenende, in der sie zusammengekommen sind, zumindest bis zum Kuss. Aber jetzt, als ob all das Sprechen darüber irgendwas aufgerüttelt hat, erinnert er sich, wie sie irgendwann nach oben gegangen sind, wo die Schlaflager waren, und sie fragte, ob er mit in ihr Bett kommen wollte. Er starrte sie mit großen Augen an, bis sie kicherte. Nichts Wildes, nur nebeneinander schlafen. Aber so schön er den Gedanken fand, er traute sich nicht. Und obwohl sie nickte und ihn ein weiteres Mal küsste, war da was in ihren Augen. Vielleicht schon von Anfang an eine Ahnung, dass sie ihre Leben in verschiedenen Geschwindigkeiten durchschreiten und sich irgendwann voneinander entfernen würden.

„Der Sex war nur ein Teil davon. Einer, der gezeigt hat, dass irgendwas nicht funktioniert hat." Er schüttelt sich und lacht nervös auf. „Wow. Ich hab die ganzen Sachen noch nie jemandem gesagt. Hatte immer Angst davor, was die Leute dann denken."

Er traut sich nicht, sie anzusehen, wartet auf irgendeine Antwort. Dann zuckt der Arm unter ihm, weil sie sich zu ihm dreht, ihren anderen Arm über seine Brust legt und ihren Kopf an seinen.

„Das ist scheiße alles. Es tut mir leid."

David nickt, hält den Atem an und sich noch einige Momente zusammen. Und dann lässt er los. Es ist, als ob die Anspannung und die Unsicherheit einfach abfließen, sich im Boden verteilen, der schon so viel mehr hat aufnehmen müssen. Er riecht Erde und Marie, drückt sich an sie, legt seinen Arm an ihren und genießt die Schwere ihres Körpers, der sie einhüllt.

Am nächsten Morgen schmerzt sein Nacken, es ist kalt, und er liegt nah an Marie gedrängt. Der Himmel schimmert rötlich, Vögel zwitschern, und David richtet sich auf. Alles tut ihm weh, er kann kaum gerade stehen. Langsam greift er nach dem Brett und versucht, seine Schuhe gegen die Wand zu stemmen, aber er rutscht ab.

„Guten Morgen."

Marie streckt sich, bis ihre Hände gegen die Wand stoßen, dann setzt sie sich auf. Sie hat dreckige Haare und Arme, Erdbröckchen und braune Schlieren überall, und ihrem Grinsen nach zu urteilen, sieht David genauso aus.

Er schaut seine Hände an, voller Erde, dann sieht er flehend zu Marie.

„Können wir jetzt bitte rausklettern?"

„Klar."

Sie steht auf, streckt sich nochmal, dann springt sie gegen die Wand, drückt sich nach oben ab, stemmt sich vom Brett ab, wuchtet ein Bein darauf. Sie zieht das andere nach, dreht sich um und schaut ihn triumphierend an.

David streckt die Hand aus.

„Angeberin."

Sie zieht ihn hoch, aber selbst mit ihrer Hilfe muss David sich anstrengen. Seine Schuhe rutschen ab, seine Klamotten sind schwer von der feuchten Erde. Endlich steht er neben ihr, erleichtert, aber auch irgendwie stolz, das erlebt zu haben. Ein Schwappen lässt sie beide herumfahren, eine Frau mit einem kleinen Kind an der einen und einer vollen Gießkanne in der anderen Hand sieht stur an ihnen vorbei, als sie den Weg entlangkommt, aber die Kleine starrt David und Marie an, bis Marie die Hand hebt und winkt. Die Kleine dreht schnell den Kopf nach vorne und geht ein bisschen schneller. Marie streicht sich eine Strähne aus dem Gesicht.

„Wir sollten duschen gehen."

Als David eine halbe Stunde später in die Küche kommt, sitzt Marie auf der Eckbank, Handtuch auf dem Kopf, das Shirt mit feuchten Flecken vom schnellen Drüberziehen, in den Händen eine dampfende Tasse. Auf dem Tisch stehen zwei Schüsseln und alles für Müsli.

Marie klopft neben sich und macht eine zweite Tasse voll, während David sich setzt. Shirt und Jogginghose sind viel zu groß, aber wenigstens kann er einen Knoten in die Kordel machen.

„Hat alles geklappt mit der Dusche?"

„War nicht so einfach, das Wasser einzustellen, aber sonst alles super, danke."

„Altes Haus. Manche nennen das Charme. Misch dir dein Müsli am besten selbst zusammen. Wenn du sonst was brauchst, bedien dich."

Die Bluetooth-Box spielt *Haim*, und David ist froh, dass er auch mal was kennt. Eine Weile sitzen sie in der Schläfrigkeit einer kurzen Nacht und genießen die Sonne, die durchs Fenster scheint.

Marie öffnet irgendwann halb die Augen, sieht zu David, betrachtet ihn so lange, dass er sich fragt, ob irgendwas ist. Bevor er fragen kann, stellt sie die Tasse ab und steht auf, balanciert über die Bank bis zum Eck des Tisches und springt sanft auf den Boden. Was David überrascht, weil er sie nur mit klobigen Schuhen und lauten Schritten kennt.

Als sie an ihm vorbeikommt, berührt sie ihn an der Schulter.

„Komm. Ich zeig dir meinen Lieblingsplatz."

„Bitte nicht noch ein Grab."

Er folgt ihr in den Flur, dann gehen sie durch die Hintertür nach draußen. Hier stehen die Bäume enger, an ein paar von ihnen hängen Plaketten mit den Namen derer, die zwischen den Wurzeln liegen. Es ist kühl, und Marie geht ganz nach hinten, stellt einen Fuß auf einen Grabstein und zieht sich auf die Mauer. Sie macht das nicht zum ersten Mal, an der Stelle ist der Stein blank, und in David steigt das bekannte Gefühl auf, dass sich das ganz bestimmt nicht gehört, bis er auf den Namen sieht und stutzt. Noch eine Katharina.

Er sieht auf, und Marie guckt ihn an, schaut ihm zu, wie er langsam versteht.

Er klettert neben sie, ohne den Grabstein als Stufe zu verwenden.

„Sie wollte nie Katha genannt werden, oder?"

Marie dreht sich eine Zigarette.

„Papa hat sie immer so genannt, wenn er sie beschwichtigen wollte. Sie hat es gehasst. ‚Mach mich nicht klein', hat sie dann gesagt, und er war froh, dass sie überhaupt mit ihm redet."

„Haben sie sich oft gestritten?"

Marie hat das Feuer schon an der Kippe, lässt es ausgehen, schaut in den Wald, lässt sich Zeit.

„Er war Musiker. Pianist. War viel unterwegs. Wenn es sich ergeben hat, hat er die Touren auch gern verlängert. Das war sein Leben."

„Und deine Mutter musste hier auf ihn warten."

Marie legt die Kippe neben sich auf die Mauer, ganz vorsichtig, dann schiebt sie die Hände unter ihre Schenkel.

„Meine Mum ist gestorben, als ich sieben war. Lungenkrebs. Die Leute aus dem Krankenhaus haben gesagt, dass sie wahrscheinlich innerhalb der nächsten sechs Monate sterben wird. Papa hat nicht geglaubt, dass es wirklich so schnell geht. Er war damals in dieser Band, die zum ersten Mal eine Tour in Japan spielen sollte. Das war sein großer Traum. Und den wollte er sich nicht nehmen lassen. Als sie dann drei Monate nach der Diagnose gestorben ist, war er nicht da. Danach hat er hier den Job als Totengräber angenommen. Wir sind wegen ihr auf den Friedhof gezogen. Er war nie wieder unterwegs. Als ob es was gebracht hätte, sein Leben mit ihrem zu beenden."

David spürt den Klumpen in seiner Kehle, und alle Worte, die er für so eine Situation kennt, reichen nicht aus. Seine Schulter berührt sanft ihre, und dann lehnt sie sich fester dagegen, er legt den Arm um sie und drückt sie an sich. Marie legt ihren Kopf auf seine Schulter. Schön, ihn da zu spüren. Sie sieht ihn von unten an, Augen rot, beschämter Zug um die Lippen, sie zieht die Nase hoch.

„Verstehst du jetzt, warum du schleunigst von diesem Friedhof wegsolltest?“

Er nickt, sein Kinn in ihren Haaren, seine Hand auf ihrer Schulter, die sich bei jedem Atemzug hebt.

„Ist es okay, wenn ich noch ein bisschen mit dir hier bin?“

Er spürt ihr Schmunzeln, ihr leichtes Nicken, und bewegt sich nicht, aber in ihm ist Freude und Wärme, mehr, als er gedacht hat jemals wieder fühlen zu können.

Marie atmet tief ein, hebt den Kopf und legt die Kippe in den Tabakbeutel.

„Ich muss noch ein bisschen was machen. Hilfst du mir?“

David richtet sich auf.

„Wird es so dreckig wie gestern?“

„Mindestens.“

38

Katha ist schon immer gern schnell gefahren.

Sie hat ihr fast vierzig Jahre altes, rotes Golf-Cabrio geliebt, und diese letzte Strecke war eine gewundene Allee ohne Seitenbegrenzung und mit sehr verwitterter Leitlinie. Für ein offenes Verdeck war es zu kalt, aber die Sonne schien, und sie hatten die Fenster runtergekurbelt, sodass sie bei jedem Baum das Röhren des Motors als Echo hörten.

Katha fuhr Ideallinie, und als sie schwungvoll zur Seite auswich, als ihnen ein älterer Mann in einem Toyota Corolla entgegenkam, sah Kinga sie an.

„Ich weiß, du liebst das. Aber kannst du ein bisschen langsamer machen?"

Katha warf ihr einen kurzen Seitenblick zu und grinste. Seit sie sich vor fast zwanzig Jahren auf dem Spielplatz kennengelernt hatten, hatten sie sich immer wieder gegenseitig geneckt und hochgeschaukelt und dabei so angegrinst.

„Bei mir brauchst du keine Angst haben."

Kingas Magen zog sich zusammen, aber sie zwang sich zu einem Lächeln und schwieg, weil hier doch gerade ein neues Blatt an dem ziemlich verdorrten Baum ihrer Freundschaft wuchs und sie das nicht kaputtmachen wollte. Doch keine zwei Kurven später spürte sie, wie die Reifen den Halt verloren, der Wagen nach links rutschte und dieser Baum ihnen viel zu nah kam.

So viele laute Geräusche auf einmal, dass es ihr wie eine Explosion vorkam, dann kreischende Stille, bis auf das Knacken des erstorbenen Motors. Und Kathas Keuchen und Wimmern.

39

Als Marie in die Küche kommt, steht David an der Arbeitsplatte, er schneidet Apfel, Birne und Banane fürs Müsli, und sein Kopf bewegt sich sanft zur Musik.

Sie betrachtet ihn aus dem Türrahmen heraus, wie er nur mit Shirt und Boxershorts dasteht, für alles andere ist es mittlerweile selbst morgens zu warm. Seit sie zum ersten Mal miteinander geschlafen haben, sieht sie seine nackten Beine gern. Schlank und lang, wohlgeformt, die Muskeln spielen zwischen Boxershorts und Knie.

Er hat sich nicht rasiert, seit er hier angekommen ist. Der Bart steht ihm. Seine Anwesenheit ist selbstverständlich geworden, es hat nur ein paar Tage gebraucht. Das Gewicht seines Körpers neben ihr im Bett, samt Gewissheit, dass er sie festhält. Sein Schweigen, wenn sie nebeneinander auf der Mauer sitzen und sie eine raucht. Seine Schritte auf der Treppe, so anders als die von Franz. An die Schritte von Papa kann sie sich nicht erinnern. Sie geht auf ihn zu und umarmt ihn von hinten. Er zuckt dabei immer noch ein bisschen zusammen, aber entspannt sich sofort und wirft einen Blick über die Schulter.

„Guten Morgen. Gut geschlafen?"

„Du schnarchst so heftig, da ist an Schlaf kaum zu denken."

„Ich kann auch ins Gästezimmer umziehen. Aber dann musst du auch auf meine Zunge und den Penis verzichten."

Er hat ihr von Norah erzählt, sie hat den leichten Stich der Eifersucht ignoriert. Dann sollte sie ihm zeigen, was ihr gefällt. Er lernt schnell und mit großer Begeisterung. Wie ein junger Hund.

„Schon okay, das ist ein fairer Preis. Wann bist du denn aufgestanden?"

Sie löst sich von ihm und klettert über die Bank in ihre Ecke. Schon als Kind hat sie es geliebt, dort zu sitzen und alles im Blick zu haben.

David wendet sich wieder dem Obst zu.

„Mit dem Sonnenaufgang. Als du gestern getanzt hast, hab ich mich mit Anjuli unterhalten."

Sie hatte sich sanft im Takt der Musik bewegt und die anderen im Wohnzimmer beobachtet. Tanzen war das noch lange nicht.

„Sah sehr tief aus, euer Gespräch."

„Kennst du das Konzept der Sprachen der Liebe? Dieses, manche zeigen ihre Liebe über Worte, andere durch Geschenke und Berührungen, wieder andere durch Hilfsbereitschaft und so. Und manchmal, wenn Menschen verschiedene Sprachen sprechen, dann reden sie aneinander vorbei, obwohl trotzdem bei beiden Liebe da ist."

Marie nickt, alles oft genug gehört, besonders im Wohnzimmer von Marinella und Samuel, aber David schnippelt und redet weiter, vielleicht auch mehr für sich. Jetzt dreht er sich zu ihr, das Messer in der Hand.

„Jedenfalls sagt Anjuli, als ihre Großmutter gestorben ist, hatte sie nicht das Gefühl, dass ihr Vater trauern würde, weil er ganz normal mit seinem Leben weitergemacht hat. Das hat sie richtig wütend gemacht, weil sie dadurch das Gefühl hatte, dass er sie nicht so vermisst, wie sie es tut. Bis sie dann, nachdem er gestorben ist, einen ganzen Haufen Briefe gefunden hat, die er an seine Mutter geschrieben hat, einen für jeden Geburtstag ohne sie." Er blickt irgendwo zwischen ihnen durch den Boden, fährt mit dem Finger die Klinge des Messers nach. „Du hättest sie sehen sollen, wie sie das erzählt hat. Erleichtert, dass ihr Vater auch Gefühle zulassen konnte. Aber auch ertappt, weil sie seine Trauer nicht verstanden hat und deshalb auch so wütend war auf ihn. Und dann sagt sie: ‚Ein bisschen ist es, als ob es auch Sprachen der Trauer gibt. Und nur, weil jemand nicht unsere spricht, heißt das nicht, dass sie nicht da ist.'"

Jetzt sieht er sie an. Sein Blick ist so offen und verletzlich, dass Marie gerührt ist.

„Ich hab da die ganze Nacht drüber nachgedacht. Irgendwie erleichtert mich dieser Gedanke. Weil das, was ich Katha gegenüber fühle, eben meine Trauer ist. Meine Sprache, die nicht alle sprechen müssen. Als es dann wieder hell wurde, bin ich raus und hab mich zu ihr gesetzt. Das war sehr schön. Bis mir kalt geworden ist."

Er deutet ein Lächeln an, und die Vorstellung, dass er sich mit ihr so wohlfühlt, dass er ihr all das erzählen kann, ganz verletzlich und frei von Ironie, das Fenster seiner Seele weit geöffnet, umschließt sie mit einer Wärme, die sie lange nicht gespürt hat.

Sie hört ihm gern zu und hat ihn gern um sich, und ihm scheint es auch so zu gehen. Genau das macht ihr auf einmal große Angst. Weil er ein Grund werden könnte, niemals hier wegzukommen. Marie muss zur Seite schauen, räuspert sich, zieht das Fenster zu.

„Erstmal kannst du nicht die ganze Nacht drüber nachgedacht haben, weil du geschnarcht hast. Und zweitens ist das ja alles schön und gut, aber ich freu mich, wenn du bitte nicht vergisst, dass da draußen auch noch Leben ist. Echtes Leben, meine ich."

Sie grinst, versucht es zumindest, als ob das die Worte irgendwie dämpfen könnte, aber noch bevor sie fertig gesprochen hat, bemerkt sie die Veränderung der Stimmung, seine Schultern, die sich anspannen, und die Augen, die plötzlich kalt werden.

Seine Zunge fährt unter der Oberlippe entlang, er legt das Messer weg, umgreift die Arbeitsplatte mit den Händen. Sie kann die Spannung in seinen Unterarmen sehen. Schöne, sehnige Arme.

„Kannst du bitte damit aufhören, das die ganze Zeit zu sagen? Das ist echt nicht mehr witzig."

In ihrer Brust pocht der Impuls, sich zu entschuldigen, weil sie weiß, dass er recht hat. Drückt sich nach oben. Aber da ist so viel anderes in ihr, das die Entschuldigung zurückhält. Sie schluckt und zuckt mit den Schultern.

„Ist ja auch kein Witz. Schau dir an, was das mit meinem Papa gemacht hat."

David schüttelt den Kopf, die Stirn so sehr gerunzelt, dass sie ihm am liebsten die Falten weggestreichelt hätte. Aber sie realisiert, dass das wohl eine Zeitlang nicht mehr passieren wird.

„Was hätte er denn sonst machen sollen? Hätte er einfach weitermachen sollen wie vorher? Euch irgendwo in einem Heim abgeben?"

Sie dreht sich weg, instinktiv verschränkt sie die Arme, hofft, dass er den Trotz nicht hört.

„Nee, er hätte uns ja mitnehmen können. Immer auf Reisen sein, immer Musik, immer bisschen arm, aber glücklich."

Wie oft sie sich das vorgestellt hat. Vielleicht hätten sie einen alten Camper gehabt, und er hätte ihnen früh Gitarre und Klavier beigebracht, und sie wären das Highlight jeder Show gewesen, wenn sie dann für einen Song auf die Bühne gekommen wären.

David schnaubt, und die Vorstellungen eines ungelebten Lebens, die sie seit mehr als fünfzehn Jahren mit sich trägt, zersplittern.

„Wszędzie dobrze, gdzie nas nie ma."

Was auch immer das heißt, sie weiß, dass es ihr nicht gefallen wird.

„Das hat Katha immer gesagt, wenn ich mich über irgendwas aufgeregt hab oder neidisch war auf jemanden. Wo wir nicht sind, ist das Glück. Anderswo ist es immer grüner und besser und schöner."

Marie kriecht die Unsicherheit unter der Haut entlang, die Arme und den Rücken hoch, bis sie im Nacken ankommt und sich festsetzt. Sie zwingt sich, die Arme zu lösen, greift an die Tischplatte.

„Ja, wäre vielleicht nicht immer schön gewesen, aber besser als das hier."

„Und warum bist du dann noch da?"

„Was?"

Sie sieht es ihm an, er weiß, dass sie ihn verstanden hat. David hebt den Arm und zeigt nach draußen.

„Seit wir uns kennen, sagst du mir, dass ich gehen soll. Dass das Leben da draußen auf mich wartet. Aber was ist denn mit dir? Du bist alt genug. Pack dein Zeug und geh doch selbst. Sei die Straßenmusikerin, die du gern wärst. Du hast doch genauso Angst davor."

Marie spürt, wie sie rot wird. So fühlt es sich also an, wenn deine Wahrheit, die du seit Jahren vor dir selbst versteckst, ausgesprochen wird. Sie schüttelt den Kopf, mehr für sich selbst.

„Das geht nicht. Ich muss den Job für Papa machen. Ich muss für ihn da sein. Ich kann nicht weg. Jetzt noch nicht."

David lächelt ein ‚Wir wissen beide, dass du dir selbst was vormachst'. Und natürlich weiß sie das. Ihr ganzes Leben schon hat sie es sich einfach gemacht und hat Menschen vergrault, die ihr nahegekommen sind, ohne dass sie selbst jemals einen Schritt aus diesen Mauern heraus gemacht hat. Franz sagt das seit Jahren, aber seine Worte hat sie über Jahre zu ignorieren gelernt. Wie ihre eigenen Gedanken. Jetzt geht das nicht mehr.

Maries Unsicherheit kippt in Wut um, die fast ohne Widerstand durchdringt. Weil Wut immer einfacher ist als Auseinandersetzung.

„Weißt du was? Geh du doch! Hau ab!“

Sein Ausdruck verändert sich, jetzt versteht er, wie sehr er sie getroffen hat.

„Wirklich?“

„Pack dein Zeug und verschwinde. Ich hab keinen Bock auf Leute, die mir wehtun. Das passiert viel zu oft.“

Er starrt sie an, und sie hält seinem Blick stand, was unheimlich anstrengend ist, weil alles in ihr zittern und schreien will. Aber das kann sie jetzt nicht zeigen. Bis er ausatmet, sich über die Augen fährt und das Messer auf dem Brett ablegt.

„Weißt du, seit Katha tot ist, kämpfe ich mit diesem riesigen schwarzen Stein, diesem Monolith, der mir im Weg steht, und ich konnte eine ganze Weile lang nicht glauben, dass es dahinter weitergeht. Aber du hast mich an die Hand genommen und hinter dir her gezerrt. Das war nicht alles toll, und auf manche Sachen hätte ich auch gern verzichtet.“

Er fährt sich an seinen Armen entlang, eine unwillkürliche Bewegung.

Natürlich kann sie seine Gedanken nicht lesen, aber sie könnte schwören, dass er die kalte, nasse Erde des Grabes spürt.

„Aber da ist auf jeden Fall die Musik. Und die Gespräche. Und auch einfach das Bei-dir-Sein. Du hast mir gezeigt, dass der Monolith vielleicht nicht weggeht, aber dass das Leben trotzdem weitergehen kann. Und das hier.“ Er zeigt abwechselnd auf Marie und sich selbst. „Ich meine, ich glaube, uns beiden ist klar, dass wir nicht zusammenkommen. Und das ist vollkommen okay. Aber wir halten uns und helfen uns gegenseitig. Da ist auf jeden Fall irgendwas. Irgendeine Form von Beziehung. Von Liebe."

Sie spürt ihn fast physisch, den Schlag. Ihr Herz taumelt. Weil sie sich die ganze Zeit eingeredet hat, dass sie nicht will, dass das wirklich was Ernstes wird. Aber jetzt, wo er das so klar ausspricht, knackt die harte Schale in ihr, und da quillt sie heraus, die Erkenntnis, dass sie sich schon zu sehr an ihn gewöhnt hat und sehr wohl gern mehr hätte. Irgendwo hinter dem starken und unabhängigen Bild von sich selbst vergilbt die Idee einer gemeinsamen Zukunft. Wenn schon nicht Papa, dann vielleicht sie beide im alten Camper, jeden Tag in einer anderen Stadt spielen und kein Geld haben, aber so viel Freiheit, und wenigstens hätten sie sich, und das wäre doch vielleicht genug. Aber jetzt ist davon nichts mehr zu sehen, weil die Wut alles frisst.

Sie zieht die Nase hoch und legt ihre Arme um sich, hält die Tränen zurück.

„Vollkommen verständlich, dass sie dich verlassen wollte. Arschloch. Verpiss dich endlich! Lass mich in Ruhe!"

Er steht so nah, dass sein Shirt ihre Spucke abbekommt. Aber er bleibt einfach stehen und sieht sie so traurig an, dass sie es kaum aushält. Wie kann er so ruhig sein? Und so ehrlich? Und wo sind seine Tränen? Sie wischt sich über die Augen, starrt ihn aber weiter an, immer noch von oben, aber sie fühlt sich so klein.

David kratzt sich am Kopf, zeigt wieder aus dem Fenster.

„Ich konnte ihm kaum zuhören, weil ich damals so sehr damit beschäftigt war, nicht über Katha nachzudenken. Aber weißt du, was der Pfarrer gesagt hat? ‚Trauer bedeutet, dass da Liebe war. Und Liebe ist nichts für Menschen, die schwach sind.' Und irgendwie hab ich gedacht, du bist stärker."

Marie atmet scharf ein und stockt, weil sie nicht weiß, was passiert, wenn sie sich loslässt. Eckstein hat das aus Fleabag geklaut und benutzt es andauernd. Aber wie David das sieht, hat sie das noch nie gesehen. Nie sehen wollen.

Zwei Momente lang schaut er sie noch an, dann geht er aus der Küche. Marie bleibt still, hört seine Schritte, nach oben und kurz darauf wieder runter, wie er an der Küche vorbeigeht und sanft die Tür hinter sich zuzieht.

Erst dann sackt sie zusammen, setzt sich zurück auf die Bank und kauert sich in die Ecke, fühlt sich ertappt und feige und leer.

Und vollkommen allein.

40

Die Wohnungstür öffnet sich, Kinga schaut überrascht auf, und obwohl sie es besser weiß, hat sie einmal mehr die kleine, aber hell leuchtende Hoffnung, dass Katha reinkommt. Dann steht David vor ihr, stockt kurz, als er sie im Flur stehen sieht. Er schaut sie für einen Moment an, als ob irgendwas falsch wäre, und sie spürt, wie sich ihr Magen zusammenzieht. Aber dann hellt sich sein Gesicht auf.

„Du stehst! Und der Gips ist weg! Wie gut!"

Er schließt die Tür und kommt auf sie zu. Seine Freude ist echt. All ihre Wut, all die Worte, die sie in den letzten Tagen vorbereitet hat, aber auch die Entschuldigung löst sich auf in Davids Reaktion und in ihrer Erleichterung. Sie lacht auf und nickt, und er streckt die Arme aus, aber kurz vor ihr bleibt er stehen.

„Ist es okay, wenn ich dich umarme?"

Sie weiß nicht, ob er wegen des Beins fragt oder wegen des Streits, aber sie sagt ja, und er nimmt sie in die Arme. Sie lehnt den Stock gegen die Wand, er rutscht ab und knallt auf den Boden, aber sie halten sich weiter. Er riecht nach fremdem Shampoo, seine Haltung ist anders. Sie greift an seine Schultern und schiebt ihn von sich weg, schaut ihn prüfend an. Er sieht traurig aus, aber auch zufrieden, lächelt sie erschöpft und neugierig an, runzelt die Stirn.

„Alles in Ordnung?"

Besser, jetzt, wo du da bist, denkt sie und nickt, fährt ihm durch die Flausen an den Wangen.

„Du musst dich rasieren. Sieht schrecklich aus."

David schaut in den Spiegel, streicht sich selbst übers Gesicht.

„Früher war besser?"

„Früher war besser."

David hebt den Kopf, schaut sich sein Kinn von unten an.

„Vielleicht ist jetzt nicht schlechter, nur anders. Aber ich könnte ihn ein bisschen stutzen."

Er löst sich von ihr und geht in die Knie, hebt den Stock auf.

„Wie krass, dich ohne Gips zu sehen."

„Find ich auch. Ich soll aber immer noch eine ganze Weile langsam machen."

„Du weißt, dass du so lange bleiben kannst, wie du willst."

„Wirklich?"

„Klar."

„Ich hab dir ziemlich heftiges Zeug an den Kopf geworfen. Ich hätte dir das nie sagen dürfen."

David wuschelt sich durch die Haare, nickt und zuckt gleichzeitig mit den Schultern.

„Ich hab noch nicht gefrühstückt. Sollen wir essen und reden?"

Essen und reden ist vielleicht nicht die Lösung für alles, aber für Kinga fühlt es sich an wie ein Schritt in eine Zukunft, in der sie füreinander da sein können.

41.1

Drei Tage ist David nicht mehr auf dem Friedhof gewesen, hat stattdessen langsame Spaziergänge mit Kinga gemacht – Schritt, Atemzug, Gehstock – und den Rest der Zeit viel mit ihr geredet. Aufgeholt, was in den letzten Jahren liegengeblieben ist.

Alex sitzt auf einer der Bänke in der Sonne und liest, eine ältere Dame steht an einem der Brunnen und füllt eine Gießkanne auf. Weiter hinten schieben zwei Männer Kinderwagen nebeneinanderher, immer wieder atmet einer der beiden eine dichte Wolke aus, wahrscheinlich ein Vaper. David sieht weder den Bagger noch Marie. Als er bei Katha ankommt, geht er in die Hocke. Jemand hat frische Blumen eingepflanzt, und aus dem Ast sprießen junge Blätter.

„Sie kümmert sich um dich. Und das, obwohl sie auf mich böse ist."

‚Sie kann nicht anders', flüstert Kathas Geist ihm ins Ohr. Und: ‚Bist du sicher, dass sie böse ist?'

David zuckt mit den Schultern.

„Das würde ich gern mit ihr besprechen. Aber davor wollte ich ein bisschen bei dir sein. Erzählen, was so los ist."

Katha schweigt, aber er spürt ihren Blick. Natürlich weiß sie schon alles. Weil das hier vielleicht die Reste ihres Körpers sind. Aber ihr Geist ist immer bei ihm. David weiß nicht, ob ihm das Hoffnung macht oder Angst. Und dann hat er ihr Lachen im Ohr, und Davids Arme kribbeln, als ob sie versucht, ihn wegzuschieben. ‚Komm schon, mach!'

„Jaja. Ich geh schon. Aber trotzdem, ich vermisse dich. Vermisse all die Dinge, mit denen du mich immer noch überrascht hättest. Die großen Momente, die nicht mehr passieren können. Ich vermisse den ungelebten Teil unseres Lebens."

Katha schweigt. Weil David nicht weiß, wie sie darauf reagiert hätte. Vielleicht wären sie sowieso nicht mehr zusammen. In seinem Kopf ploppen verschiedene Versionen ihrer Leben auf. Sie mit einem anderen Mann, vielleicht sogar mit Kindern. Oder eben doch die Weltreise mit dem Motorrad und Jahre auf anderen Kontinenten. Welche Version auch immer es gewesen wäre, er ist sicher, dass sie immer wieder voneinander gehört hätten.

Er blinzelt die Tränen weg, steht auf und macht sich auf die Suche nach Marie.

Die Mauer hinter dem Haus ist leer, auf sein Klingeln reagiert niemand, und ihr Handy scheint aus zu sein. David starrt für einen Moment auf das Display, dann drückt er auf Franz' Namen. Noch vor dem ersten Klingeln ist er dran, sagt mit schwerer und nasser Stimme ‚Hallo', und David weiß, dass etwas passiert ist.

„Papa ist vorgestern gestorben. Wir organisieren gerade den Rücktransport."

Franz ist schon durch das erste Weinen und in der Phase abgestumpfter Geschäftigkeit.

David war dort nie, Kinga ist für ihn eingesprungen.

„Das tut mir so leid. Ist Marie bei euch?"

„Gestern angekommen und seitdem bei Papa. Ist nicht ansprechbar."

„Kann ich irgendwas tun? Brauchst du was?"

„Freitag ist die Beerdigung. Kommst du? Das würde mich wirklich freuen."

„Ich werde da sein."

„Gut."

Innerhalb des Wortes bricht die Trauer durch. David bekommt eine Gänsehaut, kennt das Gefühl, die Einsamkeit, die Leere und den riesigen schwarzen Block, der jetzt in diesem Leben steht, will Franz durch das Telefon packen und ihn fest umarmen, zusammenhalten, stützen. Wie Kinga es mit ihm macht. Und Marie auf ihre Weise.

„Ich drück dich, Franz."

„Danke."

„Wenn du was brauchst, ruf an, wann du willst."

„Freitag, elf Uhr."

\

Als David Freitag um kurz nach elf an der Aussegnungshalle ankommt, stehen die Leute schon bis zur Tür. Er hat auf dem Weg das Jackett ausgezogen, trägt es über dem Arm. Als er die Orgel hört, setzt er sich unter das Vordach, gegen die Wand gelehnt. Soll die Hose doch dreckig werden.

Er muss die Augen schließen, weil die Sonne so hell ist, und lauscht den Worten des Pfarrers, der den alten Mann so lange Jahre kannte. Auch Franz versucht, etwas zu sagen, aber seine Stimme bricht ihm weg. David ist froh, dass er hier allein sitzt und weinen kann, ohne dass ihm jemand zusieht. Beim Auszug spielt Franz ‚La Mer', und David muss lächeln, summt die Worte mit und lässt sie an sich vorbeiziehen. Die Männer mit dem Sarg, den Pfarrer, Anjuli, Marinella und Samuel, Leute aus ihrem Wohnzimmer, Alex und so viele mehr. Sie gehen links am Haus vorbei, und David stellt sich vor, wie sie sich an der Mauer versammeln, am Grabstein mit der blanken Stelle.

Er sieht ihnen noch einen Moment hinterher, dann tritt er ins Dunkel der Aussegnungshalle. Franz ist alleine, ist mitten im fröhlichen letzten Teil des Liedes, sein Gesicht ist nass, das Hemd hat riesige Schweißflecken, die Fliege hängt ein wenig schief, und als er David sieht, muss er lächeln und zieht die Nase hoch. David imitiert seine Trompete und spielt die zweite Stimme, bis Franz das

Lied ausklingen lässt. Dann hebt er seine Arme, und David umarmt ihn, diesmal ist es wirklich er, der Franz hält. Was aber auch nur geht, weil der noch auf dem Hocker sitzt. Franz dreht den Kopf, drückt David einen nassen Kuss auf die Wange.

„Schön, dass du da bist. Papa hat es geliebt, dir zuzuhören."

„Ich hab ihn leider viel zu wenig gekannt. Es tut mir wirklich leid."

Franz sitzt zusammengekauert auf dem Hocker, nur das warme Summen der Orgel ist zu hören. Und sein Schniefen. Er nickt.

„Ich glaube, das ist schon okay so. Am Ende war er ein sehr vergesslicher Geist in einem kaputten Körper. Hoffentlich ist er jetzt wieder ein bisschen fitter und kann sich auf die Suche nach Mama machen, da oben. Oder wo auch immer."

„Das ist eine schöne Vorstellung."

Und dann, bevor David fragen kann, sieht Franz ihn eindringlich an. Fast entschuldigend.

„Sie ist nicht da, David."

Natürlich hat er nach ihr gesucht, zwischen den Leuten, die aus der Halle gekommen sind, aber er dachte, vielleicht ist sie schon beim Grab. Sitzt mit überkreuzten Beinen da, raucht und wartet, bis die anderen kommen. Jetzt verblasst sie, wie ein Geist, der verschwindet. Er runzelt die Stirn.

„Wo ist sie?"

Franz hebt Arme und Schultern, eine Mischung aus ‚keine Ahnung' und ‚Ist das nicht klar?'.

„Sie ist gegangen. Heute Morgen."

David starrt durch die offene Tür nach draußen. Spürt Enttäuschung, spürt sogar leichte Wut und einen Hauch von schlechtem Gewissen. Aber dann ist da Freude und sowas wie Stolz. Er dreht sich wieder zu Franz.

„Das ist gut, oder? Dass sie das gemacht hat."
„Finde ich auch. War schon lange Zeit."
„Hat sie noch irgendwas gesagt?"
„Ich soll dir danke für den Arschtritt sagen."
David lacht auf, eine Spur von Bitterkeit liegt darin.
„Das hätte ich gern von ihr selbst gehört."
„Vielleicht kommt das irgendwann."
Franz beugt sich zum Schalter, und es wird still. Davids Kopf und sein Herz sind noch bei Marie, er schafft es noch nicht ganz, das Bedauern loszulassen. Er blickt nochmal raus, in die Richtung, in der das Grab liegt. Sieht es von hier aus nicht, aber sieht es vor sich. Frisch ausgehobene Erde unter einem falschen Rasen.
„Musst du nicht zur Beisetzung?"
„Ich hab dem Eckstein gesagt, dass ich mich hier verabschiede. Mit der Musik."
„Und was passiert jetzt? Wirst du hierbleiben?"
Franz schnieft wieder, holt ein Stofftaschentuch aus der Hose und wischt sich über die Augen.
„Ich finds ganz gut hier. Muss mir wohl jemanden für den Bagger holen, aber den Rest übernehme ich jetzt dann offiziell. Bisher war das immer noch Papas Job, eigentlich. Aber." Er richtet sich auf und sieht David erstaunlich freudig an, mit seinen rotgeweinten Augen. „Zuerst mach ich sechs Wochen Ferien. Norah und Nick sind noch so lange in Europa unterwegs, und ich fahr mit. Urlaubsvertretung ist schon organisiert."
Blitzlichter ihrer Konzerte, die Freude, die sie hatten, wie die Leute zu ihrer Musik getanzt und gefeiert haben. Plus Davids Vorstellung einer Tour, mit einem alten Auto und kleinen Zimmern und verrauchten Kneipen und zu wenig Schlaf, aber so viel Spaß.
„Das hört sich toll an! Bin ein bisschen neidisch."
„Sie haben gefragt, ob du mitkommst."

Und David sieht sich selbst in diesem alten Auto und den kleinen Zimmern, wie er neben Norah liegt, sein Kopf auf Franz' Arm, wie sie auf den Bühnen sitzen, nach dem Konzert, er spürt die Musik und den Rausch, in den sie ihn versetzt. Aber dann sieht er nach draußen, zum Grab, nach dem Marie jetzt nicht mehr sehen wird.

„Das wäre toll, aber ich kann nicht. Ich muss mich um Katha kümmern."

Franz schaut, wie Katha vorher geschaut hat, wie er selbst vor ein paar Tagen Marie angeschaut hat, und David hält den Atem an, aber schüttelt dann noch einmal den Kopf.

„Wirklich nicht. Tut mir leid."

„Du bist herzlich willkommen. Sag einfach Bescheid."

„Bleibst du noch ein bisschen hier?"

„Ich werd noch ein bisschen für mich sein und Musik machen."

David nickt, klar, und drückt Franz nochmal. Diesen Bären von Mann mit seinen Hosenträgern, der Fliege und den geringelten Socken. Er mag ihn wirklich.

Dann geht er durch die leeren Bänke nach hinten und tritt ins Licht.

41.2

Anjuli ist mit ihr in den Norden gefahren, gemeinsam haben sie Papa versorgt. Marie ist zusammengezuckt, als sie ihn zum ersten Mal berührte, sie hatte nicht mit der Kälte gerechnet, und wie wächsern sich die Haut anfühlte. Anjuli spielte Jazz auf ihrem Handy ab, sie zogen ihm den Schlafanzug aus und wuschen ihn.

Als Anjuli ihm eine neue Windel anzog, konnte Marie nicht anders als lachen. Anjuli lachte mit ihr. Franz und sie hatten ihn in den letzten Jahren auch schon waschen und die Windeln wechseln müssen, das hier würde aber seine letzte sein, und irgendwas daran war absurd befreiend. Sie zog sich die blauen Handschuhe aus und nahm sich ein Taschentuch aus der Box. Anjuli stand neben ihrem Vater, bis Marie weitermachen konnte. Sie hatte seinen alten, weinroten Anzug mitgebracht, den er früher immer beim Spielen angehabt hatte. Jetzt war er ihm viel zu groß, aber Marie hatte trotzdem Mühe, Hemd, Weste und Jackett über die starren Arme zu ziehen. Als sie ihn gemeinsam in den Sarg betteten, lief ‚La mer', und Anjuli verließ den Raum, gab ihr Zeit.

Franz war mit dem Zug zurückgefahren, um auf dem Friedhof die Vorbereitungen zu treffen, Marie und Anjuli kamen mit dem Bestatterauto hinterher. An den Raststätten hat Marie den Kofferraum aufgemacht, sich gegen den Sarg gelehnt und eine Kippe geraucht. Anjuli hat zwar immer den letzten Parkplatz genommen, manche haben aber trotzdem geguckt, bis Marie ihnen gewunken hat.

Jetzt steht sie in der Küche und starrt auf die Leute, die zur Beerdigung gekommen sind. Sie stehen vor der Aussegnungshalle, warten darauf, dass es losgeht. Viele von ihnen haben ihren Vater auf dem Friedhof kennengelernt, manche schon vor fünfzehn Jahren. Aber auch Marinella und Samuel und einige andere aus der Wohnung sind da.

Ihr Rucksack steht im Flur, der Gitarrenkoffer lehnt daneben, und Marie dreht sich um, als Franz in die Küche kommt.

„Soll ich wirklich nicht noch die Beerdigung abwarten? Ich kann dir danach beim Aufräumen helfen."

Franz nestelt an der Fliege, nickt mit dem Kopf nach draußen.

„Da sind doch genug Leute."

„Aber sollte ich mich nicht von David verabschieden? Oder mich entschuldigen? Oder wenigstens ..."

Franz nimmt sie in den Arm, erstickt ihre Worte und hält sie, bis es nicht mal mehr sie interessiert, wie der Satz zu Ende geht.

„Es wird immer einen Grund geben, nicht zu gehen."

Sie sieht ihn an, ihren großen Bruder. Der beste Bruder, den sie sich vorstellen kann. Während ihr Vater nicht mehr die Kraft hatte, für sie da zu sein, hat Franz sie alle getragen. Sie hat sich oft gefragt, wie alt die Seele ist, die in seinem Körper schlummert. Und ob es wirklich nur eine ist. Sie macht einen Schritt nach hinten, steigt auf die Bank, packt seinen Kopf und küsst ihn auf den Scheitel, umarmt ihn wieder und geht dann zu ihren Sachen.

Er schaut ihr zu, wie sie den Rucksack schultert, sich die Gitarre umhängt, dann kommt sie nochmal zu ihm, eine letzte Umarmung, zumindest für jetzt.

„Weißt du, wie sehr ich dich liebe?"

„Weiß ich. Ich dich genauso. Viel Spaß, Kleine."

Sie löst sich, Franz öffnet die Hintertür, und sie schlüpft hindurch, hinter der Scheune entlang und zum seitlichen Zugang, wo das Bestatterauto steht. Als sie um die Ecke des Friedhofs kommt, stockt sie und macht zwei Schritte zurück.

Da ist er, zu spät, was ungewöhnlich ist für ihn. Er hat den Bart gestutzt, aber er trägt ihn noch. Kurz vor dem Tor bleibt er stehen, schaut nicht in ihre Richtung, sondern zieht sich das Jackett aus. Ein Lächeln breitet sich auf Maries Gesicht aus.

Weil der Witwer, den sie zum ersten Mal hier am Friedhof gesehen hat, eine Vergangenheitsform von dem Mann ist, der dort steht. Sie spürt seine Umarmungen, seine Küsse, seine Nähe, und sie weiß, dass sie sich wiedersehen werden. Und das wird großartig.

41.3

Kinga lässt sich Zeit, setzt einen Schritt vor den anderen, benutzt den Stock, wie es ihr die Physiotherapeutin gezeigt hat. Einmal die Woche ist sie dort, macht Übungen und lässt sich das Bein massieren. Dann spürt sie Julias Hüfte an ihrem Bein, während die Finger es bearbeiten. Sie weiß gar nicht, ob das ihrem Bein hilft, ihrem Gemüt aber auf jeden Fall.

Sie hat ewig gebraucht, und endlich biegt sie in die Straße ihrer Wohnung. Da ist er schon, lehnt an der Motorhaube seines Mercedes, ein neues, langweiliges Auto mit zu viel Schnickschnack, aber Mustafa hat sich das erarbeitet, und darauf ist er stolz. Er starrt auf sein Handy und tippt darauf herum, bis sie fast bei ihm ist, dann schaut er hoch, und das konzentrierte Stirnrunzeln verschwindet. Er lächelt sie breit an, streckt seine Arme aus. Sie sagt noch „Vorsicht!“, aber er drückt sie so fest, dass ihr Rücken knackst, und darüber grinsen sie beide.

„Danke, dass du da bist.“

„Kinga, natürlich. Ich war schon böse, dass du dich so lange nicht gemeldet hast. Aber David hat gesagt, du hast mit dir selbst zu tun. Das ist voll okay. Du bist Familie, und ich komm immer, wenn du mich brauchst.“

Sie werden gleich die Wohnung betreten, die David und Katha damals mit Kinga gestrichen und eingerichtet haben. David und Katha, die ihr immer geholfen haben, wenn sie Hilfe brauchte. Sie wird heute noch oft an sie denken.

„Manchmal vergess ich das. Dass ich Familie habe.“

Er schlägt ihr so fest auf die Schulter, dass sie es im Bein spürt.

„Ändert nichts daran, dass wir da sind.“

„Entschuldige, dass ich mich so lange nicht gemeldet hab.“

„Alles gut. Nur wir beide?"

Kinga schaut an Mustafa vorbei und sieht dem Mann zu, der auf sie zukommt. Er hebt die Hand, ein leichtes Winken, dann zieht er sich das Haarband vom Handgelenk und bindet sich die Haare zusammen, bleibt vor Mustafa und Kinga stehen.

„Mustafa, das ist Hyun-Seung. Richtig so?"

Hyun-Seung wackelt mit dem Kopf, aber grinst.

„Punkte für den Versuch."

Mustafa sieht fragend zwischen den beiden hin und her.

„Ich kenn dich noch nicht, oder? Bist du ein Freund?"

Hyun-Seung schaut Kinga fragend an. Sie legt ihm eine Hand auf die Schulter.

„Er war ein Freund von Katha. Dachte, dann kann er nicht so schlimm sein."

„Verstehe. Immer gut, neue Menschen ins Leben zu lassen."

Mustafa mustert Hyun-Seung, der ein fleckiges Shirt und eine alte Hose anhat, und sieht an sich herunter, glänzende Schuhe, dunkle Anzughose, rosa Polo-Hemd.

„Was machen wir heute? Muss ich mich umziehen? Ich hab nichts dabei."

„Alles gut. Die Pflanzen sind tot, und überall liegt Staub. Ist nicht wirklich schlimm, aber ich fühl mich besser, wenn es ordentlich ist. Und allein krieg ich das gerade nicht hin."

Mustafa grinst, weil, wenn er was über Kinga weiß, dann, dass sie Ordnung liebt. Er sieht prüfend an ihr herunter, zeigt auf den Stock.

„Ziehst du wieder ein? Klappt das schon?"

„Ich bleib noch eine Weile bei David. Das hier ist nur Vorbereitung. Ist für die Seele, weißt du?"

Mustafa sieht sie mit großen Augen an und nickt. Dann reißt er die Hand hoch, schlägt sich an den Kopf. Er geht um das Auto herum, fummelt den Schlüssel heraus und drückt einen Knopf, damit der Kofferraum aufgleitet.

„Für die Seele! Feryal hat mir das hier mitgegeben, ich darf nicht mitessen. Alle für euch. Für Seele und gesunden Körper."

Sie weiß, dass er Baklava in der Hand hat, bevor er die Dose öffnet, glänzender Blätterteig, und sofort hat sie den Geschmack auf der Zunge. Süß und klebrig und direkt zu viel, aber sie kann nie aufhören. Er hält den beiden die Dose hin, und Hyun-Seung wirft ihr einen Blick zu, bevor er sich ein Stück rausnimmt. Kinga genauso.

„Du weißt, das wäre nicht nötig gewesen. Ich weiß auch gar nicht, wie ich das zu David tragen soll."

Mustafa starrt sie kurz an, dann hellt sich sein Gesicht auf, und er legt die Dose auf den Beifahrersitz.

„Ist nicht nötig, aber wichtig. Ich fahr dich später, kein Problem. Wenn du willst. Aber jetzt kommt. Machen wir ein bisschen Ordnung in deinem Leben."

Er streckt die Hand aus, nimmt ihr den Hausschlüssel ab, und sie folgen ihm.

Leben. Ordnung. Freunde. Familie.

Katha wäre stolz auf sie.

Abspann

Vor fünfzehn Jahren ist meine Oma gestorben, und knapp drei Monate später hatte mein Opa, der fast fünfzig Jahre mit ihr zusammen war, eine neue Freundin.

Die Familie hat darauf ganz unterschiedlich reagiert. Einige waren froh, dass er seine letzten Jahre nicht allein verbringen muss, andere enttäuscht, sogar wütend, haben sich gefragt, wie groß die Liebe zu meiner Oma wirklich gewesen sein kann. Bei manchen kam alles zusammen.

Ich war fasziniert, wie unterschiedlich Menschen auf das Verhalten nach dem Tod eines geliebten Menschen reagieren, und davon, dass es scheinbar ungeschriebene Regeln darüber gibt, wie wir zu trauern haben. Und dann dachte ich, was, wenn das nicht mit Mitte siebzig passiert, sondern mit Anfang dreißig? Wenn da noch richtig viel Leben vor ihm liegt?

Aus dieser Idee und der Frage nach einem „richtigen Trauern" ist die erste Fassung dieses Buches entstanden, vor mehr als zehn Jahren. Mit diesem Projekt habe ich in Hildesheim Literarisches Schreiben studiert und meinen Agenten Markus Michalek von der AVA International kennengelernt. Damals haben es alle Verlage abgelehnt, denen wir es angeboten haben.

Also habe ich ein neues Buch geschrieben, „Immer noch wach", mit dem ich 2021 meine literarische Heimat bei Haymon gefunden habe. Nach dem zweiten Roman „Nur ein paar Nächte" fragte mich meine Verlegerin Katharina Schaller, ob ich eine Idee für ein neues Buch hätte, und ich schrieb ihr, eigentlich keine neue Idee, aber eine Geschichte, die mich nicht loslässt. Diese habe ich auf einer halben Seite skizziert, und Katharina sagte, lass uns das machen. Also habe ich mich hingesetzt und das Buch aus meiner Erinnerung und mit all meinem neuen Wissen und meinen neuen Erfahrungen komplett neu geschrieben. Ich habe nicht mehr in die knapp zehn Jahre alte Fassung geguckt.

Seit 2019 darf ich mit meiner Lektorin Linda Müller zusammenarbeiten, und es ist jedes Mal eine großartige und schöne Sache, für die ich sehr dankbar bin. Mit meiner Projektleiterin Judith Sallinger arbeite ich zum zweiten Mal zusammen. Sie und das ganze Team bei Haymon sind grandios, ich bin froh, diese Menschen in meinem Leben zu haben.

Für die Recherche habe ich eine Woche bei Häfner & Züfle Bestattungen mitarbeiten dürfen, dank Ute Züfle und ihrem Team konnte ich der Trauer, dem Sterben und dem folgenden Prozess wirklich nahekommen. Anjuli ist Sterbebegleiterin und hat mir viele weitere Fragen dazu beantwortet, ebenso Anna Lipscher und Dirk Pörschmann aus dem Museum für Sepulkralkultur in Kassel, *dem* Museum über Tod, Sterben, Bestattungen und Trauer in Deutschland. Wolfgang Metz ist Priester, wir haben stundenlang über den Umgang mit dem Tod und über Friedhöfe geredet. Meine Schwägerin Aline ist Friedhofsgärtnerin und hat mir schon vor zehn Jahren extrem bei diesem Buch geholfen, meine Mutter hat die polnischen Sätze korrigiert. Anna hat mir erzählt, wie es wirklich ist, im Rollstuhl zu sitzen, ohne Juli hätte Hyun-Seung seinen Namen nicht, und mit meiner besten Freundin und Haus- und Hoftherapeutin Chrissy und ihrem Mann Max habe ich David, Kinga und Marie durch die psychische Hölle geschickt.

Ich habe in den letzten zwei Jahren mit sehr vielen Menschen über Verlust und Schuld und Trauer geredet. Auf wietrauerstdu.de können Menschen anonym von ihrer Trauer erzählen und bekommen im Gegenzug die Trauer einer anderen Person gezeigt. Viele Aspekte in diesem Buch sind durch dieses Projekt und die Gespräche entstanden. Auch der Podcast „Ich bin hier und du bist tot“ wie auch das Buch „Trauer ist das Ding mit Federn“ von Max Porter (Hanser Berlin, 2015, übersetzt von Matthias Göritz und Uda Strätling) haben mir sehr viel weitergeholfen.

Wenn ich eine erste Fassung geschrieben und überarbeitet habe, habe ich das Glück meiner Beta-Leser:innen. Neben ein paar der schon Genannten haben meine Familie, meine Freundin Chantal, Jula, Simone, Wolfgang, Anne, Max, Nadine, Christian, Lotte und Viola das Buch in einer sehr frühen Fassung gelesen und kommentiert und angemerkt. Genauso hat mein Team Tacheles aus meiner Studienzeit in Hildesheim an diesem Buch mitgewirkt.

Ohne die Zeit, die Mühe, die Arbeit und die Geschichten all dieser Menschen und einiger mehr hätte ich dieses Buch nicht schreiben können. Mein Name steht vorne drauf, aber eigentlich ist es Teamwork, und sie gehören alle dazu. Danke für euch.

Danke auch dir, liebe:r Leser:in. Ohne dich dürfte ich all das nicht machen. Und jede Nachricht, die immer mal wieder bei mir landet, motiviert mich für das nächste Projekt, besonders in den Zeiten, in denen ich sehr an mir und an den Geschichten zweifele.

Schön, dass ihr da seid.

Teile dieses Buches habe ich auf einer Reise durch Osteuropa und das Baltikum geschrieben. Saß in Prag und Vilnius und Tallinn in Cafés, hab im Camper an Seen und Meeren geschrieben, aber auch an Friedhöfen und Friedwäldern. Beim Friedwald Pansevitz auf Rügen saß ich in der offenen Schiebetür und habe an Kapitel 6 getippt, als das Auto mit dem älteren Paar neben uns hielt, um sich den Friedwald anzusehen.

Das Naturtheater existiert zwar, ist aber in Wirklichkeit auf dem Kappelberg in Fellbach zu finden. Für diese

Geschichte habe ich es nach Stuttgart verlegt und auch noch ein paar andere Dinge zurechtgebogen, damit ich die Geschichte erzählen kann.

Neben all den oben erwähnten Sachen und den Zitaten ganz am Anfang im Buch möchte ich noch zwei Dinge erwähnen, die mich für dieses Projekt geprägt haben, bevor wir zur Szene nach dem Abspann kommen: Es gibt einen Youtube-Kommentar unter einem Video von 2015 über spirituelle Erfahrungen in Computerspielen von jemandem namens *00wartherapy00*. Ich hab ihn damals gelesen, und er hat mich nicht losgelassen, hier ist er in meiner Übersetzung:

„Also, als ich vier war, hat mein Vater eine gut erhaltene Xbox gekauft. Ihr wisst schon, die erste klobige von 2001. Wir hatten unglaublich viel Spaß dabei, alle möglichen Spiele zu spielen – bis mein Vater starb, als ich erst sechs war. Ich konnte die Konsole zehn Jahre lang nicht anfassen.

Aber als ich es dann tat, fiel mir etwas auf: Wir haben immer ein Rennspiel gespielt, Rally Sports Challenge. Tatsächlich ganz schön großartig für seine Zeit. Als ich anfing, damit rumzuspielen ... habe ich einen Geist gefunden. Buchstäblich.

Wisst ihr, wenn man Rennen auf Zeit fährt, wird die schnellste Zeit als Geisterfahrer aufgenommen. Yep, ihr könnt's euch denken – sein Geist fährt bis heute auf der Strecke.

Also habe ich gespielt und gespielt und gespielt, bis ich es fast geschafft hatte. Bis ich eines Tages besser war und ihn überholt hab und ...

Ich bin direkt vor der Ziellinie stehen geblieben, nur um sicherzugehen, dass ich ihn nicht lösche.

Reine Glückseligkeit."

Und der *Studio-Ghibli*-Regisseur Hayao Miyazaki schrieb in seiner Sammlung an Essays und Memoiren „Starting Point: 1979–1996“ von 2009 (ins Englische übersetzt von Frederik L. Schodt und Beth Cary, erschienen bei Viz Media. Deutsche Übersetzung von mir):

„Ich traue dieser ungeschriebenen Regel nicht, die besagt, dass nur weil ein Junge und ein Mädchen im gleichen Film auftauchen, daraus eine Romanze entstehen muss. Ich will eher eine etwas andere Art von Beziehung darstellen, eine, in der zwei Personen sich gegenseitig und auf Augenhöhe dazu inspirieren, zu leben – wenn ich das hinkriege, schaffe ich es vielleicht, näher an eine echte Darstellung von Liebe zu kommen.“

Erwähnte Songs

Das Titellied der Gummibärenbande von Michael Alan Silversher and Patricia Silversher, deutscher Text von Markus M. Fritzinger
Hey, Pippi Langstrumpf von Konrad Elfers, Original von Jan Johansson, deutscher Text von Wolfgang Franke, Original von Astrid Lindgren
Gonna Fly Now (Titelmelodie von Rocky) von Bill Conti
Don't Worry, Be Happy von Bobby McFerrin
Tears In Heaven von Eric Clapton
Summertime von Louis Armstrong und Ella Fitzgerald
We Can Breathe in Space, They Just Don't Want Us to Escape von Enter Shikari
Happy Birthday von Mildred J. Hill und Patty Smith Hill
Jurassic Park Theme von John Williams
Die Titelmusik von Der Herr der Ringe von Howard Shore
Bye Bye Love von Simon & Garfunkel
That Don't Impress Me Much von Shania Twain
La mer von Charles Trenet

Zitierte Songs

The Blower's Daughter von Damien Rice, 14th Floor Records, 2001 (Seite 70)
Never Gonna Give You Up von Rick Astley, RCA Records, 1987 (Seiten 75, 77 und 307)
Dog Days Are Over von Florence + the Machine, Universal Island, 2009 (Seite 79)
Mein Fahrrad von Die Prinzen, Hansa Records, 1991 (Seite 109)

42

David tritt aus der Aussegnungshalle, schirmt die Augen gegen die Sonne ab und geht langsam zu Kathas Grab. Aus der Halle kommen einzelne Töne, der Anfang einer Melodie, aber noch erkennt David sie nicht. Vor ihm geht eine Frau, schleppt zwei Gießkannen, und bei jedem Schritt verliert sie ein bisschen Wasser, bis sie eine abstellt.

David ändert seine Richtung, greift nach der Kanne und geht ihr hinterher, und jetzt erkennt er sie, ihren kurzen, dunklen Bob. Sie ist immer wieder auf dem Friedhof. Das Grab, an dem er sie manchmal sieht, ist ähnlich jung wie das von Katha. Mittlerweile auch flach, aber so voller Blumen, dass David ein schlechtes Gewissen kriegt, weil Kathas Grab immer noch verhältnismäßig karg ist. Sie stellt ihre Kanne ab und lächelt dann dankbar, als sie ihn sieht.

„Vielen Dank! Die waren schwerer, als ich gedacht hab."

Amadeus ist knapp zwei Wochen vor Katha gestorben, und David kann nichts dagegen tun, sein Kopf rechnet automatisch aus, dass er drei Jahre jünger war. Er winkt ab.

„Kein Problem. Ich müsste das eigentlich auch machen."

Sie nickt, zeigt in die richtige Richtung.

„Da drüben, oder? Ich seh dich immer mal wieder."

„Ja, da liegt Katha. Meine Frau. Verstorbene Frau. Was auch immer. Ich bin David."

Sie schüttelt seine Hand, ein kurzer und kräftiger Händedruck, und wo bei David der helle Ring um den Finger kaum mehr zu sehen ist, verläuft bei ihr ein Tattoo.

„Ich bin Sabrina. Ehefrau. Witwe. Was auch immer. Aber die meisten sagen Ina."

Inas Lachen ist offen und hell, die Falten um den Mund sehen aus, als würde sie das oft tun. Sie stemmt die Arme in die Hüften, wirft einen Blick über den Friedhof und sieht dann David wieder an.

„David, hast du Lust, dass wir mal spazieren gehen oder so? Ich fänds ganz schön, mich mit jemandem zu unterhalten, der mich vielleicht ein bisschen verstehen kann.“ Sie macht eine Handbewegung über das Grab. „Ich hab das Gefühl, die Leute in meinem Leben können nur noch Beileid sagen, aber mehr kommt da nicht. Aber eigentlich sollte doch mehr kommen, oder? Und ich weiß, dass Amadeus das toll fände, wenn ich nicht ganz so viel hier abhängen würde.“

Ihr Lächeln jetzt ist peinlich berührt, als hätte sie ein Tabu gebrochen. Aber David grinst und nickt.

„Geht mir auch so. Ich sollte auch weniger hier sein. Sagt Katha.“

Sie lachen beide, dann zieht Ina eine Braue hoch.

„Also sehen wir uns?“

David fühlt sich nach einem Ja, er setzt schon zum Nicken an, dann schaut er zu Kathas Grab und zurück zur Halle. Jetzt erkennt er den Song.

„Never gonna give you up,
never gonna let you down,
never gonna run around
and desert you.
Never gonna make you cry,
never gonna say goodbye,
never gonna tell a lie
and hurt you.“*

* Ich werde dich nie aufgeben, dich nie im Stich lassen, nie weglaufen und dich verlassen. Ich werde dich nie zum Weinen bringen, mich nie von dir verabschieden, dich nie anlügen und verletzen.

Ach, Franz.

David lächelt und sieht Ina an.

„Ja, lass uns gern treffen. Aber ist es okay, wenn das erst in ein paar Wochen passiert? Ich werde erstmal eine Weile auf Tour sein."

Sie sieht ihn anerkennend an.

„Du bist Musiker?"

David lacht auf, lächerlich, er ist doch kein … Aber dann nickt er, langsam.

Weil sich hinter diesem riesigen schwarzen Monolithen mitten in seinem Leben ein Weg auftut, eine Zukunft, wo er lange Zeit gar nichts gesehen hat.

David weiß noch nicht, ob er diesen Weg gehen wird. Aber er weiß, er kann ein paar Schritte darauf versuchen.

Fabian Neidhardt
Nur ein paar Nächte
Roman
248 Seiten, gebunden
ISBN 978-3-7099-8174-0

Von einem alleinerziehenden Vater und einer Tochter, die sich kaum bändigen lässt, von Nähe und Loslassen, von Entscheidungen, die das Leben verlangt.
Ben ist Mitte dreißig, zieht allein die 12-jährige Mia groß und er hat sich in seinem Leben eingerichtet. Bis sein Vater vor der Tür steht, der für ein paar Nächte bei ihm unterkommen muss. Und Mia wird von der Polizei nach Hause gebracht. Sie ist ausgebüxt, um ihre Mutter zu finden. Mit dem eigenen Vater im Haus muss Ben sich dagegen wehren, automatisch wieder Kind zu werden. Und er muss gleichzeitig selbst der beste Papa für seine Tochter sein. Aber wie soll das gehen, wenn einen die Vergangenheit einholt?

Fabian Neidhardt
Immer noch wach
Roman
280 Seiten, Taschenbuch
ISBN 978-3-7099-7969-3

Was tun, wenn die Zeit fast abgelaufen ist – und dann stellt jemand die Uhr zurück?
Eine schreckliche Diagnose reißt den 30-jährigen Alex mitten aus einem Leben, in dem ihm alle Möglichkeiten offenstehen. Er beschließt, die verbleibenden guten Tage mit seinen Lieblingsmenschen zu genießen, sich dann aber zu verabschieden und in ein Hospiz zu gehen. Dort, in seinem letzten Zimmer, steht Alex plötzlich vor einer ganz neuen Herausforderung: Wie nutzt man Zeit, die man überraschend geschenkt bekommen hat?

www.haymonverlag.at

MIX
Papier | Fördert gute Waldnutzung
FSC® C014138
www.fsc.org

Auflage:
4 3 2 1
2028 2027 2026 2025

Haymon Verlag Ges.m.b.H.
Erlerstraße 10
A-6020 Innsbruck
office@haymonverlag.at
www.haymonverlag.at

Dieses Werk wurde vermittelt durch die AVA international GmbH Autoren- und Verlagsagentur, München. www.ava-international.de

ISBN 978-3-7099-8244-0

Lektorat: Haymon Verlag / Linda Müller
Projektleitung: Haymon Verlag / Judith Sallinger
Buchinnengestaltung nach Entwürfen von: himmel. Studio für Design und Kommunikation, Innsbruck / Scheffau – www.himmel.co.at
Satz: Dörlemann Satz GmbH & Co. KG, Lemförde
Umschlaggestaltung, Gestaltung von Vor- und Nachsatz: hißmann, heilmann, hamburg
Umschlagabbildung: plainpicture / Tanja Luther
Grafik Vor- und Nachsatz: shutterstock.com (lizenzfrei)
Autorenfoto: Daniel Gebhardt

Gedruckt auf umweltfreundlichem, chlor- und säurefrei gebleichtem Papier.

Fabian Neidhardt schreibt mit links, seit er einen Stift halten kann, und erzählt Geschichten, seit er 12 ist. 1986 wurde er als erstes Kind von vieren in eine polnisch-italienische Familie geboren, ist auf einem Friedhof groß geworden, studierte u. a. Literarisches Schreiben in Hildesheim und lebt in Hamburg. Nach „Immer noch wach" (2021) und „Nur ein paar Nächte" (2023) ist „Endlosschleifen-tage" (2025) der dritte Roman von Fabian Neidhardt bei Haymon.